史料未及的奪命內幕

譚健鍬 著

推薦序

卓具特色的醫學科普小品

龔剛（澳門大學中文系博士生導師；澳門中華文化發展促進會理事長）

今年六月八日，澳門中華文化發展促進會舉辦了「譚健鍬醫學散文研討會」。澳門筆會湯梅笑理事長、《澳門日報》前副總編蔣忠和先生均發表了精到見解。

我在發言中提出，譚君以醫學背景從文，與魯迅、余華相類。其醫學散文兼有科普文學與文史小品的特點，並非一般的醫師談保健之類文字，而是卓具特色的醫學科普小品。這些作品以獨到的醫學眼光解密歷史人物死因與心理，既有助於更深入認識歷史人物與歷史事件，又有助於增進讀者的醫療保健知識，同時也在文體上獨樹一幟。作為杏林、文壇雙棲型澳門作家，其系列著作已風行臺灣，並曾由北京中華書局等出版簡體版，令澳門文化藝術界刮目相看。

我又以兩個不同凡響和三種貢獻概括其人其文。兩個不同凡響是：一，譚君作為八〇後醫學專業英才，在業餘時間創作出質量兼備的文學作品，做到了事業、愛好兼顧兼長，實屬難得。二，作為澳門作家，譚君的作品能夠走出澳門，在臺灣和中國大陸產生影響力，更是難能可貴。

三個貢獻是：一，在文學上，形成了雅俗共賞的醫學科普小品文體。二，在史學上，從西醫醫理的角度，對歷史人物、歷史事件提供了新的詮釋，甚至有不少令人興味盎然的翻案文章。三，在科普上，以趣味性、知識性兼備的小品文，普及了醫學知識、保健知識。

譚君新著出版在即，囑我為序。謹將發言內容記錄如上，並以為序。

推薦序

爲歷史人物開具診斷書

黃貞祥（國立清華大學生命科學系助理教授；泛科學專欄作者）

中研院院士、美國匹茲堡大學教授許倬雲曾這麼形容耶魯大學歷史系專治中國史的史景遷（Jonathan Spence）：「給他一本電話簿，他可以從第一頁的人名開始編故事，編到最後一個人名。」相樣的話，用在譚健鍬醫師身上，也一樣適用。我們應該可以說，給譚健鍬醫師廿四史，他可以從第一頁的人物開始出診斷書，出到最後一個人物！

更厲害的是，為廿四史裡的真實人物出診斷書，譚健鍬醫師必須穿越歷史時空，回到古代去隔空問診，在沒有時光機和蟲洞的今天，只能用上非凡的推理能力，加上他傑出的醫學功力。這並不是件輕鬆的工作，但是譚健鍬醫師在這幾年，卻本本好書一出再出，害我都想冒昧地問道，譚健鍬是三個人共用的筆名嗎？

過去，譚健鍬醫師出了《病榻上的龍》、《歷史課本沒寫出的隱情》、《歷史課聽不到的奇聞》，都有不同的嘗試，但本本都讓人愛不釋手，一讀下就廢寢忘食。在這本書《史料未及的奪命內幕》從史料中耙梳出不少值得探究的奪命事件，但卻不拘泥史料給的標準答案。

誰沒讀過歷史呢？不管是教師、軍警、上班族、專業人士還是公務員等等，如果都能從歷史中挖掘出各種知識，才是學歷史的正道吧。否則歷史只能背多分，考過了就還給老師。倘若歷史被僵硬的教育方式埋沒，上過的歷史在我們人生中，就只能成了歷史！

這些好書也讓我們能夠深刻體會到現代醫學的進步。中華文化一直以來就有個大問題，就是迷信古人比今人有智慧，以為老祖宗的東西大多是好的。至少我從小就被教導，老祖宗才是如何真的懂得養生之道，現代人又是如何糟蹋身體而病痛纏身。然而，真是如此嗎？譚健鍬醫師的本本好書，都仔細剖析了多位古人在病榻上的苦痛，連養尊處優的帝王將相都不例外，更甭提市井小民了。可是幸運的是，許多古代連皇家都搞不定的致命「小病」，今天反而上個診所或藥局就能輕易搞定。

《史料未及的奪命內幕》有一些令人啼笑皆非的案例，例如大契丹國第二位皇帝遼太宗耶律德光成了木乃伊，原來基本上是被做成了腌肉。帝王風光一時，死後如果沒有好名聲，做成臘肉和像秦始皇那樣在出巡中就成了腐肉，又有何差別？除了各種令人致死的疾病，還有宮廷官場上的各種明爭暗鬥，精彩程度就如清宮劇，古人患病原因還有各種心理折磨，身處皇宮豪門，還不如一介草民來得逍遙；《史料未及的奪命內幕》中並非一味尋找罪魁禍首，也為一些人物或食物伸冤，例如很不討喜的慈禧，雖然她在歷史上的過失不小，但慈安是否是死於她手，還是得用科學的方法探究。還有，蟛蜞是美食還是毒藥呢？且看譚健鍬醫師娓娓道來。

看過了那麼多病痛，但是想要長生不老的人，還是比厭世的多呢？自往今來，夢想得到仙丹妙藥的故事，古今中外比比皆是，但可笑的是，古代那些道士煉的靈藥，只會讓服下去的人更快去見閻王，而非成仙得道。千年來種種的實驗，只是一再證實了那些術士們，不過是一個個詐騙集團而已，從來沒人真的因而長命百歲。

生、老、病、死本是人生常態，在現代醫學的加持下，只要能腳踏實地珍惜身體健康，就是比起歷史上諸多帝王將相更幸福快樂了。

自序

「醫學散文」抽絲剝繭，探求歷史人物死生眞相

鏡湖醫院有一個特殊的病區——康寧中心。這是癌症末期患者的臨終關懷之所，他們就在這裡走完自己人生的最後一程。和大多數普通人一樣，醫師對「死」也是忌諱的，在暫不需要直面生離死別的時候，對不吉祥的事物也會不自覺地敬而遠之。我就是這樣的人。每次經過康寧中心的時候，我都不敢直視裡面的一草一木，甚至連門鎖是何模樣也不曾細細觀察。

白天有專門的康寧醫師照看病患，但當夜幕降臨時，值夜班的我們就不得不兼任起康寧醫師的職責。不過，我們經常要做的，並非開具什麼藥物緩解痛楚，而是在收到護士的病患死亡報告之後，來到現場，用「醫學知識」再次證實該患者已過世，並宣告「臨床死亡」，最後簽署死亡證明——一個稍顯繁瑣的程序，或者叫儀式。

與死亡有關的事，有人喜歡嗎？這次新作，出版社囑託我寫一本關於死亡的專著。難度一是在

於不能像過去那樣天馬行空；二是讀者是否亦有所忌諱？

其實，生老病死，人之常情。靜下心來細想，誰又能倖免？更多的時候，我們需要坦然面對。醫師面對病入膏肓的患者，除了懷有一顆慈悲心之外，還要有一雙放得開的手。儘管理論上，醫療科技的發展可謂無遠弗屆，但每個時代總有其極限，永遠存在不足，也就永遠存在遺憾，無法盡善盡美。在艱難的時刻，面臨無可挽回的結局，尊重病患的意願，減少他們的痛苦和悲傷，讓他們帶著最大的尊嚴走向另一個世界，或許也是一個醫師的仁術所在。

有另一種說法，把離世當成「往生」。死後，魂魄所向何處？人類到底有沒有靈魂？也許不同信仰的人會有不同的答案，不過解脫從來就是無人拒絕的；因此，敞開的心扉才是最幸福的康寧。

於是在我的筆下，死生之事便不是駭人聽聞的恐怖事件。大清皇子的夭折、康熙八公主的難產、慈安太后的暴亡、天啟皇帝的早逝，這些悲情故事，我盡量淡化哀傷，自然、沖淡、平和地處理。司馬師的壯志難酬、宋太宗的臥床不起、曾國藩的溘然長逝、光緒帝的含恨駕崩，也可以讓讀者品出傳奇的味道。

當然，對於人性的醜陋，筆者也忍不住予以鞭笞。契丹貴族和蒙古大汗的酗酒陋習，害人害己。魏忠賢、客氏狼狽為奸、禍國殃民而罪有應得。耶律德光和洪秀全的昏聵恣肆，與巔峰時期的英明神武判若兩人，結局同樣不妙，不無讓後人惋惜之處。

這部書寫的不是醫療外史，更不是醫學發展史，不過每篇故事都與醫學、歷史息息相關。有朋友贈我文以「醫學散文」之稱，我心領神會，唯有加倍努力，才不辜負朋友和讀者的殷切期待。

每次寫完一部書，就好像處理完康寧中心的去世病例，心情很難一言以蔽之。

走出康寧中心的病房後，我通常會躡手躡腳地把大門推開。如果在秋冬時節，往往門外是呼嘯的夜風。半空中，一輪皎潔的圓月把木棉樹頂端的雲霧照得如同白晝，甚至能看清上面的每一片綠葉、每一朵花兒，它們隨著夜風搖曳著細瘦的身姿，似乎衝著門裡剛剛解脫的靈魂，快樂地伸出邀請之手。我小心把大門關上，這一刻，那青灰色的門鎖便鑲嵌到了我的大腦中。

祝福世界上所有生命，以及那些即將逝去的魂魄！

二〇一六年七月一日於澳門

目次

貳 成謎死因

參 喜慶日的鬼門關

肆 失控心理

伍 寂寞終點

陸 禍從口入

柒 仙方致命

壹

薄命至尊

宇文邕，差點又是一位亞歷山大大帝

建德四年，高祖親戎東討，至河陰遇疾。口不能言；瞼垂覆目，不複瞻視；一足短縮，又不得行。

《周書・列傳第三十九・姚僧垣傳》

電視劇帥皇，實有其人

古裝偶像劇《蘭陵王》曾風靡一時。

那是一千四百多年前的故事，當時南北分裂的中國，前景茫茫，南方固然是幾個政權輪流坐莊，而北方則是戰亂不斷，北齊軍隊在驍勇善戰的蘭陵王統率下，抵禦北周強敵，為帝國的殘山剩水築起一道堅固的城牆。

北周皇帝宇文邕一心想獲得美女楊雪舞，多番設計破壞她與蘭陵王的感情。楊雪舞與蘭陵王經歷多番磨難，最終衝破重重阻撓，共結連理。不幸的是，雪舞後來死於北齊的內鬥之中。不久後，宇文邕就消滅了北齊，一統北方，結束了長期分裂割據的局面。又過一年，他因積勞成疾而病死。劇中的宇文邕，瀟灑英俊，文武雙全，與主角蘭陵王互為伯仲。儘管是編劇、導演們刻意塑造的螢幕形象，確實也吸引了不少人的眼球，他的死不免令喜愛者扼腕嘆息。

電視劇當然不是紀錄片，然而劇中取材也非完全虛構。還原歷史，真實的宇文邕到底是何許人也？他是如何去世的？

西晉滅亡後，中原就呈現兩百七十多年的南北分裂局面。而北方雖有幾度短暫的統一，但多數時候依然是割據勢力互相攻伐，生靈塗炭，民不聊生。鮮卑族的北周武帝宇文邕，生逢亂世，卻是中國歷史一位傑出的英才之主。在他出生的時候，曾雄極一時的北魏已經東西分裂，北方只剩下兩個對峙政權——脫胎於西魏的北周，以及從東魏手上奪權的北齊，兩國原本勢均力敵。

宇文邕是北周第三任皇帝，前兩任都是他的哥哥，均碌碌無為，帝國的朝政完全被宗室權臣宇文護操縱。宇文護飛揚跋扈，居心叵測，野心勃勃，甚至前兩位皇帝都死於其毒手。十七歲的宇文邕在他眼裡，不過是第三個傀儡而已，隨立隨廢隨弒。

聰明的宇文邕深得韜光養晦的精髓，他一方面耐心忍耐，假裝信任，另一方面，面對殺兄仇人，他隱藏得滴水不漏，處處遷就宇文護，使其鬆懈。宇文護果然中計，大意之下，被當場擊斃。那一年，宇文邕二十九歲。真正掌權後，宇文邕大刀闊斧、銳意改革，國力猛增。

相反，同一時間的北齊卻因為幾代帝王的昏庸荒唐、國政廢弛、經濟下滑、民怨沸騰，國力大不如前。此消彼長，北周的機會來了。

真實歷史上的北齊蘭陵王高長恭，不愧為一員猛將，多次打退北周的進攻，不過，在宇文邕全面實施滅齊計畫前，已經死於內訌陰謀。

建德四年（西元五七五年），自感實力大增的宇文邕率軍討伐北齊，直指河陰，接連攻克了數十座城池，最後因生病不得不放棄進攻，班師回朝。這次出征成果斐然，北齊元氣大傷，岌岌可危，再也無力與北周抗衡。

次年，宇文邕大軍攻克北齊重鎮晉陽。建德六年（西元五七七年），北周入鄴，滅北齊。從此，他們擁有了黃河流域和長江上游，為後來隋朝統一全國奠定了基礎。

當時西北的突厥勢力強盛，好比漢初的匈奴，對北齊、北周虎視眈眈。滅齊後的宣政元年（西元五七八年），宇文邕率軍分五路北伐突厥。

這一次，宇文邕又在親征途中病倒了，同年六月，他病情加重，回到洛陽當天就病逝了，虛齡僅僅三十六歲。宇文邕死後的諡號為武皇帝，廟號高祖，歷史上一般只有開國皇帝才能享受如此崇高的廟號，可見世人對他文治武功的無比景仰。

關於宇文邕的死，《資治通鑑・卷第一百七十三》是這樣說的：「癸巳，帝（宇文邕）不豫，留止雲陽宮；丙申，詔停諸軍。驛召宗師宇文孝伯赴行在所，帝執其手曰『吾自量必無濟理，以後事付君。』是夜，授孝伯司衛上大夫，總宿衛兵。又令馳驛入京鎮守，以備非常。六月，丁酉朔，帝疾甚，還長安；是夕殂，年三十六。」

北周武帝宇文邕自知病情回天乏術，「必無濟理」，迅速託付大臣，看來他對自己的死早有心理準備。做為一個春秋鼎盛的青壯年，他得了什麼病？史書沒有描述他最後歲月的病況，這似乎成為一個永遠的謎團，但是，三年前宇文邕討伐北齊的途中，就曾因病而返，那次的病情在史書上有明確記載，前後對照分析，我們也許能破解這個謎團。

御駕親征，與死神擦肩而過

其實，宇文邕去世三年前，在東征途中，就與死神擦肩而過，只是威脅他的，並非來自齊軍的利劍，而是健康問題。

歷史上很多御駕親征的帝王都倒在病榻之上，功虧一簣或是遺恨後世。遼太宗耶律德光、後周世宗柴榮、明成祖朱棣，都是赫赫有名的征途病人，而比他們知名度更高的，恐怕要數亞歷山大大帝——古希臘北部馬其頓國王。此人一生東征西討，卻在西元前三二三年六月，研討下一步進軍計畫時，病死於巴比倫。帝國擴張的步伐戛然而止，不久便分崩離析。對於這些不可一世的帝王來說，疾病是一個可怕而幾乎無法征服的敵人。

宇文邕似乎一向身體很好，不是慢性病患者，至少在三十歲前，體力上頗有自信。二十九歲那一年，苦苦等待了十幾年的宇文邕終於逮住了機會。那天，宇文護從同州回到長安。宇文邕便約他一起去見太后。宇文邕說，太后最近經常喝酒，希望堂兄能讀〈酒誥〉給太后聽，申明壞處，讓她戒酒。宇文護不知是計，一口允諾。當他正全神貫注地朗讀時，宇文邕猛地舉起玉珽在他腦袋上奮力一擊，宇文護當場被打得倒下地來，血流如注。宇文邕趁勢指揮宦官和親信手刃了宇文護！這則記載與後世康熙擒誅鰲拜的經過有幾分相似，不同在於，康熙是暗示身邊玩摔跤的青少年連玩帶騙地控制住鰲拜，而本篇的主角宇文邕則是親手參與了殺人行動。由此可見，宇文邕應該是很健壯的，否則，他沒有自信親自動手。

儘管如此，筆者仍從行醫經歷中發現，很多平時貌似身強力壯的人，其實體內早已隱含著病根，一旦發作，病患的生活從此將走向一片灰暗。

《周書・卷四十七・列傳第三十九・藝術》記載過一位叫姚僧垣的名醫生平。史書稱他活了八十多歲，「一生治驗不可勝記，聲譽遠聞，達諸蕃外域。著《集驗方》十二卷。」在歸附北周之前，他曾為南方的梁朝皇室服務，梁武帝時已經聲名鵲起，後來更因為治好了梁元帝的棘手怪病而蜚聲海內。到達北方後，這位專業技術人才繼續得到北周皇室的重用。

關於宇文邕東征北齊時的第一次大病，《周書》云：「（建德）四年，高祖（宇文邕）親戎東討（北齊），至河陰遇疾。口不能言；臉（瞼）垂覆目，不復瞻視；一足短縮，又不得行。（姚）僧垣以爲諸藏（臟）俱病，不可並治。軍中之要，莫先於語。乃處方進藥，帝遂得言。次又治目，目疾便愈。末乃治足，足疾亦瘳。比至華州，帝已痊復。即除華州刺史，仍詔隨入京，不令在鎮。宣政元年，表請致仕，優詔許之。是歲，高祖行幸雲陽，遂寢疾。乃詔僧垣赴行在所。內史柳升

（昂）私問曰：『至尊貶膳日久，脈候何如？』對曰：『天子上應天心，或當非愚所及。若凡庶如此，萬無一全。』尋而帝崩。」

就症狀而言，撇去古人文學化的附會筆法，簡明扼要地說，就是宇文邕在進軍途中突然出現語言障礙、眼瞼下垂、一側下肢功能障礙。神醫姚僧垣認為皇帝每個臟腑都有毛病，不能一併治療，採用逐一拔除的策略，先治療至關緊要的語言功能，一試果然見效，皇帝恢復了說話能力；再治眼睛（或眼瞼）毛病，也迅速得手，龍目重見光明；最後是治療行走能力，自然得心應手，宇文邕居然短期內就痊癒了！

古人治療的手段，主要是方劑口服和針砭刺激，難道姚僧垣真有什麼回春的妙手？不過，此君也頗有自知之明。當宇文邕北征突厥再次病倒、不思飲食時，他能準確地判斷此番皇帝將九死一生，所以當人問及皇帝脈象如何時，他把一切都歸命於上蒼了。

現在，稍有醫學常識的人都會猜到，宇文邕第一次病倒時很可能患有神經系統（腦血管）疾病，而三年後的病危大概也與這種病相關。莫非是中風？

不是中風，亦是中風

正直青壯年的宇文邕突發殘障，導致語言功能喪失和行動困難，從現代醫學角度看，這是他的大腦中樞神經系統在短時間內出現病變。比較常見的病因有腦出血（cerebral haemorrhage）和腦梗死

（cerebral infarction），而腦梗死又有常見的腦血栓形成（cerebral thrombasis）和相對少見（約占腦梗死十五％）的腦栓塞（cerebral embolism）之分。廣泛而言，都可以算中風。

那麼，宇文邕罹患腦出血嗎？腦出血是一種非常嚴重的腦部急症，病勢凶險，有時可直接導致死亡。二十％至四十％的患者在發病後二十四小時內，腦內的血腫仍可繼續擴大，再出血的風險也相當高。目前腦出血的診治已較過去有了長足的進展，但是腦出血的病死率仍然很高，症狀也較重，很難短時間內痊癒。在缺乏先進醫療技術的一千多年前，病患如果不幸得了腦出血，病情勢必極嚴重，死亡的可能性較大，因此宇文邕東征北齊時，不像腦出血引起急症。

宇文邕罹患腦血栓形成嗎？這是一種腦部血管的自身硬化、血管內長成血栓的病變，逐漸導致血管狹窄至閉塞，為腦梗死的主要類型。但是這種疾病的患者一般年齡較大，而且症狀往往在一、兩天內達到高峰。宇文邕暴病時年僅三十二歲，且極短時間內就恢復全部功能，從這一點看，不支持腦血栓形成的診斷。

腦栓塞倒是不能完全排除。這是指異常的固態、氣態物體（被稱作栓子）沿血循環進入腦動脈，引起管腔堵塞，導致供血區的局部腦組織壞死。臨床表現與宇文邕的情況稍似，以青壯年多見，多在活動中突然爆發，症狀可在數秒鐘至數分鐘內發展到高峰。這種栓子是外來的，如心臟部位或頸部血管的血栓脫落。栓子來源不能清除，多數人可能復發，而復發的病死率更高。但此處有一點值得懷疑，就是宇文邕的康復程度太快了，一般腦栓塞造成的影響不應如此之小。

其實臨床上還有一種情況，俗稱「小中風」。其學名為短暫性腦缺血發作（transient ischemic attack, TIA），是頸動脈或椎基底動脈系統發生短暫性血液供應不足，引起局灶性腦缺血，繼而導致突發的、短暫性、可逆性神經功能障礙。發作持續數分鐘，通常在三十分鐘至二十四小時內完全恢復。目前調查發現，小中風好發於三十四至六十五歲，男性多於女性。發病突然，多在體位改變、活動過度、頸部突然轉動或屈伸等情況下發病。起病無先兆，一般無意識障礙、無後遺症，但可多次復發，往往是中風的前奏。

宇文邕的病情更符合小中風的表現。至於其原理與上述中風類似，詳情尚有待進一步研究，概括而言，就是血管病變的程度比較輕，可因一些血流因素而導致很快重新開通；或是栓子微小，要嘛自溶，要嘛被血流沖走；或是動脈一過性痙攣，極快解除。儘管病患往往自以為躲過一劫，慶幸不已，但此發作證明體內已存在隱患，將來會引起更嚴重的病變，必須重視。

由此可見，是宇文邕自身的病情對他高抬貴手，而不是姚神醫立竿見影的醫術讓他重獲新生。姚醫師的治療能產生輔助作用並預防進一步加重，但並不是宇文邕脫離病魔的關鍵。

人貴有自知。當姚僧垣第二次為病重的皇帝診治時，已過三年，或許他看出此時宇文邕已病入膏肓，估計中風很是嚴重，以當時的醫療舉措，恐怕徒勞無功，遂放出天命之言。

錯過了歷史機遇

宇文邕的病根到底在哪裡？是心臟裡面長了血栓還是腦血管真的出了毛病？限於目前掌握的史料，難以進一步考證。不過現代醫學發現，儘管較少見，年輕人小中風發作並非不可能。有解剖學研究指出，男性三十歲之後，血管壁的斑塊其實已開始形成，只是有大小之分而已，這些斑塊在若干年後有形成腦血栓的可能。

總而言之，北周武帝宇文邕極有可能是再發嚴重腦血管意外，導致遺憾地英年早逝。

在多年征戰中，做為一國之尊的宇文邕能和將士同進退，於其傳記中可見他「登城搏戰」，勇悍一時，亦可見此君對健康狀況過度樂觀、對病情過於輕忽。他對奢華的物質享受嗤之以鼻，乃明君之象。其時，西北的突厥接近強弩之末，南方的陳國在靡靡之音〈玉樹後庭花〉中委靡不振。大一統的歷史光環距離他是如此之近，如果健康不出問題，假以時日，開創盛世的也許不是隋唐的楊堅、李世民之輩了。甚至我們能大膽設想，以他的軍事才華，以當時中華獨樹一幟的偉大實力，宇文邕會像亞歷山大一樣，把帝國的版圖推向廣闊的未知邊界，也並非絕無可能。

可惜，他帶著勝利曙光而壯志未酬地早早死去，錯過歷史的機遇；然而對於宇文家族來說，國家統一的延遲不是最大的悲劇，皇權的衰落才是他們錐心痛恨的結局。

宇文邕死得太早，沒來得及選拔好、培養好繼承人。長子宣帝宇文贇繼位。這位暴虐荒淫、毫無人倫的皇帝，終日沉湎酒色，史稱：「宣帝初立，即逞奢欲。」北周政局開始動盪，國勢漸衰。

西元五七九年，宣帝居然禪位於未成年的長子宇文衍，是為靜帝，他則自稱天元皇帝，從此專心淫樂，終至縱欲過度而健康惡化，一年後便嗚呼哀哉，得年不過二十一歲。靜帝在位一年後，其岳父楊堅廢幼童靜帝自立，改國號為隋，宇文邕苦心經營的王朝遂亡。北周宇文氏未能完成的歷史神聖使命，只能交給楊堅家族了。

宋太宗被骨髓炎奪命？

太宗自燕京城下軍潰，北虜追之，僅得脫。凡行在服御寶器盡為所奪，從人宮嬪盡陷沒。股上中兩箭，歲歲必發。其棄天下竟以箭瘡發云。《默記》

名臣窺盡帝王私隱

宋太宗至道初年（西元九九五年），參知政事寇準從青州回京，被太宗趙光義召見。

在太監引領下，寇準小心翼翼地從前殿慢慢走進皇帝辦公的後殿，步驟、陳設一切如舊，一切都是那麼熟悉。當年自己一度被迫離開京師，現又重獲聖上信任，一股躊躇滿志的意氣在心頭升起。

「寇愛卿！為何姍姍來遲？別來無恙？賜座！」從高大的龍桌背後傳來聖音，彷彿源自天外，只是這曾經熟悉的聲音今天有點中氣不足。

寇準沒有抬頭直視皇帝，只是恭敬地垂首，客套地感謝皇帝的眷顧。兩人略略寒暄一番，便很快切入正題。

「愛卿，你看國家社稷的神器將後繼於何人？」

寇準一聽就愣住了，如此敏感且私密的問題，實在不是一般人應該回答的。「陛下春秋鼎盛，何出此言？」

「你過來看看。」太宗艱難地站起來，掀開袍服，寇準近前一看，但見股上露出紅腫且略黑的傷疤，上面不斷有黃色的膿汁星點在蠢蠢欲動，簡直慘不忍睹，甚至有點作嘔。堂堂一國之君居然身患此傷，有點不可思議。

「箭傷不癒，已十六年矣，歲歲毒發，朕苦不堪言，形容枯槁，恐不久於人世。」

寇準這才明白皇帝諮詢太子人選的原因，這時候，他仔細看了看皇帝的尊容，但見太宗面色蒼白，六十不到，鬢髮憔悴，骨瘦如柴，垂垂老矣，和前幾年見面時判若兩人，肯定是傷病把他折磨成如此模樣，大概皇帝也自覺來日無多了。

寇準雖然體悟到皇帝的信任，但政途一路走來這麼多年，也深知漩渦不淺，因此並未直接回答，而是巧妙應對：「冊立儲君，此事非同小可，又是陛下家事，不宜諮於外臣，而宦官、深宮婦人亦不宜。聖上您英明，恐早有所屬，只要是您覺得不負眾望的人即可。」

太宗聽罷，微笑點頭。心想：好你個寇老西兒[2]，真不愧是宦海中摸爬滾打過來的傢伙！

寇準的應答看似簡練，其實頗費心機，一來，他不得罪任何後來登基的皇子；二來，立國君本是皇家大事，而太子與皇父卻有著政治上天然的權力矛盾，這是每朝每代都繞不過的死結，他的說辭表示只忠於皇帝本人，對任何皇子都不偏頗，太宗心領神會。當下眾望所歸的儲君，其實早有屬意，似乎只是等寇準的一槌定音。

兩年後，太宗去世，三皇子趙恆順利繼位，是為宋真宗。

太宗之死，歷史沒有太多爭議，幾乎都指向箭傷，南宋人王銍《默記》記載，太平興國四年（西元九七九年），太宗收復北漢之後，乘勝北伐，試圖一舉大破支援北漢的遼國軍隊，並尋機攻克幽州（現北京一帶），為徹底恢復燕雲十六州做準備。不料此役，宋軍先勝後敗，結局是全線潰退，皇帝儀仗、皇家用品乃至宮女隨從全被契丹俘獲，親領大軍的宋太宗還被契丹名將耶律休哥射傷，大腿靠近屁股處中了兩箭，鮮血淋漓，倉皇逃竄，僥倖逃脫[3]。

此後，創傷經年不癒，每年病情都復發。太宗被折磨得痛不欲生，未老先衰，身心受到極大的摧殘。

近年中國大陸醫學專家撰文云太宗受傷十八年後去世，所有的慢性損傷中，慢性骨髓炎似乎就是唯一的結局。雖然作者文采斐然，言之鑿鑿，並深入淺出地討論外科的病理機制，可惜所引用的資料只有「身帶舊瘡，每年發作，痛苦殊甚」而已，終究還有值得商榷的地方。感染性疾病，筆者是同意的，但這個門類裡的病種實在太多了。

高梁河成爲太宗永遠的痛

宋太宗生於武將世家，父親與兄長宋太祖趙匡胤都曾戎馬倥傯，他耳濡目染，年輕時就曾跟隨趙匡胤征戰，自信地認為對兵家大事頗有瞭解。

西元九七九年夏天，四十歲的宋太宗率領大軍圍攻幽州。他們剛剛收降了北漢，擊潰了部分遼軍，士氣不錯，可惜久經征戰，師老兵疲。部隊當中滋生了怨言，不過，太宗對此並不在意。七月初，宋軍與遼軍再戰於高梁河畔，遼軍暫時退卻，宋軍乘勢追擊。夜色來臨之時，誘敵深入的遼國大將耶律休哥親自統領生力軍馳援，他們每人兩具火把，殺奔而來。倉促之間，宋軍不知道敵軍數量和進攻意圖，一時慌了手腳。增援的遼兵大膽在夜間作戰，幽州城內的遼軍亦出城反攻，兩面夾擊，宋軍頓時被殺得血流成河、狼奔豕突。宋太宗見大軍失去指揮，兵敗如山倒，只得奪路而逃，不幸又身負箭傷，慌亂中覓得驢車逃遁。遼軍一直追到河北涿州方才罷休，繳獲的戰利品不計其數。

高梁河之戰慘敗後，宋軍原本如虹的氣勢蕩然無存。趙光義帶領的禁軍，一度在後周世宗及宋太祖時代被錘鍊成無堅不摧的虎狼之師。然而在消滅北漢之後，他們未經修整補充，已是強弩之末，無力再戰，再加上統帥指揮失當，最後以完敗收場。此戰是宋軍第一次在對外戰爭中遭遇慘敗，從此宋人便畏敵如虎，恐遼、恐戰情緒一直蔓延到北宋末期。

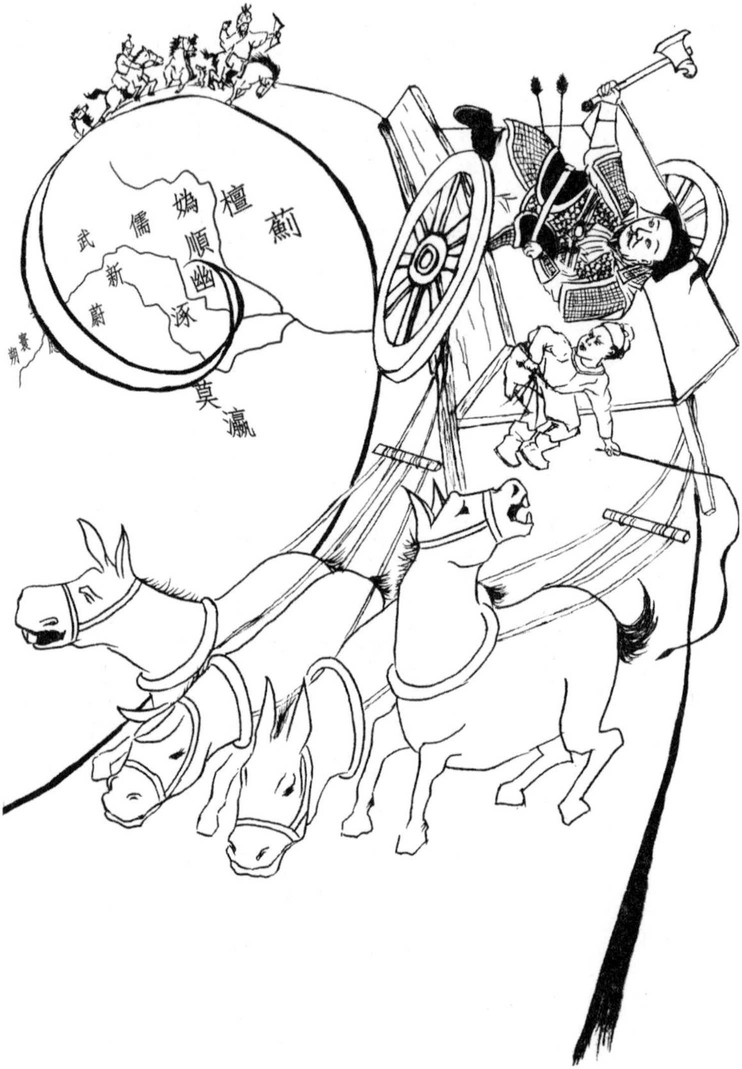
薊
檀
媯
順
幽
儒
武
新
涿
蔚
莫
瀛

七年後，太宗命潘美、楊業等北伐遼國，試圖報一箭之仇，仍失敗告終。太宗有傷，且心有餘悸，無法御駕親征，這次失敗的北伐在後世逐漸演繹出楊家將的悲壯故事。

太宗傷後不能乘馬逃跑，連坐馬車都不行。《遼史》云，趙光義「僅以身免，至涿州，竊乘驢車遁去。」驢車平穩，不像馬車顛簸過猛，似乎更適合傷者。《漢書・李陵傳》載：「（李）陵且戰且引，南行數日，抵山谷中，連戰，士卒中矢傷，三創者載輦（古時專指用人拉或推的車），二創者將車，一創者持兵戰。」趙光義的遭遇與一千多年前的漢軍傷卒頗為類似，可見傷勢很重。

從遠古時代延續下來的箭鏃設計，融合了人類的智慧結晶，它的製作工藝逐漸精進，形制也趨向多樣化。早在漢代，箭鏃就有雙翼、三棱、四棱、扁葉、圓棒形，還有雙翼雙尾形、三翼三尾形等。有的箭鏃在兩側帶有倒鉤，射入皮肉之內，便能在肉中鑲嵌得更牢固，增加拔除的難度；有的甚至含有毒粉。

冷兵器時代的軍醫面對負傷者，常將手術刀以火燒熱，再割開傷口，取出箭鏃，箭鏃若有倒鉤，則取出難度更大。術後，他們往往將傷口以細麻線縫合，有的人還使用烈酒消毒，最後才敷上金瘡藥粉。

箭鏃難以拔除是常有的，比如，大唐武德三年（西元六二〇年），投降李淵、被委任為蔚州總管的梟雄高開道臉頰中箭。矢鏃未拔，深陷肉中，可能嵌入骨頭，苦不堪言，急召醫師診治，醫師無奈曰：「鏃深不可出。」希望另請高明。豈料高開道勃然大怒，立刻將醫師推出斬首；後來疼痛難忍，另覓醫師，傷口情況大概很複雜，醫師還是無能為力，答案同前，高開道遂又殺之洩憤。

宋太宗的箭傷是否取出了箭鏃？不得而知。

清朝人編了一部皇家醫典——《醫宗金鑑》，書中記載了一則拔箭方：「箭頭嵌入肉內，鉗不出者，宜解骨丸（藥方為蜣螂、雄黃、象牙各等，研末和勻，煉蜜為丸，如黍米大），納傷口內，外用羊腎脂（羊的睪丸）細嚼貼之。覺癢忍之，極癢箭頭漸冒，撼動拔出，即以人尿洗之，貼陀僧膏，可換，傷口自癒。」看來，直到清朝，箭傷的處置辦法看似依舊原始。

病菌極樂園

至道三年（西元九九七年）年初，宋太宗的病情再次加重。

「二月……辛丑，帝不豫。甲辰，降京畿死罪囚，流以下釋之……三月丁卯，占城國來貢。壬辰，不視朝。癸巳，追班於萬歲殿，宣詔令皇太子柩前即位。是日崩，年五十九（虛歲）。在位二十二年，殯於殿之西階。」（《宋史・卷五・本紀第五・太宗二》）

太宗的傷勢本來就沒有治癒，這次病情轉差，身體狀況急轉直下，一個多月就駕崩了。儘管他使用了大赦天下的舉措，試圖為自己祈福，但於事無補。

可惜神藥只存在於藝術作品中，現實中的傷口癒合首先有其規律，並不是一般藥物能夠輕易改變的。拿一般的手術切口來說，其癒合需要經過止血、炎症反應、組織增生、瘢痕形成等一系列過程，需耗時二至四週。如果傷口壞死組織過多、合併感染、局部血流不暢，癒合進程容易被打斷或延長，傷口就會慢性化。傷口一旦慢性化，在古代科技不發達，尤其是沒有抗生素的情況下，是很難傷癒的。

慢性損傷有多種結局，骨髓炎並不是唯一。其實，慢性骨髓炎也好，深部膿腫合併異物殘留，長期刺激遷延不癒形成慢性膿腫竇道也罷，都屬於局部感染，當遇到新情況，大量細菌便有機會從患處進入血液系統；而皇帝年歲漸高，加上長期傷病至臥床、疏於鍛鍊體魄，免疫抵抗力自然大為下降，最終導致全身敗血症，這種可能性更大。

太宗的箭瘡徹底成了致病菌的極樂園，它們在裡面肆無忌憚地飽餐、糟蹋、繁殖，把創口搞得如同長年沒有清理的垃圾堆和臭水溝，汙穢不堪、臭不可聞；它們乘虛而入，從創口魚貫入血管，周遊全身，所過之處，極盡破壞之能事。拖延了一段時間之後，細菌透過傷口逐漸擴散到全身，造成嚴重的感染性休克，太宗開始出現高燒、寒顫不止，繼而四肢冰冷，面如死灰，神智淡漠，寶貴的生命終於被病菌吞噬。

還有一種很特殊的破傷風桿菌，極其容易隨著異物進入人體組織深部，這些細菌甚至可潛伏於人體十數年後再發作，具有駭人聽聞的神經毒素，無需膿腫，一發就足以致死。

至於感染性心內膜炎，也未嘗不可。傷口細菌隨著下肢靜脈血流迴流到心臟右心房、右心室，年復一年，贅生在心瓣膜上形成壞死物並破壞心臟結構，最終加劇心力衰竭而死，太宗從受傷到病逝共十八年，並非全無道理。

要驗證宋太宗是否一定得過骨髓炎，需要開棺進行遺骨的病理性研究，可惜太宗的永熙陵早年多次被盜，經考古人員調查，地宮裡面幾乎空空如也，太宗棺槨和遺骸，早已不知所蹤了。

太宗晚年，家事不順，既耗費精神，也讓他心力交瘁，嚴重削弱了免疫力，加重了病情。

先是長子趙元佐精神狀態出了嚴重的問題，一再發瘋胡鬧，無法控制情緒，曾酗酒後「夜縱火焚宮」。太宗非常震怒，下詔「遣御史捕元佐，詣中書劾問，廢為庶人，均州安置」，經過百官的多次求情，才將其軟禁在京師。經此事後，趙元佐徹底與皇位無緣。

次子趙元僖原來被太宗寄以厚望，成為準皇儲，但不到三十歲就突然暴病身亡。此時距太宗離世僅有五年，白髮人送黑髮人，皇帝自然哀不自勝，「悲泣達旦不寐」。不料此事後來牽扯出趙元僖家庭內部妻妾爭風吃醋、皇子本人涉嫌結交外臣搶班奪權的醜聞。貌似聽話恭穩的趙元僖，原來和野心家幾無分別，讓太宗備感惱怒、傷心！他命人削去元僖的太子封號，並流放了兒媳全家。

此後，太宗身心俱疲，萬念俱灰，加上箭傷屢屢發作，自知回天乏術，便只能將皇位傳給略顯平庸的第三子趙恆（元侃）。

可見太宗之死，應該是多種因素相互作用的合力所致。

高風險職業

帝王如果也算是一種「風險職業」的話，御駕親征就更是高危險行為。

上古時期，華夏貴族尚武，常常披堅執銳，親冒弓矢，追求為國出征的榮譽感。春秋初年，周天子率領聯軍征討鄭國，雙方在繻葛（今河南長葛東北）大戰，周桓王被鄭莊公的射手一箭洞穿肩部。莊公尚留有餘地，沒有窮追猛打，夜間還派臣下慰問天子。十年後，桓王去世，不知道是否與箭傷有關。繻葛之戰實際上反映了東周以後，「禮樂征伐自天子出」已經一去不返了。天下禮崩樂壞，周天子不再具備政治上的實權，而且已失去了對諸侯的控制。

其後，做夢都想稱霸的宋襄公，「與楚成王戰於泓」。他痴迷於貴族式的公平競爭，讓楚軍安全渡過泓水、列好陣勢再一決雌雄，結果「宋師大敗，襄公傷股」。「是年，晉公子重耳過宋，襄公以傷於楚，欲得晉援，厚禮重耳以馬二十乘。」「十四年夏，襄公病傷於泓而竟卒。」（《史記・卷三十八・宋微子世家第八》）他死於傷口感染的可能極大，從結局來看，宋太宗和宋襄公二宋居然出奇地相似。

宋襄公傷重不治，悲慘的下場徹底破碎了貴族的戰略遊戲夢，從此，中國的軍事思想開始變得更加務實。

在以後的歲月裡，親征便與軍人榮譽無關了，帝王們選擇這種危機四伏、鞍馬勞頓的方式，很多時候出於無奈：不是部下信不過，就是鼓舞士氣極為必要。不過偶爾，他們也會陷入好大喜功的狂想中。劉邦自一介布衣華麗轉身，成為天子。年逾花甲，仍舊親征反叛的英布，大概是不信任韓信之類的諸侯、大將；而劉氏宗親裡頭又大多沒有經歷過戰場考驗，儘管侄子劉濞有戰功，卻只是小將，沒有領導大兵團作戰的經驗，想用而不敢用，實在無可奈何。結果劉邦途中受箭傷，半年後死去，很可能與感染有關。

三國時，劉備親征孫吳，大敗虧輸，好不容易積累的半生本錢幾乎喪盡，原先開局不錯的蜀漢立刻陷入危急存亡之秋。劉備很快死去，雖然沒有記載受傷，但是即使致命傷不在身，也肯定在心，年邁傷心又悔恨，必然加速死亡。孫權也親征過曹魏，但被張遼大敗，自己險些被擒，一度極為狼狽。

五胡十六國時期天下更亂，皇帝冒起的很多，親身經歷戰場的也多，受傷者更眾。前秦苻堅在淝水之戰大敗，弟弟被射殺，自己被射傷。

隋唐的御駕親征，凌辱對象常常是朝鮮半島上弱小的高句麗。唐太宗李世民也幹過此事，但終究沒有得逞，還得了癰瘡，透支了身體；至於被高句麗軍隊射瞎眼，則子虛烏有，是韓國電視劇追求精神勝利罷了。

宋朝以後，隨著中華文化變得內斂而重文輕武，皇帝親征者明顯減少。明成祖朱棣是個例外，先後五次北伐蒙古。但明帝國實力萎縮很快，帝王們的尚武精神則委靡得更快，朱棣後代中只有兩個人御駕親征過。明英宗為太監矇騙，倉促上路，居然全軍覆沒於蒙古軍，本人被俘，是為「土木堡之變」；貪玩、好動的明武宗討伐造反的寧王，但親征很快變成公費旅遊，因為王陽明早早就把寧王收拾掉了。後任的帝王更加不振，雄姿喪盡，明神宗那副漂亮的鎖子連環盔甲也不過流為擺設。

清朝開國的努爾哈赤、皇太極自然經常打仗，而後代中只有康熙、乾隆還炫耀過武力。嘉慶後，武力則衰，皇帝貴族只在木蘭圍場打打獵，玩玩模擬練習、實況遊戲。道光帝當皇子時還親手在紫禁城射殺過反叛的天理教入侵者，此後皇帝們便武功式微，個個都是弱不禁風的模樣，文弱有餘，孔武不足，還病懨懨的。隨著鴉片戰爭失敗，大清軍功也就更乏善可陳了。

話說回來，留有餘地很重要！

景德元年（西元一〇〇四年）冬天，契丹南下犯宋，包圍了瀛洲等河北地區，朝野震驚，宋真宗趙恆打算遷都南下。危急之時，寇準犯顏直諫，鼓動真宗御駕親征。這不是逼迫皇帝往火上烤嗎？然而，真宗終於被說服，勉強北上，在當時發揮了鼓舞士氣的重要作用，客觀上為連吞敗仗的宋軍注入了強心劑。宋、遼雙方在澶州（今河南濮陽附近）大戰，宋軍射殺契丹名將，遼軍攻勢戛然而止，真宗亦決定就此罷兵，以每年向遼納白銀十萬兩、絹二十萬匹來換取與遼之間的和平，即所謂「澶淵之盟」。

寇準並不是老而昏聵，而是如同後世林則徐那樣，「苟利國家生死以，豈因禍福避趨之」。幸虧真宗的親征沒發生意外，但寇準的舉動卻遭到皇帝記恨，畢竟宋真宗沒有太宗對寇準那樣的信任與厚愛。日後，寇準的政敵利用他勸說皇帝親征事件，挑撥真宗與寇準的關係。寇準逐漸被疏遠，官職一再遭貶，最終病死於廣東雷州。雖然當時出於義舉，但沒有為別人留下餘地，自己也會留不下餘地啊！

註釋

1 南宋李燾《續資治通鑑長編・卷三十八》：「初，參知政事寇準自青州召還，入見，上（宋太宗）足創甚，自發衣以示準曰：『卿來何緩！』準曰：『臣非召不得至京師。』」

2 中國華北及東北地區的人舊時戲稱太行山以西、主要是山西省的人「老西兒」。

3 南宋王銍《默記・卷中》：「太宗自燕京城下軍潰，北虜追之，僅得脫。凡行在服御寶器盡爲所奪，從人宮嬪盡陷沒。股上中兩箭，歲歲必發。其棄天下竟以箭瘡發云。蓋北虜乃不共戴天之仇，反捐金繒數十萬以事之爲叔父，爲人子孫，當如是乎！」

中國唯一的皇帝木乃伊

契丹主至臨城，得疾，及欒城，病甚，苦熱，聚冰於胸腹手足，且啖之。丙子，至殺胡林而卒。國人剖其腹，實鹽數斗，載之北去，晉人謂之「帝羓」。

《資治通鑑．卷二百八十六》

農曆四月底的北國草原，夏日開始把蒼茫的野草烤得發亮，清晨那些細小晶瑩的水珠早已逃遁得無影無蹤。

距今一千多年前，即西元九四七年，在今內蒙古自治區赤峰市巴林左旗，此處是冉冉升起的契丹族大遼國雄偉的上京都城。

安坐宮中的述律太后忽然接到來自中原的八百里緊急快報，這一次並不是什麼征服華夏的大捷，而是一份讓堅強的她欲哭無淚的訃告：皇帝耶律德光，她的二兒子，在四月下旬暴死於河北欒城！

「生要見人，死要見屍！」這位輔佐丈夫——遼太祖耶律阿保機打天下、創立不世基業的政治女強人，一向以剽悍、冷酷著稱，曾經為了回應臣下逼她為先帝殉葬的挑釁，居然自斷手腕；這番，她緊咬牙關，牙縫裡蹦出來這麼一句令人心寒的話。

信使快馬加鞭，太后冰冷的懿旨很快傳回欒城。

這可難壞了隨行的文武大臣，尤其是醫護人員——耶律德光病死處距上京足有千里之遙（按照現在的單位換算，約四百公里，相當於臺灣南北之長），當時又正逢盛夏，屍體怎能保存到上京？那時交通極不方便，又無電話、短信聯繫，只靠快馬，現在一來一回，已經耽誤了六、七天，皇帝屍體已經開始發臭；光靠牛馬拖著沉重的靈柩，頂著酷暑天氣，搖搖晃晃地到達北國草原時，大行皇帝要嘛已是一堆白骨，要嘛變成一具臭氣沖天的腐屍，太后如何接受得了？要知道，這位太后的脾氣讓誰都不敢說個「不」字，盛怒之下，失望之餘，說不定就讓全體醫護人員人頭落地！

想來想去，隨軍太醫們還是一籌莫展。忽然，有位相熟的御廚靈機一動，想出了一個主意：做羓。

把皇帝做成臘肉

原來，遼國地處漠北，民多以羊、牛等肉為食。由於分散遊牧，且無優良的冷凍設備，有時殺了羊或牛一時吃不完，只好掏空了牛羊的內臟，用鹽巴鹵上。這樣，即使在炎熱的夏天，也可以保證很長時間不腐爛，讓牧民可以吃到肉。相當於中原地區的臘肉。

因為別無選擇，這個本來用以醃製畜肉的辦法，空前絕後地準備用在偉大的遼太宗耶律德光身上。如果是漢族政權的臣屬，絕對不敢冒死提出這樣驚世駭俗的建議。不但家屬無法接受，而且必會勃然大怒、暴跳如雷，漢文化對屍體既尊重又忌諱，別說動刀子損傷屍體，就是弄丟根毫毛都得求神拜佛呢！

雖然此法有把皇帝當牲畜處理的嫌疑，但百般無奈之下，契丹的文武大臣只好照御廚、御醫的意見行事。不過既然是用皇帝龍體做成的「羓」，就不是一般的「羓」，而是很奇葩的「帝羓」這也成為中國歷史上唯一的皇帝木乃伊。

於是，太醫和御廚一起動手，掏空了耶律德光的內臟，然後「實鹽數斗」，再用鹽水浸泡一通，醃成了「徒有其表」的皇帝臘肉。

果然，五月間，當扶靈隊伍穩穩當當地回到遼上京時，太后命人打開棺木，親睹了兒子最後一眼。儘管耶律德光雙目緊閉，但臉頰、髮絲仍舊是那麼熟悉親切，身子骨依舊是那麼強壯厚實，只是已經冰冷得無法動彈了。百官、太后瞻仰遺容完畢，太后終於忍不住放聲大哭。

隨行的御醫們結結實實鬆了一口氣。這次遠征中原，雖然不用直面刀光劍影、血雨腥風，倒也險象環生、九死一生似的，大家後背不知何時冒出了一大層冷汗，衣帽均已溼透。

遠行從來都是危機四伏的，更不要說遠征或者巡視大江南北了。路途顛簸，天氣多變，身體難以適應，危機就有可能不斷升級。中國歷史上，在遠涉、遠征途中喪生的帝王還真不少！最早的記載，恐怕是春秋以前的周昭王，此君南征楚地，居然走上了不歸路，傳說是病死的。後來，秦始皇在巡遊時突然病逝，引發了宮廷政變和國家動盪。後周英明的國主柴榮，曾屢次打敗強悍的契丹人，但在北伐過程中病倒了，回到京師不久即遺憾地撒手人寰，留下孤兒寡母，被大將趙匡胤奪權而改朝換代。明成祖朱棣五次北征蒙古，號稱「三犁虜庭」，但終究抵擋不住自然規律，最後一次病逝於途中的榆木川。清朝的嘉慶皇帝避暑承德，途中即覺「不豫」，到達山莊後就一命嗚呼。

耶律德光是怎麼死的？莫非也是心腦血管病把這一代雄主吞噬掉？我們先得回顧一下他的歷史。

耶律德光，契丹的名字為堯骨，他是太祖耶律阿保機的次子。阿保機和述律后對漢化很深的長子耶律倍頗有微詞，而老爸覺得老二各方面都很像自己，遂對他寄予厚望，著意在政治、軍事上加以培養。二十歲時，德光被任命為「天下兵馬大元帥」，隨太祖參加了一系列征服戰爭，尤其是在南征幽州、西征吐谷渾、回鶻期間，他戰功卓著，為日後奪得帝位打下基礎。

開封大屠殺

耶律德光二十五歲繼位，隨後統一了契丹部落，逐步完善了契丹政權的設置，加速了封建化進程。他一生中最得意的，也是漢民族最錐心憤恨的事件，便是做了一回中原皇帝的「皇父」。

當時正值混亂不堪的五代十國時期，西元九三六年，後唐河東節度使石敬瑭以稱子、割讓燕雲十六州為條件，毫無廉恥地乞求耶律德光出兵，助其反對後唐。耶律德光遂親率五萬騎兵，在晉陽城下擊敗後唐軍，冊立石敬瑭為後晉皇帝；其後，他更率軍南下上黨，助年長他十幾歲的「兒皇帝」石敬瑭滅後唐。

中原政權喪失了地理上險關隘口縱橫的燕雲十六州後，從此便在戰略上處於不利的被動狀態，北漢、北宋都曾嘗試武力收復，但勞民傷財、勞師無功，屢屢被契丹軍打得丟盔棄甲，宋太宗還因此受了箭傷，最終不治身亡。據有燕雲十六州，北方騎兵遂保持著對南部一馬平川的中原地區虎視眈眈，乃至形成閃電橫掃之勢。北宋最終迅速滅國，也間接與此有關。

後來，石敬瑭養子石重貴即位，頗有骨氣，拒不稱臣。耶律德光便率軍南下。西元九四七年初，契丹軍攻入後晉京城東京汴梁（今河南開封），俘虜後晉出帝石重貴，滅後晉。耶律德光以中原皇帝的儀仗進入開封，在崇元殿接受百官朝賀。二月初一，德光下詔將國號「大契丹國」改為「大遼」。

耶律德光率部眾進入開封，百姓號呼奔逃。他以為自己做定中原皇帝了，遂令契丹兵以牧馬為名四出搶掠，稱「打草谷」。契丹兵大殺大掠，如同後世日軍荼毒南京城一樣，開封、洛陽附近數百里間頓時民怨沸騰、民不聊生。當時劉知遠在晉陽稱帝，諸鎮和後晉舊將多起兵響應。廣大百姓也群起反抗，他們攻破州縣，殺契丹任命的官吏。耶律德光這才害怕，覺得難以管制，於是帶著後晉降官數千人，宮女、宦官數百人以及晉府庫所有財物，離開開封北返。沿路殺人洩憤，路過相州，契丹屠城，城中男子被殺，婦女被擄，「胡人擲嬰孩於空中，舉刃接之以為樂。」（《資治通鑑》）事後查點，百姓死亡十餘萬人。契丹軍所過之處，全部淪為荒涼破敗之地。也許遭到天譴，就在北還途中，耶律德光居然就罪有應得地病死了！

碰巧他死的地方，叫「殺胡林」。

關於他的病亡，《遼史・太宗本紀》說得很體面，也很簡略：「戊辰，（德光）次高邑，不豫。丁丑，崩於欒城，年四十六。是歲九月壬子朔，葬於鳳山，陵曰懷陵，廟號太宗。」事實到底怎樣？

抱冰緩高熱

據司馬光的《資治通鑑・卷二百八十六》記載：「契丹主（德光）至臨城，得疾，及欒城，病甚，苦熱，聚冰於胸腹手足，且啖之。丙子，至殺胡林而卒。國人剖其腹，實鹽數斗，載之北去，晉人謂之『帝羓』。」文中提到了耶律德光的症狀是高熱，苦不堪言之下，他除了拿大量冰塊抱緊取涼外，還啃冰塊，真是狼狽。

而薛居正等的《舊五代史・外國列傳一》則更為詳盡，而且繪聲繪色：「（四月）十六日，（德光）次於欒城縣殺胡林之側，時德光已得寒熱疾數日矣，命部人賚酒脯，禱於得疾之地。十八日晡時，有大星落於穹廬之前，若迸火而散，德光見之，西望而唾，連呼曰：『劉知遠滅，劉知遠滅！』是月二十一日卒，時年四十六，主契丹凡二十二年。契丹人破其屍，摘去腸胃，以鹽沃之，載而北去，漢人目之爲『帝羓』焉。」

看來，從發病到死亡，大約有十天。

《舊五代史》又云：「契丹自黎陽濟河，次湯陰縣界，有一岡，土人謂之愁死岡，德光憩於其上，謂宣徽使高勳曰：『我在上國，以打圍食肉爲樂，自及漢地，每每不快，我若得歸本土，死亦無恨。』」此處可見德光掩蓋統治中原的失策與無力，為北撤製造藉口，但涉及不祥的「死」字，真是一語成讖。

此外，王仁裕的《玉堂閒話》與司馬光的記載頗為相近：「胡王（德光）之將南也，下令陳鄭間數州悉使藏冰，至是嬰疾，熱作，不勝其苦，命近州輸冰，於手足心腋之間皆多置冰，以至於絕。」冰塊物理降溫，終究回天乏術。

近年來，有研究者稱，綜合上述記載，耶律德光很有可能是得瘧疾死的。然而，這些證據都指向了瘧疾嗎？

被熱死的臘肉皇帝？

耶律德光原本應該是大致健康的，沒有嚴重慢性疾病罹患的證據，不然不會向南御駕親征，因此，傳染病致死的機會比較大。

所謂中瘧疾死，大體上是根據《舊五代史》「時德光已得寒熱疾數日矣」這一句。研究者認為德光寒熱交加，與瘧疾的間歇性高熱相符，遂有此結論。

不過，寒熱疾或寒熱病，首先是古人的中醫概念，與今人理解的病症可能有出入，不能望文生義。

《黃帝內經・靈樞》第二十一篇為〈寒熱病〉，云：「皮寒熱者，不可附席，毛髮焦，鼻槁臘。不得汗，取三陽之絡，以補手太陰。肌寒熱者，肌痛，毛髮焦而脣槁臘。不得汗，取三陽於下，以去其血者，補足太陰，以出其汗。骨寒熱者，病無所安，汗注不休。齒未槁，取其少陰於陰股之絡；齒已槁，死不治。」

古人認為，寒熱病是指由外邪引起以發熱、惡寒為主要表現的各種症候。此處並沒有發熱—體溫正常（回冷）—發熱的描述。其實，寒熱病如果一定要與現代西醫套近乎，那麼只能說，很可能是一大類引起發熱的疾病，或者說以發熱為主要特徵的感染性疾病。而對於大多數人來說，發熱時除了有熱感之外，畏寒、全身痠痛的感覺本身也會出現，相反，體溫如果恢復正常時，只會覺得全身舒坦，倒不會出現寒冷之覺。

可見，僅憑藉文獻記載就認為耶律德光患有瘧疾，似乎不妥。再說，瘧疾是透過蚊子叮咬傳播瘧原蟲，導致病患發熱。在當時未被開發的中國西南、嶺南等地，包括臺灣地區，山林茂密，蟲獸眾多，滋生蚊子自然容易，對於那時的人來說，真的就是瘴癘之地。但是，中原地區開發很早，比較發達，經濟繁盛，人口眾多，由於人為原因，植被早被破壞不少，很多地方不是原始叢林地區，使得蚊子傳播瘧疾的機會大大減少。況且，瘧疾在這麼短時間內致死畢竟不太常見。這是傳染病，倘若存在於皇帝身上，皇帝身邊的人乃至整支軍隊，恐怕都會有大量染病的案例，導致疫情蔓延；而史書沒有這方面記載。

會不會是流感呢？也不大像。流感是病毒經過呼吸道飛沫傳播，可以說，這是最容易傳染的方式，比蚊蟲為媒介或食物為途徑的傳染病，更為可怕。沒有人可以不呼吸，只要呼吸，就是在流感病魔的陰影下顫抖。一九一八年西班牙大流感爆發，由於交通較以往便捷，病毒便乘著輪船、火車肆虐，一時間造成世界各地大量的人口死亡，整個地球為之驚悚、失色，當時的一戰尚未結束，但戰火硝煙比起這微不足道的病毒，似乎顯得小巫見大巫。如果耶律德光死於流感，那麼他的大臣、士兵恐怕也在劫難逃，這支契丹大軍恐怕會不戰自潰；而史書當中沒有疫情流行的蛛絲馬跡。

也有人會想起拿破崙大軍征俄時遭遇的「戰爭瘟疫」——流行性斑疹傷寒，又稱人蝨型斑疹傷寒，是由普氏立克次體（Rickettsia prowazekii）引起的急性傳染病，屬於「人—蝨—人」傳播的疾病，人是唯一的宿主，蝨子是傳播媒介。一套混雜著泥土與臭汗的制服，士兵往往要穿好久，小小的蝨子便如影隨形，以軍服為家、士兵的血肉為食。斑疹傷寒起病急驟，病患有寒顫、高燒、劇烈頭痛和肌肉疼痛，顏面潮紅。不過，流行性斑疹傷寒常流行於冬季或寒帶地區，而且，耶律德光貴為一國之尊，個人清潔衛生應該做得不錯，總不能與基層士兵相提並論吧？

經過分析和排除，筆者大膽地推斷，耶律德光可能死於傷寒。

這不是張仲景《傷寒雜病論》裡的中醫「傷寒」。

我們說的傷寒（typhoid fever），又稱為腸熱病（enteric fever），是一種常見的、由傷寒桿菌（Salmonella typhi）造成的急性腸胃道傳染病，通常起源於食物或飲用水遭到帶菌者糞便的汙染。傷寒桿菌會隨著糞便和尿液排出體外，透過蒼蠅、蟑螂等媒介汙染食物，再傳染給食用的健康人，傳染力很高，夏、秋高發。

傷寒可造成持續的菌血症與毒血症，以回腸下段的增生、腫脹、壞死與潰瘍形成為基本病理特徵。病患典型的臨床表現包括持續高熱（體溫可達攝氏三十九至四十度）、全身中毒與腹痛、噁心、嘔吐、腹瀉等消化道症狀，病患還會出現玫瑰樣皮疹、肝脾腫大。體溫很高的時候，脈搏卻出奇地慢！

長時間發熱、腹瀉等可導致病患身體極度虛弱，更可怕的是，傷寒桿菌在缺乏控制的情況下，可誘發腸道出血或穿孔，這是最嚴重的併發症。這個時間窗就是發病兩週左右，與耶律德光的病程基本相符。一旦腸穿孔，大量其他細菌將一擁而入，造成敗血症，在沒有抗生素殺菌的古代，病患基本就是死路一條。

那麼，耶律德光面臨哪些高危的致傷寒因素呢？

輕忽防疫，大難臨頭

首先，時間問題。耶律德光患病是在農曆四月，可算是踏入了夏季，在時間上符合傷寒桿菌活躍的時節。

其次，地域問題。契丹軍一路燒殺搶掠，沿途必然死屍狼藉、髒亂不堪，這種情況最容易滋生傷寒桿菌、蒼蠅、老鼠、蟑螂。可以說，飽經戰亂的欒城一帶已經是疫區了，一切食物、飲水，都遭到汙染的威脅。

又次，體質問題。耶律德光從未如此深入中原腹地，他長期生活在北方高寒的草原地區，很少接觸中原的氣候，水土不服，對這一帶的病菌也沒有免疫力，一旦接觸必然大病。

最後，生活方式問題。司馬光的《資治通鑑・卷二百八十六》說：「契丹主（德光）廣受四方貢獻，大縱酒作樂。」這位遼國皇帝志得意滿，以征服者和統治者自居，自認為建立了不世功勳，再加上契丹人本就具備好酒吃肉的習性，此次儘管遇到抵抗，但總體來看，勝多敗少，而且擄掠了大量財寶婦女，還是頗有收穫的。在這種情況下，他大宴群臣，飲酒作樂，甚至搞點「酒池肉林」式的享受在所難免，由此也增加了腸道傳染病發生的機會。

也許，傷寒的流行，或多或少影響到了契丹的軍隊，足以削弱他們的戰鬥力。恐怕在耶律德光出事之前，疫情就已冒起了苗頭，說不定正是他們北撤的原因之一。

人們談起中國歷史，總是把漢、唐、宋、元、明、清說得像順口溜似的，如數家珍，彷彿那就是中華民族全部的神髓，大一統的雄奇氣魄，然而，又有誰仔細關注過曾經叱吒風雲的大遼呢？

不止是《天龍八部》的故事

契丹這支來自白山黑水的民族，崛起於唐朝後期，他們的輝煌史幾乎與五代十國、北宋王朝相始終。嚴格來說，北宋不是大一統的王朝，與他分庭抗禮的遼朝反倒幅員遼闊。遼朝全盛時期，疆域東到日本海，西至阿爾泰山，北到額爾古納河、大興安嶺一帶，南到河北省南部的白溝河。遼國管轄的人口中，自然有大量的漢人，契丹貴族對內實行胡漢分立國策，區別管理。遼朝的軍事力量與影響力也涵蓋西域地區，唐朝滅亡後，中亞、西亞與東歐等地區遂將遼朝（契丹）視為中國的代表。目前，突厥語族和斯拉夫語族的多數語言中仍把中國稱為「契丹」，如俄語中的Китай。在英語中，由「Khitan」演變而來的「Cathay」也是中國的雅稱，多用於詩歌中。

契丹人在與漢族的接觸中，大量吸收漢文化的精髓，自成一家而風雅猶存。「昨日得卿黃菊賦，碎剪金英塡作句。袖中猶覺有餘香，冷落西風吹不去。」這首〈題李儼黃菊賦〉，相傳是耶律倍的後裔——遼道宗耶律洪基為回丞相李儼的〈菊花賦〉而作。作品透過巧妙的聯想，寫出秋菊獨傲風寒的氣質，並以此抒發詩人的敬慕之情，極富韻致。

很可惜，這個偉大的王朝過早地陷入了內鬥與內耗。

耶律德光死後，他的兄長耶律倍之子耶律阮在眾將擁戴下，以正統為名，奪得帝位，是為世宗，他逼迫述律太后在繼承人問題上讓步；然而幾年後，耶律德光之子耶律璟參與政變，殺害了世宗，自稱皇帝，史稱遼穆宗。遼穆宗經常酗酒，天亮才睡，中午方醒，因此長期不理朝政，人稱「睡王」。他又好殺，經常親手殺人，同時，還愛好遊獵，「竟月不視朝」，根本沒有人君的模樣。十八年後，風水輪流轉，不得人心的穆宗又被手下弒殺，世宗次子耶律賢被擁立為帝，即遼景宗。經過這一番劇烈的血腥折騰，遼國的內政才相對穩定下來，繼承人終於牢牢地回歸到太祖耶律阿保機長子耶律倍的血脈上，此時距離耶律德光去世已經整整過去了二十二年。

這段時間，契丹昏君當道，忙於內訌，錯過了向南發展的良好勢頭。中原地區經過後周柴榮、北宋趙匡胤的整飭、鞏固、統一之後，實力大增，雖然軍事力量難以全面超越契丹，但已今非昔比，遼軍想要一口消滅中原政權，已經斷無可能。最後，宋、遼結下「澶淵之盟」，雙方維持了百年和平。承平日久的契丹軍，由於自上而下的腐化，戰鬥力急劇下滑，最後被新興的漁獵民族——女真殲滅。

不知道雄才大略而嗜血成性的遼太宗耶律德光，如果泉下有知，該作何感想？

「奪目」的失敗手術

初，帝目有瘤疾，使醫割之。鴦之來攻也，驚而目出。懼六軍之恐，蒙之以被，痛甚，齧被敗而左右莫知焉。閏月疾篤，使文帝總統諸軍。辛亥，崩於許昌。《晉書》

嚇到眼珠子掉出來

有時候，我們不得不相信有「天命」這一回事。

建安十三年（西元二〇八年），歷史上大書特書的赤壁之戰爆發，所向披靡的曹操企圖挾統一北方、輕取荊州之威，一舉打敗孫、劉，然而，他遭到了史無前例的挫敗，銳氣大挫。

同一年，曹操麾下一名刀筆吏的長子出生了。當時，沒有人知道這位官職不高的司馬懿將權傾朝野，成為曹魏的頂梁柱，更沒有人想到這個小嬰兒日後就是曹魏的剋星。

這個小孩名叫司馬師，字子元。「師」在漢語中含有官長、軍事的意思，「元」又意味著為首、開端。看來，司馬懿對長子的期望很高。不過，權傾朝野、位極人臣，在當時來說，恐怕是司馬懿想都不敢想的吧？

提起司馬師這個洋溢著殺戮征伐之氣的名字，想起他出生的那一年，情勢瞬息萬變，再聯想到司馬家族日後把持魏國朝政、殲滅曹氏宗族、最後逼迫皇帝禪讓，不禁讓人感嘆似乎真有天命的安排！

司馬師在父親死後，完整接過他的衣缽。此時的曹魏政權只是虛有其表，皇帝是不折不扣的傀儡，真正發號施令的就是大將軍司馬師。憑藉出色的才幹和絕對的權威，司馬師肅清內亂、擊敗東吳並逐步加強對政權的控制。可惜，人人都逃不過生老病死，司馬師也不例外。

西元二五五年，魏國鎮東將軍毌丘儉及揚州刺史文欽起兵反司馬師，他們企圖連通東吳軍隊，卻未得到東吳的大力支援。司馬師抱病親自都督全局，手下悍將王基、諸葛誕、胡遵、鄧艾、鍾會各顯其能，叛軍很快被打敗，戰局頗為順利。

然而，突發意外出現了。

司馬師當時因為眼部長了瘤子，剛做完切除術，戰鬥間隙留在軍營休息。文欽之子文鴦——一位少年將軍，有萬夫不當之勇，突然前來劫營。據史書和演義記載，正在歇息的司馬師問詢，大驚失色，驚駭之餘還把創口震裂了，導致眼珠子爆出，頓時鮮血淋漓、慘不忍睹[1]。

幸好文鴦的騷擾無法持續，大軍很快將其擊退。為了封鎖消息、穩定軍心，司馬師不動聲色地強忍劇痛，直至汗流浹背、咬破被褥，顯示出有如神般的鋼鐵意志。

然而，這個眼病、這次手術可要了司馬師的命！

眼部腫瘤，種類繁多

從文獻得知，司馬師眼部患有「瘤疾」。眼睛乃人類靈魂之窗，雖然在魏晉時期，中國人還未形成這種文學般的語言描述，但眼通神明這類觀念還是有的，「目則五臟六腑之精」更是健康觀的重中之重。司馬師身為國家實際掌權人，日理萬機自然不假，容貌威儀更不容小覷，肯定不敢對眼睛有絲毫忽視。

但此時，他的腫瘤估計已凸出眼眶之外，醜不堪言，很可能發展到嚴重影響外觀和生活品質、甚至有損自尊心和視力的地步，所以才冒著極大的風險讓醫者動手術切除。

值得注意的是，司馬師幼年時就已出現眼部疾病，沈約《宋書》云：「景王（即司馬師，死後追封）嬰孩時有目疾，宣王（即司馬懿，亦死後追封）令華佗治之，出眼瞳割去疾，而內之以藥。」可見，司馬師小時候已經接受過手術治療，並且術後創口被敷藥。至於施行手術的是否為名醫華佗則值得商榷。史界考證華佗被殺的時間，恰好就在赤壁大戰、也就是司馬師出生的那一年左右，所以不排除另有高人為司馬懿的大公子割除眼瘤，後世託名為華佗而已。

這種疾病到底會是什麼呢？

現代醫學認為腫瘤有良惡性之分，惡者為「癌」或「肉瘤」（相對少見）。到底有沒有「眼癌」這種疾病呢？答案是有的。肝癌、肺癌、子宮頸癌都是人們熟知的癌症類型，但眼癌就比較少聽聞。其實，就眼睛疾病而言，原發於眼睛的惡性腫瘤（俗稱「眼癌」）確實很少，卻是眼睛的重大疾病之一，也絕對不容忽視，從初生嬰兒到年長者都有患上眼癌的可能。而眼睛的不同部位都有發生癌變的可能，依位置可分為眼瞼（或眼眶）腫瘤、眼球表面腫瘤及眼球內腫瘤，視網膜母細胞瘤是最常見的兒童原發性眼內腫瘤。司馬師莫非患有此病？

其實，視網膜母細胞瘤是從視網膜長出來的一種惡性腫瘤，最典型的症狀是「貓眼」，即瞳孔出現黃白色反光。正常人的黑眼球中央有通孔，通常呈暗灰色。如瞳孔呈現黃白色反光，就有可能患上視網膜母細胞瘤。但是，它是一種發生於眼球內的惡性腫瘤，並非以腫物突出於眼球或眼眶之外為特徵。

另外比較出名的還有眼黑色素瘤。視野缺損、視敏度減弱、疼痛是病患的主訴。病變向眼內生長，侵犯視網膜和玻璃體，惡性腫瘤細胞還可能擴散到視神經、腦部，或血行轉移到全身，屬於眼球內的惡性疾病，不是以外觀可見的腫塊為主要症狀。

司馬師倘若患上這類眼球內的腫瘤，外貌上一般是不會引起自己和家人注意的。再說，這類疾病的惡性程度相當高，且隱藏在眼球之內，現代人尚且無法有效控制，發生在古代兒童身上，基本上就夭折了，哪能等到有一天位極人臣，一人之下萬人之上？

如果腫瘤生在眼球表面，如翼狀贅肉、眼表面鱗狀細胞瘤等，以當時的技術極難有效而安全地將其分離切除，光是止血就是絕大多數古代醫師跨不過的關卡，很多時候只能連腫瘤帶眼球一起剜去，如果這樣，司馬師自幼便瞎一眼，成年後不存在再發腫瘤、再手術、眼珠子再從創口迸裂而出的機會了。手術即使僥倖切除腫物，也有可能造成眼球周圍和本身組織的破壞，引起嚴重併發症。

綜合來看，司馬師的眼部腫瘤應該是長在眼瞼或眼眶的可能性大一些。因為這類腫塊一來顯而易見，二者，切除起來相對容易。

眼瞼的角化棘皮瘤和鱗狀上皮細胞癌，其發病與長期受紫外線影響有關，因色素分布不同，西方人患此病的風險較高，中國人相對較少。司馬師得這類疾病的機會不大。

眼眶惡性腫瘤以橫紋肌肉瘤最為常見，好發於十歲以下兒童，少部分發於成年人，是一種原發於眼眶的惡性腫瘤。司馬師幼年患病，切除腫瘤後復發，倒不是沒有可能。

話又說回來，眼球表面腫瘤也好，眼眶、眼瞼腫塊也罷，切除病灶後，為何眼珠子又迸了出來呢？難道真的是像傳說那樣被嚇出來的？

眼珠子怎會說掉就掉？

司馬師的心理素質堪稱一流，深得老謀深算、臨危不亂的老爸司馬懿之真傳，甚至有過之而無不及，這一點，弟弟司馬昭就差一大截了。司馬懿晚年準備發動高平陵政變、剷除掌握實權的曹爽集團時，事發前把計畫偷偷透露給司馬師、司馬昭兄弟。這次政變，成功則司馬家族走向至尊，失敗則必遭誅滅九族，司馬昭在政變前一晚徹夜難眠，緊張得渾身冷汗、神不守舍、輾轉反側；反觀司馬師，早已布置好散於民間的三千死士，自己從容呼呼大睡，養足精神，翌日一鼓作氣辦大事。

一千多年來，民間傳說、演義小說乃至官方史書為了宣揚劉備政權的正統性，往往對曹魏、西晉惡意詆譭、貶低、醜化。司馬家族既與蜀漢作戰，又身為人臣、脅迫主上，踐踏了儒家思想「君君臣臣」的框架，遂一直以野心家的形象出現在文人筆下。

司馬師受驚而眼珠迸出之說，應該是這種史學氛圍的產物。目的當然是修史者或文藝創作者為了凸顯他的狼狽不堪、罪有應得、死有餘辜。其實，軍事家在營中突然聽到敵軍來襲，一驚訝、一坐起，甚至一激動，都是下意識的動作，身經百戰者均免不了如此，根本就不值得大驚小怪。他的眼球爆出，歸根結柢還是手術本身的問題導致。

讓我們先看看眼球的結構吧。

正常情況下，每隻眼球由六條外眼肌支配，牢牢固定在眼窩中。這些肌肉的配合使得眼球可以自由地往任何方向轉動。兩眼運動時，眼肌彼此協調。鞏膜是眼睛的白色外壁，覆蓋著幾乎整個眼球的表面，由膠原纖維組成，非常強韌。六條眼外肌的肌腱就附著於鞏膜上。可見，在肌肉等輔助組織的保護下，眼球想隨便掉出眼眶談何容易！

中國古代的傳統醫學，包括眼科學、外科手術學，固然頗有值得稱道的地方。

春秋戰國時代，古人最原始的外科器械便是砭石或石鐮，隨著外科醫療技術的發展，外科器械逐漸得到改良，至宋代即出現了較完善的器具，如針、剪、刀、鉗等，與現代外科的器械不無共通之處，堪稱世界外科學史上的重要發明。

古書《外科圖說》記載中，由中國創造設計的痔瘻專科手術器械如彎刀、鈎刀、柳葉刀、筆刀、探針筒、過肛針、小烙鐵、方頭剪、尖頭剪等，也有很高的實用性、先進性，證明古代醫學曾取得不小的成就。

秦漢以後，更是外科名醫輩起，他們所創造的各種手術療法更是讓人嘆為觀止。在司馬師生活的年代，華佗無疑是最傑出的代表。他精通內、外、婦、兒、針灸各科，對外科尤為擅長。「刳剖腹背，抽割積聚」、「斷腸滴洗」是他的絕活，為此，還發明了「痲沸散」用於手術痲醉。

中醫眼科也形成於中國古代，當時醫者借助古代哲學知識解釋眼睛的生理及病理現象，對眼的重要性、生理功能及解剖有初步認識。隋唐時期，中國出現了不少眼科專著，如《千金要方》、《龍樹眼論》等，然而，古代的人體解剖學發展相對滯後，尤其是眼部的解剖學。在缺乏顯微鏡仔細觀察的年代，東西方學者都對這個微小器官的結構不甚了解。

綜觀歷史，古代醫師面對眼部疾病的病患，比較拿手的手術還是金針撥內障術、贅肉割除術及瞼內結石針挑術、拔倒睫毛手術。此外，用烙灼法或切開擠黏液術治療類似散粒腫的疾病，也見於文獻。這些技術的成熟時期大致為隋唐時代。

在西元三世紀進行嫻熟的眼科切除腫瘤術，對於那時的醫者來說，實在勉為其難。

由此可見，司馬師眼球崩裂而出，應該還是手術本身的併發症造成。也就是說，醫師很有可能在術程中誤傷了重要血管、神經，甚至是連接眼球鞏膜的肌肉，導致眼球和周圍組織的鬆解；或者更大的可能是因古人沒有消毒觀念，手術造成了嚴重的創口感染，假以時日，傷口裡的組織全部腐爛，繼而眼球逐漸壞死，與相鄰部位斷裂，實際上早就脫落，只是被紗布包裹，暫時鑲在眼眶內而已，當司馬師突發激動、動作過大後，壞死的眼球遂崩裂而出！

眼部解剖結構的不熟悉是醫者一大無法逾越的障礙，不過，還不是他們的最大失誤。

隕落，無奈的結局

司馬師眼珠爆出後就一病不起。

原本眼部長瘤只是造成生活不便、有礙觀瞻而已，司馬師的體力、精力還是充沛的，應對軍政、要務均綽綽有餘，豈料經此手術打擊，不僅氣血大虧，還在征戰途中創口惡化。於是，身體狀況便從此一落千丈，每況愈下，最終竟奄奄一息。

原來，手術切除只是外科成功的一半。古人縱使技藝超群，但對於細菌、術野消毒和抗感染治療卻一無所知。最多只能做到對術野、傷口和器械的一般清潔、除垢，遠遠談不上殺菌的程度。

也許這就是現代學者懷疑華佗神奇外科成就的重要原因。如果歷史記載是真實的，擅長開腸破肚的華佗真得好好感謝上蒼對病患的眷顧了，他們不死於手術傷口感染，實在是僥倖。

眼科手術雖小，但消毒殺菌也不可掉以輕心。病患自身的免疫力、手術部位的切開範圍、病變的摘除角度、醫師的手部清潔程度、手術器械的消毒狀態、術後血跡的殘留多少等，都和手術期感染有密切的聯繫。

司馬師不幸出現創口崩裂、眼球爆出，無疑加大了細菌入侵創面的機會，因為血汙正是細菌的美食天堂，一方面使得傷口難以癒合，另一方面，細菌從血管豐富的眼部經血液循環，迅速擴散到全身，包括腦部。在沒有抗生素的時代，這樣造成的敗血症或菌血症才是最致命的。

司馬師最後的歲月是在痛苦的煎熬中度過。

也許傷口的痛楚早已麻木了，折磨他的是身體忽冷忽熱，神智時而清醒、時而昏厥，沒有小便，也不再有食欲，這是感染性休克的表現。此時，細菌已經在他體內大量繁殖、猖狂肆虐，所有器官逐漸油盡燈枯。

在生命的終點處，大將軍司馬師沒有再次聽到戰事取勝的捷報，也沒有聽到曹魏天子恭恭敬敬發來的慰問，但在朦朧之中，或許意識到司馬家族的崛起之路是何等艱辛，這來之不易的權位，一定要後繼有人！

就這樣，四十七歲的司馬師在原本年富力強的年齡，戀戀不捨地撒手人寰，遺命讓弟弟司馬昭接替總督曹魏的軍國大事。數年後，司馬昭之子司馬炎成了西晉的開國皇帝，剛坐穩江山，就大興土木，迫不及待地驕奢淫逸起來，人還未死，國家就出現衰敗的徵兆。司馬師無親生兒子，卻有過繼而來的養子齊王司馬攸，此人受養父栽培，才能出眾，但在司馬炎一朝，只能飽受排擠，年紀輕輕即鬱鬱而終。

一代帥星黯然過早隕落。日後，三國歸晉、曹魏禪讓依然令歷史愛好者讀起來眉飛色舞、驚心動魄，可惜，都跟了不起的司馬師沒有任何瓜葛了。人們是否有扼腕嘆息之感呢？

當年，為他施行眼科手術的醫師，最大的失誤並非在於眼部解剖構造的不熟悉，而在於不懂得無菌操作和消毒，更談不上術中、術後感染的控制。消毒殺菌、挽救外科病患——跨越一千六百年後才被人類發現的祕密，實在大大超越了魏晉時代的認知水準。

直到十九世紀下半葉，歐洲人才逐漸發現空氣中細菌的存在，並將其和手術傷口感染造成的高死亡率聯繫在一起。此後，第一代消毒液——石炭酸的發明，讓古人無法攻克的難題慢慢迎刃而解。此後，無數的傷患者得以從死亡線上獲得新生。文明的曙光，有時候就是出現得如此晚。

如果這些發現和發明早點出現，將會有多少性命免於塗炭？人類的歷史將會有多大的改寫？我們今天的世界將會有多大的不同？

常常有人會問，倘若是政治素質更高的司馬師家族最終享受勝利果實，而不是略遜一籌的司馬昭家族，西晉歷史會不會很不一樣呢？還會是一個非常短命的統一王朝嗎？

這個問題沒有答案。

因為歷史最大的魅力恰恰在於它充滿了偶然性，在於它沒有「如果」。

註釋

1房玄齡等《晉書・卷二・世宗景帝紀》：「初，帝（司馬師，晉朝追贈景皇帝帝號，廟號世宗）目有瘤疾，使醫割之。（文）鴦之來攻也，驚而目出。懼六軍之恐，蒙之以被，痛甚，齧被敗而左右莫知焉。閏月疾篤，使文帝（司馬昭，晉朝追贈文皇帝帝號）總統諸軍。辛亥，崩於許昌，時年四十八。二月，帝之喪至自許昌，天子（魏帝曹髦）素服臨弔。」

貳

成謎死因

被謀殺的慈安太后？

初九日偶染微痾，初十日病勢陡重，延至戌時，神思漸散，遂至彌留。

《清德宗實錄》

慈安死於慈禧之手？

長久以來，慈安太后之死總是那樣神神祕祕，民間更是蜚短流長。其實，造成這種局面的主要原因，一是慈安平素無大病，死亡消息來得過於突然；二是慈安之死的直接獲益者是當時地位略遜一籌的慈禧太后，而慈禧非比尋常，一直以極其負面的形象傳之後世；三是資訊傳播落後，慈禧太后生前無法以此澄清自己。

很多人都相信慈安是被慈禧毒害或謀殺的，筆者小時候也是如此，就連我們的讀物也刻意營造。上世紀八十年代中期的中國大陸盛行連環畫冊，供兒童閱讀啟蒙，其圖文並茂的效果，當時備受稱道。筆者幼時買過一套《慈禧禍國史》，其中有幾頁專講慈禧暗下殺手，毒死老實的慈安，還杜撰出她作賊心虛，案發後夢見披頭散髮的慈安鬼魂前來索命，畫面令人毛骨悚然。

現在看來，作者渲染的慈禧心狠手辣，確能深入人心，不過畢竟欠缺歷史的嚴謹治學之風。如果慈禧殺人，必會有殺人的動機。而慈安太后又是何許人也？

她是鈕祜祿氏，咸豐帝的皇后，滿洲鑲黃旗人。從年齡上講，她比慈禧還小兩歲，也沒有給皇帝生過兒子，可實際上她是皇帝的嫡妻，慈禧的身分不過是妾，生完兒子，獲得晉封，但位階還是比皇后低。咸豐死後，她們二人聯合恭親王奕訢發動政變，剪除了顧命八大臣，實行垂簾聽政，幼童同治帝事實上不過是傀儡。當時慈安又稱東太后，慈禧則為西太后，古代以東為尊，這名分上的安排也顯出二人地位的差別。

真實的慈安並非如一般影視作品描繪的那樣庸碌，她出身於官宦世家，受過良好的教育，文化水準絕不低於家道中落的慈禧。她也不是窩囊之輩，當慈禧的走狗安德海飛揚跋扈時，她支持大臣誅殺安太監。不能說這兩個女人之間一點矛盾都沒有，但她們也非形同水火；而慈禧再狠毒，也無法沿用武則天式的殘忍。如果她有那麼大的野心，乾脆先把丈夫咸豐帝毒死，再把持朝政不遲？說到底，一是慈禧那時還沒「進化」到日後利欲薰心的程度，二是宮廷制度森嚴，下級要謀害上級，豈會如此容易？

不過由於性格和稟賦不同，慈安對政治既不痴迷，又不感興趣。慈安接見臣工的記載極罕見，據說只有陳昌的《霆軍紀略》中記錄了光緒六年（西元一八八〇年）五月二十七日湘軍大將鮑超覲見請訓的情形。

孝貞顯皇后（慈安）問：「你這到湖南好多路？」奏：「輪船不過十餘日至湖北，由湖北不過十餘日即到任所。」問：「你咳嗽好了麼有？」奏：「咳嗽已好。」諭：「我靠你們在外頭，你須任勞任怨，真除情面，認真公事！」奏：「仰體天恩，真除情面，認真公事，不敢有負委任。」問：「湖南有洋人否？」奏：「洋人曾到湖南，因湖南百姓聚眾一趕，後遂未到湖南……」

從以上記載可看出慈安召見鮑超只是禮儀性的，沒有任何具有實際意義的政治訓示，說明她不太關心政治，純粹用一般話家常的方式會面。

可見，慈安對喜好玩政治的慈禧不構成威脅，同時在許多重大議題上，二人意見基本一致。因此，慈禧沒有必要冒險害死慈安。

除去那些疑點重重、不能自圓其說的野史雜談，根據現存可信的史料記載，慈安太后身故的經過至少有如下幾點值得關注。

翁同龢的歷史「證詞」

第一，發病很急。據史載，光緒七年（西元一八八一年）三月初九日晨，慈安依然召見軍機大臣，象徵性地處理軍國大事，未見身體有何大礙，只是「兩頰微赤」（《述庵祕錄》）；然而，次日早，「東太后（慈安）感寒停飲，偶爾違和，未見軍機」（《翁同龢日記》）。多數人認為那天上午她不過是得了普通傷風感冒之類，未料晚間即暴亡於鍾粹宮。時任軍機大臣的左宗棠，事後聽說慈安突然去世，頓足大聲說：「昨早對時，上邊（指慈安）清朗周密，何嘗似有病者？即去暴疾，亦何至若是之速耶（怎麼去世得那麼快）？」（《清稗類鈔》）

《翁同龢日記》是可信度很高的史料。翁同龢生於文人、狀元輩出的江蘇常熟，父兄皆名重一時，本人也是咸豐年間狀元，擔任過同治帝和光緒帝的老師，官至戶部、工部尚書、軍機大臣兼總理各國事務衙門大臣。雖說算不上傑出政治家，但畢竟是晚清重要的政治人物，其日常工作、社交圈子注定能目睹許多重要的歷史瞬間。更可貴的是，翁同龢能持之以恆地寫日記，而且這些日記居然躲過近代各種浩劫與動盪，完整保留。在那些私密而忠實的記載之中，歷史原貌才逐漸清晰。翁同龢曾詳盡記錄了他的學生同治帝從患病到死亡的親眼所見，由此否定了民間風傳的梅毒一說，把死因鎖定在天花感染。

慈安太后出事那天（初十日），翁同龢本來也沒有放在心上，畢竟慈禧太后不久前也病過一回。然而，他「夜眠不安，子初（晚間十一時許）忽聞呼門」，有人送信：「云聞東聖（慈安）上賓（逝世）」。翁同龢隨即「急起檢點衣服，查閱舊案，倉猝中悲與驚並」。第二天晚上，他把初十一的見聞記下：「（初十日）午刻（上午十一時至下午一時）一方按無藥，云神識不清，牙緊。未刻（下午一時至三時）兩方雖可灌，究不妥云云，則已有遺尿情形，痰壅氣閉如舊。酉刻（下午五時至七時）一方云六脈將脱，藥不能下，戌刻（晚間七點至九點）仙逝云云。」裡面提到御醫的病情記錄，可見慈安在中午時分就開始出現嚴重症狀，醫治無效，下午明顯加重，傍晚就不行了。從發病到死亡，大約在十小時內，而且不像是長期患病，病發前沒有很明顯的先兆。

第二，症狀先以暈厥為主，後來逐漸出現深度昏迷，直至不治。翁同龢事後前往奏事處，查閱醫師的診療檔案（讓筆者很感慨醫療文書撰寫的重要性啊！一旦出事，檔案封存，絲毫不得修改，由相關權責人士查閱研究，這可不是現代社會才有的。）得知：「晨方天麻膽星，按云類風癇甚重。午刻……神識不清，牙緊。未刻……已有遺尿情形，痰壅氣閉如舊。酉刻……六脈將脱，藥不能下。」

風癇，病證名。據《聖濟總錄》卷十五所云：「風癇病者，由心氣不足，胸中蓄熱，而又風邪乘之。病間作也。其候多驚，目瞳子大，手足顫掉，夢中叫呼，身熱瘈瘲，搖頭噤，多吐涎沫，無所覺知是也。」不能說每個病患發作時都具備這些表現，但至少從西醫的眼光看，「瞳子大，手足顫掉……搖頭噤，多吐涎沫，無所覺知」，都是典型的神經系統症狀，重點便是意識突然喪失。慈安發病時極有可能就出現這樣的情形，西醫稱之為暈厥，其後她「神識不清，牙緊（發展到昏迷階段）」，接著「遺尿（小便失禁）」，最終脈搏逐漸減弱、減少、死亡。整個過程與腦部重症密切相關。

有不少現代學者認為慈安的上述臨床表現，符合中風、腦血管意外（如腦出血、腦栓塞、腦血栓形成），似乎把所有的注意力都放在大腦裡面。當然，這些都不能完全否定，畢竟大家都沒有遺體病理解剖的機會和權力。但是，我想提醒一下，以最多見的「腦血栓形成」而論，一般來說，都是中老年人（五、六十歲以上）較為常見，男性和高血壓病患者尤其易患，很多人會先有一側肢體癱瘓、言語障礙的先期症狀。慈安死時不過四十四歲，看來早了點，而且沒有那些先期症狀，診斷腦血栓形成的可能性不大。

至於腦栓塞（病因有風溼性心臟病導致栓子形成，從心內脫落而至大腦動脈引起堵塞）、腦出血（病因有高血壓、腦血管畸形破裂等），都不是沒有可能，但我們不能忽視慈安患病的第三特點。

從翁同龢更早的日記來看，慈安的暈厥具有反覆性，而且初始發病年齡很輕，這是最不該忽視的一點！試看：

「同治二年（西元一八六三年）二月初九日。

（慈安皇太后）自正月十五日起聖躬違豫，有類肝厥，不能言語，至是始大安。」

這時慈安才二十六歲！共病了近一個月，病勢沉重。這個年紀出現腦血栓形成，幾乎不可能。

第二則日記寫於同治八年（西元一八六九年）十二月初四日，即六年後：

「昨日慈安太后舊疾作，厥逆半時許。傳醫進枳實、萊服子。」

這回她再次逃脫死神，當時三十二歲。

眞正死因有待發掘

若是腦出血，以當時的醫療條件，這麼危重的疾病，現代基層醫院都如臨大敵，慈安怎麼能光靠服用幾味中藥就掙脫死神？而且慢慢恢復，好像徹底治癒，多年來毫無後遺症。再說，這類病患大多發病一次就足以致死致殘，慈安居然能逃脫兩次？

若是腦血栓，最大的隱患在風溼性病變的心臟，也就是說慈安二十多歲就罹患這種慢性病，一直帶病活了至少十八年，這期間，不可能獲得現代診斷和治療的她，難道一點心臟衰竭、呼吸不暢、嘴唇發紺都沒有嗎？其生活品質、身體狀況必然每況愈下，呈現慢性疾病侵襲的過程，這樣病故後，應該不讓人意外。

由此可見，慈安太后二十多歲就出現過暈厥，以後還多次發作，但是僥倖逃過數劫，直到四十四歲那次，躲不過了。

現代醫學證明，腦源性暈厥儘管常見，但不是最危險的；心源性暈厥造成的威脅更可怕，而且來勢突然。這些暈厥均由心律失常引起，如緩慢性心律不整——心動過緩與停跳、病竇症候群、心臟傳導阻滯等；或如快速性心律失常——室性心動過速、快速性心房顫動等。名目繁多，非專業人士定然眼花撩亂、一頭霧水。但記住一點，過快或者過慢的心跳、紊亂而無效的心跳，最終結果都是心臟泵血功能下降，導致腦血管供血不足，引起意識喪失，繼而腦組織病變。由於腦細胞在缺血、缺氧下，四分鐘就會出現不可逆轉的壞死，許多病患都是無法挽救的，其死亡時間或病殘程度則取決於腦組織受損的位置。

不過，某些異常的心跳發作，有時也會自行終止，或受其他干預而歪打正著，恢復正常，如果時間持續不長，病患還是能暫時平安。平時不發作，這些病患與正常人毫無區別，僅僅在做心電圖檢查時或許能有蛛絲馬跡。而慈安病故前曾有感冒，這是有可能誘發心律失常的。

一百三十多年前，如果人類發明了心電圖，而且引進清廷，使之成為皇親國戚們例行體檢的手段，慈安的病因也許會有更多佐證。遺憾的是，這種機會的可能極低，儘管當時西方的醫療技術蓬勃發展，在根深蒂固的中醫情結之下，能有多少進入滿清最高統治者的法眼？反倒是漢族大臣如李鴻章等人，不僅睜眼看世界，還親身領略西方的先進科技，顯然，他活到七十八歲高壽並非偶然。

歷史會不同嗎？

慈安暴亡，確實只有慈禧得益最多。也許正因如此，敏感的慈禧才將她的後事處理得極為得體。根據翁同龢的記載，在慈安後事的安排上，慈禧沒有片刻拖延。天明後，她命太監去掉蒙在慈安臉上的「面冪」，盡快讓守候在宮中的大臣進入鍾粹宮瞻仰遺容。慈禧並沒有遮遮掩掩，而是泰然處置一切。此外，她把慈安放在皇太后的位置上處理葬儀，沒有絲毫怠慢，「未正二刻（中午十二時左右），大殮」，完全符合清朝的禮制。

如果慈安不早死，造成慈禧獨攬大權，日後的大清國運是否就很不一樣呢？甚至中華民國的歷程都會大相逕庭嗎？

如果慈安不早死，或許二十世紀歷史教科書上談到晚清禍國殃民的，就不止西太后一個人了。畢竟，慈安沒有扭轉乾坤的能力，哪怕是想法。

相信喜好歷史的讀者自有定論。

可惜當時慈禧不知道翁同龢寫的日記，否則日後流言四起之時，拿翁作證，未嘗不是一招。不過，在主要靠茶餘飯後的話題來闡釋歷史的時代，沒有發達的紙媒介，沒有足夠多識字的人，沒有電視與網路，流言很快就會變成正史。

病殘待死的光緒帝

遺精之病將二十年，前數年每月必發十數次，近數年每月不過二、三次，且有無夢不舉即自遺洩之時，冬天較甚。《病原》

捲起歷史風波的遺骸

二十世紀八〇年初的一個夏天，中國考古工作者鑑於河北易縣的光緒皇帝崇陵多年前已經被盜，決定對其進行清理和科學鑑定。

河北易縣清西陵為雍正皇帝所創，與位於河北遵化的清東陵交相輝映，是清朝雍正帝、嘉慶帝、道光帝、光緒帝及其皇后、嬪妃的陵園。儘管清東陵的多座帝后陵寢已在戰亂年代屢次被盜、被毀，但西陵的保存仍相對較好，除了光緒的陵寢被破壞之外，其餘幾位祖宗依舊安然長眠在地宮深處。

苦命的光緒帝——愛新覺羅・載湉，僅活了三十七歲，一輩子倒楣透頂，連身後也繼續倒楣。

西元一九三八年，正值抗日戰爭時期，河北、北京一帶相當混亂，陵園的看守早已形同虛設。強盜、土匪橫行，有槍就是王。如同二十年代軍閥孫殿英盜掘慈禧的定東陵一樣，此時一夥武裝分子也把貪婪而邪惡的目光鎖定在光緒崇陵之上。

這座陵園的修建時間據當時最近，施工人員和施工遺跡猶存，便成為盜墓者的直接線索。他們撬開了重重磚牆，順利潛入地宮，用斧子鑿開光緒皇帝、隆裕皇后的棺槨，把兩具遺體無情地拖出，將二人身上的珍貴飾物以及隨葬品幾乎悉數掠走……

四十多年後，當考古人員進入這座殘損的地宮時，發現光緒皇帝遺體僅剩骨架，骨頭連接尚好，烏黑的髮辮昭示著主人的英年早逝，也許當年被盜時肉身並未完全朽爛。幾層內衣、龍袍還穿在皇帝身上，只是天鵝絨皇冠和鞋子早已不見蹤影。當時技術有限，人們簡單測量了骨架的身高，並由具備鑑證醫學知識的人士做出判斷：骨骸表面沒有明顯傷痕，初步排除他人殺害之可能……

然而，僅憑藉一具完整的骨架就能排除他殺嗎？最多說明盜墓者手下留情而已！長久以來，人們一直對光緒的死因心存疑問。他只比政敵慈禧太后早一天去世，世上哪有如此巧合之事？清朝官方擺出的病逝說法，難以讓人信服。中毒而死的流言，無論是坊間還是學術界均極有市場。的確，以光緒這樣「囚徒天子」的處境，要弄死他，並不複雜，何須刀光劍影？一杯毒酒足矣。

近年來，考古工作者利用先進技術，透過對光緒帝遺骨和內衣上腹位置進行精密分析，得出光緒帝死於砒霜中毒的結論，即生前被灌入大量砒霜致死。滯留在胃、食道之內的殘餘砒霜透過腐爛的屍體，浸染到內衣的胸前之處，乃至附近骨骼。這個觀點再一次把人們的視線拉到一百多年前那個波譎雲詭、神祕幽暗的禁宮之中。到底誰是凶手，歷史學家眾說紛紜。

不管是自然病逝還是政治謀殺，有一點不容置疑，就是光緒長年重病在身，肯定不能頤養天年，匆匆離世只是具體時間的問題而已，就算慈禧先逝，以光緒的健康狀態，恐怕也支撐不了多久；但是他的生命提早終結，倒是嚴重影響了清末的政局。

連御醫都束手無策

《光緒宣統兩朝上諭檔》記載了光緒三十四年（西元一九〇八年）十月二十一日（西曆）發布的一道上諭，云：

「自去年入秋以來，朕躬不豫，當經諭令各將軍督撫，保薦良醫。旋據直隸、兩江、湖廣、江蘇、浙江各督撫先後保送陳秉鈞、曹元恒、呂用賓、周景濤、杜鍾駿、施煥、張鵬年等，來京診治。惟所服方藥，迄未見效。近復陰陽兩虧，標本兼病，胸滿胃逆，腰腿痠痛，飲食減少，轉動則氣壅咳喘，益以麻冷發熱等症，夜不能寐，精神困憊，實難支持，朕心殊焦急。著各省將軍、督撫，遴選精通醫學之人，無論有無官職，迅速保送來京，聽候傳診。如能奏效，當予以不次之賞。

其原保之將軍、督撫，並一體加恩，特此通諭知之。」

此時距離皇帝駕崩的時間不到一個月，他的病情已危在旦夕。

儘管光緒身邊名醫芸芸，可惜療效甚微。清朝有這樣的制度，御醫解決不了的疑難雜症，皇家便會向全國徵召民間神醫入大內診治。光緒初年（西元一八七六年），慈禧也曾身染大病，御醫診治不佳，來自民間的布衣名醫居然妙手回春，令慈禧大悅。

早在大半年前，光緒的身體就不行了。清末劉聲木有一本《萇楚齋三筆》載「光緒三十四年二三月間，德宗景皇帝久病未癒，早入膏肓。有時肝氣大發，憤無所洩，以手扭斷某太監頂戴，以足跌翻電氣燈。情勢日亟，遂有令各省督撫保薦名醫之上諭。」久病不癒的病患身心飽受摧殘，情緒焦躁失控乃至心理變態恐怕在所難免。光緒孤家寡人，無處宣洩，只能虐待小太監和電氣燈出氣。

此書又載該年四月間，慈禧與光緒「初次同幸農事試驗場……慈聖步履甚健，場中周圍約十餘里，盡皆步行。德宗則以兩人小肩輿隨後」。可見，正值壯年的光緒當時身體之差，遠不及年逾七旬、健步如飛的老佛爺。

夏天，大臣許寶蘅在日記中寫道：「七月二十日入直，十時半散。近日批折字跡甚爲草率，頗有不耐之意。疑係聖躬不豫故也。」光緒皇帝原本頗有修養，字體俊秀，如今早已無心顧及體面，糟糕的健康狀況讓字跡潦草醜陋。

「八月十三日大風。五時三刻入直，十一時散。袁監述兩宮定於廿六日回城，昨日直督薦醫屈永秋、關景賢進診，聞初九日軍機大臣召見時，兩宮泣，諸臣亦泣，時事艱危，聖情憂慮也。」許寶蘅如此說。明眼人都看出來，皇帝快不行了。

入秋之後，光緒病情惡化加快，「步履甚艱，上下殿階須人扶掖」，「萬壽在即，不能行禮」，已經發展到行動障礙的地步，生命進入倒數計時。

病入膏肓的人必然是多病雜存於一身，已經不能用單一病症來解釋所有症狀，不過，原發病倒是可以推斷的。

天子也有男人的難言之隱

相較於其他皇室成員，光緒帝的病歷檔案多而完整。他在位的三十四年間，據查病案有千餘份。耐人尋味的是，在戊戌變法、被囚瀛台的前二十年，檔案並不算特別多，約七十餘次，而生命的最後十多年中，診治記錄竟累達到九百多次，也就是說差不多無月不生病、不看病。特別在光緒三十四年（西元一九〇八年），統計發現，他這去世前的一年裡面，僅從三月到七月間，醫療記錄就達兩百六十餘次，先後替他診療過的御醫，有名有姓的，就有三十多人。

綜觀光緒皇帝留下的病歷檔案可以發現，早期的症狀中有一個很奇怪、很特殊的現象——遺精！

光緒帝的病史、病情記錄在一本名為《病原》的檔案上，由於平常體弱多病，對疾病的記載頗為重視，這本文獻的內容有的是他本人口述，有的是他親筆書寫，可信度很高。去世前一年，他寫道：「遺精之病將二十年，前數年每月必發十數次，近數年每月不過二、三次，且有無夢不舉即自遺洩之時，冬天較甚。近數年遺洩較少者，並非漸癒，乃係腎經虧損太甚，無力發洩之故。」皇帝久病成醫，自己也會使用「腎虧」的醫學術語。

成年男性在沒有自慰和性行為的前提下，每月出現一至五次遺精，屬正常的「精滿自溢」生理現象，一般沒有什麼不良影響，不能算病態。精液的主要成分是精囊腺、前列腺分泌的液體，精子只占〇・一%，通俗地說，男人的精液中絕大多部分是水分，損失一些無關緊要。但是，像光緒這樣每個月遺精十幾次，就不正常了，現代醫學認為男性每個月遺精六次以上，屬於病理性遺精。

有好事者馬上聯想到「精盡人亡」這樣庸俗、難堪的說法。據說，西漢一代昏君漢成帝劉驁，為人荒淫好色，整天沉湎於趙飛燕、趙合德姐妹的溫柔鄉中不能自拔，房事過密，最後不明不白地一命嗚呼。漢成帝暴斃是事實，至於病因則有待探索；如此揶揄，實際上表達了市井階層對這位瀆職皇帝的嚴重不滿。

不過，把這種說法移植到光緒帝身上是不客觀，也不公正的。

清朝是中國最後的封建王朝，雖然把君主專制發展到了頂峰，但是，清朝統治者也頗好研究前車之鑑，對於中國兩千多年帝制史了然於心，箇中成敗，洞若觀火，尤其對明朝皇室的弊端形成，不敢有絲毫懈怠。應該說，清朝對皇家子女的教育是極其重視的，他們普遍受到嚴格的教育，雖然有的人對享樂較為痴迷，但相對前朝來說，昏君、暴君的比例還是相當少的。

造成遺精的原因很多，主要包括：長期沉湎於性刺激中，或頻繁手淫，引起大腦對性的興奮過強所致。

而光緒皇帝自幼就在嚴「母」慈禧的關照及狀元帝師的悉心教導下，錘煉品行、積累文化。他志向遠大，有匡扶大清的理想，也博覽群書。成年後，身邊只有一位隆裕皇后（感情不合，長期分居）、兩位妃子，較之前任，他的后妃人數最少，簡直少得令人驚訝。

光緒帝的興致多不在男女之事，他小時候喜歡拆玩鐘錶，對機械原理很感興趣。史書記載，一次，他撿到一個已經壞了的八音盒，就打開來細心琢磨研究，終於發現了故障所在，定下修理方案，讓工匠拆去舊釘，按新畫的釘眼打眼上釘。工匠修好之後一試，八音盒居然演奏出中國的樂曲，眾人為之讚嘆不已。

名醫周景濤曾進宮為晚年的光緒帝診治，後來回憶：他看到光緒的臥室內放了一些書，有《四庫全書提要》、《貞觀政要》、《太平御覽》、《大學衍義》、《理財學》等。此外，光緒帝每天堅持看書、寫字、記日記，還學起了英語。

這樣品學兼優的天子，過度遺精應該別有原因。

中外名醫各顯神通

儘管國家檔案館保存了許多光緒帝的脈案、藥方，但在研究這些紀錄之前，也需要瞭解它們是在什麼條件下形成的。

江蘇名醫陳蓮舫被徵召入京為光緒治病，當時的情景如下：「叩頭畢，跪於下，太后與皇帝對座，中置一矮几，皇帝面蒼白不華，有倦容，頭似發熱，喉間有瘡，形容瘦弱……醫官不得問病，太后乃代述病狀，皇帝時時頷首，或說一二字以證實之。殿廷之上，惟聞太后語音，陳則以目視地，不敢仰首。聞太后命診脈，陳則舉手切帝脈，身仍跪地上，據言實茫然未知脈象，虛以手按之而已。診畢，太后又縷述病情，言帝舌苔若何，口中喉中生瘡如何，但既不能親視，則亦姑妄聽之而已。」（許指嚴《十葉野聞》）

這樣荒唐的診病過程，得出的所謂「脈案」，自然是依照慈禧心意所撰，怎能如實反映光緒的真實病況？醫師凡做不久的，多半是違背了慈禧心意，做得久的則是切合了慈禧的旨意。這種脈案價值如何，不待言說。

有價值的線索是後人仔細檢視中發現的。

據記載，光緒二十四年（西元一八九八年）九月初四，法國駐京使署醫官多德福奉詔赴瀛臺，給戊戌政變後被囚的光緒帝進行診治。多德福詳細看了光緒交給他的〈病原說略〉。這篇材料原是提供御醫擬方時參考所用，其中寫道：「予病初起，不過頭暈，服藥無效。既而胸滿矣，繼而腹脹矣。無何，又見便溏遺精，腰痠腳弱。其間所服之藥，以大黃爲最，不對症。力鈞（御醫之一）請吃葡萄酒、牛肉汁、雞汁，尤爲不對。爾等細細考究考究，爲何藥所誤？」多德福閱後，又詢問了光緒近來病勢情況，光緒自述其「身體虛弱，頗瘦勞累，頭面淡白，飲食尚健，消化滯緩，大便微溲色白，內有未能全化之物，嘔吐無常，氣喘不調，胸間堵悶，氣怯時止時作。」

多德福得出的印象是：「（皇帝）腿亦痠痛，體有作癢處，耳亦微聾，目視之力較減。腰疼。至於生行小水（排尿）之功，其亂獨重。一看小水（尿液），其色淡白而少，迨用化學將小水分化，內中尚無蛋清一質，而分量減輕，時常小便，頻數而少，一日之內於小便相宜，似乎不足。」

他認為光緒病根在於「腰（腎）敗所致」，還分析道：「腰之功用，則平人飲食之物，入內致化，其有毒之質，作爲渣滓，由血運送至腰，留合小水而出，以免精神受毒。設若腰敗，則渣滓不能合小水而出，血復運渣滓散達四肢百體，日漸增積。」

西洋醫師最終給出了治療方案，可惜後來的執行不了了之。

光緒二十五年（西元一八九九年）正月初八日的醫案也有參考價值：「（皇帝）頭痛惡寒，身肢痠痛。面色青黃而滯……頭覺眩暈，坐久則痛……舌苔中灰邊黃。左牙疼痛較甚，脣焦起皮，口渴思飲，喉癢嗆刻，氣不舒暢，心煩而悸，不耐事擾，時作太息……呼吸言語丹田氣覺不足，胸中窄狹，小腹時見氣厥，下部覺空，推揉按摩稍覺舒暢，氣短懶言。兩肩墜痛。夜寐少眠，醒後筋脈覺僵，難以轉側。夢聞金聲偶或滑精……進膳不香，消化不快……下部潮溼寒涼。大便燥結。小水（排尿）頻數，時或艱澀不利等症。」

以上是光緒三十歲之前的病情線索，九年後，他的病狀絲毫沒有好轉。

屈桂庭是北洋醫院出身，鑽研西醫，曾任醫官院長兼醫院總辦，為袁世凱、李鴻章以及慶親王奕劻診治有功，深得他們信賴，被舉薦前來治療形容枯槁的光緒帝。

他讓光緒解衣體檢，還徵得皇帝、太后同意，化驗了光緒的小便。其時，西方開明之法已經東漸，中國的開化程度是前代所不能想像的了。皇帝雖貴為龍體，但性命攸關，裸身讓子民診治，也終究得以進行。

屈醫師記載：「（光緒）常患遺洩、頭痛、發熱、脊骨痛、無胃口，腰部顯是有病；此外肺部不佳，似有癆症，但未及細驗，不能斷定；面色蒼白無血色，脈甚弱，心房亦弱。」認為「腰病之生，由來已久」，又補充道：「余診視一月有餘，藥力有效，見其腰痛減少，遺洩亦減少，惟驗其尿水則有蛋白質少許，足爲腰病之證。」這趟似乎能見一絲曙光的診療舉措，日後在慈禧的干涉下竟然無疾而終，光緒帝則只能每況愈下了。

結合西醫和中醫的描述，筆者把光緒的症狀仔細歸納總結，發現有如下要點：遺精過度（「遺精之病將二十年，前數年每月必發十數次」、「常患遺洩」）、腰痛（「腰疼」、「腰痠」）、全身痠痛、小便不適或者次數頻繁而量不多（「小水頻數，時或艱澀不利」、「時常小便，頻數而少」），間有發熱（「益以麻冷發熱等症」），腎臟有病可能性大（「腰（指腎臟）敗所致」、「腰病之生，由來已久」、「惟驗其尿水則有蛋白質少許，足為腰病之證」），肺部也可能有狀況（「肺部不佳」）。同時，光緒長期「面蒼白不華，有倦容」、「形容瘦弱」。

真相似乎正逐漸水落石出。

罪魁禍首——細菌？

這裡的突破點在於遺精過度和腎病。

很顯然，光緒的病理性遺精不能用心理、行為不健康或單純的心境情緒障礙來解釋。泌尿—生殖系統的長期炎症反應，同樣可以引起病理性遺精。

綜合分析，筆者認為光緒帝患有腎結核的可能性很大！

那時，中國人對各種傳染病的機制幾乎一無所知，世界上也還沒有發明出有效的抗菌素、抗病毒劑。光緒的祖先康熙帝僥倖從天花的魔掌裡逃脫，卻留下滿臉麻子；順治皇帝、堂兄同治帝皆死於天花傳染；伯父咸豐帝據說患有「咯血」，很有可能是肺結核引起。在光緒的年代，肺結核是全球聞之色變的不治之症，但結核疫苗尚未問世。發病率之高，足以讓今人瞠目結舌；死於肺結核的中外名人，如作家卡夫卡、席勒、音樂家蕭邦等，簡直不勝枚舉。當這些疾病無法根治並逐步蔓延全身時，症狀會愈來愈多（由於現代科技發達，這種現象反而愈來愈少），以至於原本的核心病症被人忽略。

腎結核與肺結核一樣，病原菌為結核分枝桿菌。人體感染足夠致病的桿菌後，桿菌由原發病灶如肺、骨、關節、淋巴結等處，經血行或淋巴途徑進入腎臟，並可蔓延至輸尿管、膀胱、前列腺、附睪等處。腎結核男性患者中約五〇至七〇％合併生殖系結核病，這些反覆的炎症刺激會導致病理性遺精。

結核性膿腎形成後，病患會出現腰痛，如合併腎積水，則腰痛更劇。有的病患可因血塊或膿塊堵塞輸尿管而引起腎絞痛。

尿頻、尿急、尿痛，即「膀胱刺激徵」，是腎結核的典型症狀，這是由於含有結核分枝桿菌的膿尿刺激膀胱黏膜或黏膜潰瘍所致，晚期膀胱攣縮，容量減少，遂經常產生尿意，每天排尿次數達數十次，甚至呈尿失禁現象。

結核桿菌對人體具有毒性作用，且大量消耗病患的營養、能量，長期病患常出現貧血、低熱、盜汗、食欲減退、消瘦無力等。

到了晚期，病患不可避免出現了腎臟功能的損害，自此，身體排毒能力下降，造血能力下降，貧血加重，尿液也會變得稀透，嚴重者將出現尿毒症。

以上各點均符合光緒帝的主要症狀，而他是否同時患有肺結核，恐怕也不能排除。

如此看來，結核桿菌似乎就是光緒患病的罪魁禍首了。晚年的光緒帝早已被病魔折磨得心力交瘁。時人記載，「帝沉痾已久，易生暴怒。醫人請脈，不以詳告，令自揣測。古法望聞問切四者，缺問一門，無論何人，均爲束手。及書脈案，稍不對症，即弗肯服。有時摘其未符病情之處，御筆批出，百端詰責。批陳蓮舫方云：『名醫伎倆，不過如此，可恨可恨。』」（劉體智《異辭錄》）光緒還自述《病原》云：「所用諸藥非但無效，而且轉增諸恙，似乎藥與病總不相符。每次看脈，忽忽頃刻之間，豈能將病情詳細推敲，不過敷衍了事而已。素號名醫，何得如此草率！」醫治罔效，光緒的依從性愈來愈差，對醫師也愈加刁難。而醫師們自知回天乏術，只能應酬般下藥，象徵性完成任務而已，這種惡性循環必然把皇帝一步步推向死亡。

然而，光緒的姨媽兼伯母、帝國的掌舵人慈禧染病，且迅速惡化，命不久矣。她的離世對大清政局造成震盪，亦成為事件的催化劑——如果光緒重新掌權，事態會如何發展？這裡牽涉太多既得利益集團的首腦們，於是，一雙死亡黑手便捧著砒霜，伸向了無助的、奄奄一息的光緒帝。事實證明，慈禧在自知即將死去的時候，已經充分安排了後事——讓三歲的溥儀繼位，讓溥儀的生父醇親王載灃（光緒同父異母弟）攝政，這盤棋局裡面，根本沒有光緒帝的位置！她一死，隨後的設定程序便順理成章地啟動。

此處的關鍵一環，便是光緒必須比慈禧自己早死。

光緒的主要疾病雖為腎結核，但直接死因卻是人為——這雙黑手是誰的？讀者自明。

現代醫學視野中的「楊乃武與小白菜」

屍身胖脹，已有發變情形，上身作淡青黑色，肚腹脨肢起有浮皮疹疱數個，按之即破、肉色紅紫。

《大清刑部定案檔案》

震驚朝野的驗屍案

同治十二年（西元一八七三年）農曆十月某日，浙江餘杭縣衙門的氣氛非同尋常。門外人頭攢動，議論紛紛；門內一片肅穆，一股死寂的壓抑感，隨著一群綠頭蒼蠅，令人作悶作嘔的氣息感染到在場的每一個人。

年逾花甲的知縣劉錫彤眉頭緊鎖，悶坐公堂。他也算飽讀詩書，可是刑偵方面卻不敢自稱內行；不過，那年頭知縣的職權卻涵蓋了刑事案件的調查與審訊。眼前，大堂之下，一具男屍赫然在目。

「仵作！快向本官報之屍身所驗。」劉錫彤捻著花白鬍鬚，輕咳了幾聲，把積聚的痰液化開，乾著嗓子衝著下面厲聲吼道。

仵作沈祥當場高聲喝報：「葛品連屍身一體，問年二十三歲，量長四尺六寸，膀寬一尺二寸，腦高五寸五分，面色微黃，兩眼微合，口閉，舌抵齒，兩手微握。上身淡青黑色，肚腹腋肢有浮皮疹疱數個，按之即破，肉色紅紫。」

葛品連是餘杭縣的豆腐店幫工，本年十月初七發病，初九暴死。他的妻子葛畢氏（即畢生姑，文藝作品稱其為畢秀姑），因長得白皙秀麗，愛穿白衣綠褲，人贈綽號「小白菜」，自幼為葛家童養媳。夫妻二人租了當地舉人楊乃武的房子居住，房東楊乃武性情耿直、打抱不平，但俠骨柔情，結過三次婚，有時見小白菜文化水準低，便主動教她識字，坊間傳兩人過從甚密，於是街坊便有「羊喫白菜」的流言。

「可有中毒之象？」劉錫彤腦海中忽然浮現出潘金蓮、西門慶、武大郎的故事。他雖是當時的斯文人，又身為朝廷命官，但《水滸傳》、《金瓶梅》倒偷偷讀過數次。

沈祥再次翻弄了屍體，又取出銀針往死者咽喉一探一拔，端詳少許，遂又高聲回話：「七竅流血，十指、十趾甲青黑色，銀針探咽喉後為青黑色，係毒死。屍身軟而不僵，是為煙毒。其餘周身上下無故。」

「姦夫淫婦！」劉錫彤一聽，隨即一拍大腿，似乎胸有成竹了。他想當然耳，認為此乃一起清代版本的潘金蓮毒殺武大郎案，而且施放的毒物不是仵作說的鴉片，應該是傳說中殺人如麻的頭號毒物——砒霜！

看小說看到走火入魔，也許就是這般模樣。

本來一個默默無聞的底層蟻民死得有點突然、有點蹊蹺，在全國來說也不算什麼大事，但審案者卻隨心所欲、敷衍了事，由此引發一連串惡性效果，使得一起原本只是民事的死亡糾紛逐漸釀成震驚全國的大案。

這就是人們耳熟能詳的清末四大疑案之一「楊乃武與小白菜」案。今天看來，是一件不折不扣的冤案，事件經過被多番改編成戲劇、文學乃至影視作品。

楊乃武與葛畢氏被懷疑通姦殺夫，身陷死牢，被嚴刑拷打，含冤莫雪。小白菜忍受不住慘無人道的酷刑，被迫認罪，並承認買砒霜行凶；不過，楊乃武卻是鐵骨錚錚，死不認罪。不少牽涉的官員為保面子和烏紗，官官相衛，層層作假，楊家又堅持不屈，四處申訴，遂一直無法令人信服地結案。

此案驚動朝廷，甚至連慈禧、慈安兩宮皇太后、恭親王奕訢都插手介入，在浙派官員的強烈支持下，數度更審，刑部決定在光緒二年（西元一八七六年）朝陽門外海會寺對葛品連開棺重新驗屍。據說，刑部任職六十年的老仵作檢驗了死後三年的遺骨，照《洗冤集錄》的說法，證實葛品連並非毒發身亡，乃得病而死。次年三年二月，震驚朝野的「楊乃武與小白菜」案宣告結案，楊乃武與葛畢氏無罪出獄，但二人因在獄中多次被嚴刑偵訊，身心俱殘；而涉案的三十多名官員則被撤職查辦，永不續用。

從現代醫學，尤其是法醫學的角度看，此冤案雖然最終昭雪，但並非真相大白、水落石出，依舊有不少謬誤之處，乃至令人費解的地方，頗值得後人深思。

冤案的第一個誤導點，就是仵作的驗屍。

馬虎而無奈的仵作

有一卷光緒三年（西元一八七七年）時關於此案的《刑部定案檔案》近年公布，撇開戲劇影視作品的加油添醋，這份文件應該是最接近原始真相的了。

裡面說到：「葛品連年少體肥，死雖孟冬，南方氣暖，至初十日夜間屍身漸次發變，口鼻內有痰血水流出。」「午刻帶領門丁、仵作，親詣屍場相驗，彼時屍身胖脹，已有發變情形。」「仵作沈祥辨驗不眞，因口鼻內有血水流入眼耳，認作七竅流血，十指、十趾甲灰暗色認作青黑色。」最要命的是，仵作「未將銀針（用來探測咽喉檢驗有無發黑）用皂角水擦拭」，在當時是極不負責任的程序漏洞，以古人的科學認知，這樣做無疑使檢驗報告失真。

無論面對自然死亡甚至暴死，人們很容易產生複雜的情緒，既是對逝者悲苦結局的憐憫，更是對自己人生未知部分的深深憂慮與驚恐。而發掘死亡的相關訊息則非常重要，在古代，游離於體制之外的法醫——仵作，實際上扮演著重要的角色。

今天，從事法醫鑑識工作的人員均為醫學院出身，受過嚴格而正規的訓練，在此基礎上再研習與屍體打交道的本事，一切都在現代科技以及法律精神的指引下進行。古代的法醫也是如此嗎？

最早出現的仵作是舊時官府中檢驗死傷的差役，有時亦為人殮葬。仵作在古代屬三十六行之一，稱「仵作行」、「行人」、「屠行」、「團頭」等。他們的典型任務就是檢驗「非理死」的屍體，把詳細的檢驗結果喝報給主管刑事官吏，提供斷案的依據。但縱觀史料記載，仵作並不是中國古代司法官員體系的官職，只是充當刑事官吏的眼、手、嘴，甚至打雜者。在沒有刑事案件可參與時，他們更多是幫喪家做殮屍、下葬或者火化前的事務，還可同時做「撿金」——遺骨入壇之事。根據《中國古代仵作生態研究與歷史觀照》所述，「仵」字本身帶有違背常理世俗的含義，以此命名的職業，其社會評價可見一斑。

宋朝誕生了古代法醫史上偉大的著作《洗冤集錄》，是提刑官宋慈不懼髒臭、躬親檢驗的成果。可惜，後世很少有宋慈這樣負責任的官員，一來是他們受到高度分化的儒家文科專業所限，二來，這骯髒下賤的工作實在讓他們嗤之以鼻。當時，連醫學、工商都不是知識分子所認同的正道職業，何況檢驗屍體？於是，遠遠躲在涼棚下，避免和屍體近距離接觸，全權委託給仵作，等待他們的喝報便成為官老爺的常態。仵作簽字畫押保證沒有疏漏徇私，僅是滿足官員們自欺欺人的心理。這樣的檢驗報告能取信嗎？

官僚對仵作本身也沒有過多的指望，用則用矣，罵則罵矣。而仵作更多時候只是憑良心做事，他們絕大多數沒有專業醫學常識，更沒有解剖技能，在民眾歧視的目光中賺點小錢彷彿是生存的唯一動力。這種情況下，頂著面目猙獰、腐肉汙血、惡臭熏天、蛆蟲紛擾的折磨，自輕自賤的仵作們做出謬誤的檢驗結果，導致判斷錯誤，在所難免，再加上官場的潛規則、草菅人命的任性做法，像楊乃武與小白菜這樣的冤假錯案何止一二？

判斷是否死亡，清代仵作通常以明代呂坤提出的標準做為判斷：「通鼻無嚏、勒指不紅、兩目下陷、遍身如冰。」這固然有其合理性，但在現代醫學看來，未免過於草率。

據專家考證，驗屍通常選擇午時三刻，陽氣最盛的時候開始。仵作飲用了蒼術、白術、甘草配製的三神湯，在屍身周圍點燃麝香、川芎、細辛、甘松等辟邪物，自己口中含上蘇合香丸。他們將屍體垢膩先用溫水、皂角水洗掉，再用清水沖淨，然後將糟醋塗抹在屍身上，用衣物覆蓋屍身，再用煮醋淋上，將薦席蓋上一時辰。等屍體被醋浸透變軟後解開衣物，用水沖去糟醋，他們認為此時隱藏的傷痕立顯可檢。這是常規，但古代的「高科技」鑑證技術還在後頭。

檢驗屍體是否中毒身亡，所中何毒，這項工作的醫學、法醫毒理學專門知識技能要求很高，但仵作的出身、教育水準顯然不具備這樣的素質，他們的判斷最多只能源自各種古書的記載。唐代《外臺祕要・中蠱毒方》說：檢驗方法是用銀釵或銀筷子放在中毒者口中，經過較長時間後觀察，銀器顏色發黑即為中毒，不發黑則沒有中毒。這個說法影響了後世幾乎所有的刑偵步驟。

清朝的「銀釵探毒」有所細化，先將銀釵用皂角水洗淨，插進死者喉嚨後用紙封住嘴巴，經過較長一段時間後取出銀釵查看，若呈青黑色且用皂角水洗之不去時，即可推斷中毒。

現代科學已經證明，用銀釵驗毒並不科學。首先，金屬本身在空氣中就能被氧化，極易發黑，而毒物品種千變萬化，有的具有氧化性，有的則無；其次，即使銀釵變黑也不能說明死者中毒，因為有些死亡過程中產生的代謝產物亦可能使銀針變黑。

開棺驗屍——歪打正著的正義

光緒二年，刑部對葛品連開棺驗屍時，一位年屆八旬的老仵作發揮了關鍵作用。

當棺木打開時，屍臭撲鼻。人死已近三年，皮肉已腐，僅餘骨骸。老練的仵作一見骨頭黃白，即斷言：「骨殖黃白，係屬病死，並非青黑顏色，委非中毒。」當時被帶到現場的原餘杭知縣劉錫彤知道這關係到自己的身家性命，便不死心地指著幾塊骨頭硬說是「青黑色」。老仵作說：「外邊青黑色乃發黴所致，挫斷骨頭，裡邊黃白；若中毒，裡邊亦青黑色。」頓時讓胡亂判案的劉錫彤無話可說，低頭認罪。

上述記載的核心觀點，其實與《水滸傳》中武大郎被毒死的化驗結果很一致。故事中，何九叔向武松描述說武大郎的屍體「七竅內有淤血，唇口上有齒痕，且骨殖酥黑，係是毒藥身死的證見」。難道仵作們都是靠《水滸》來辦案的嗎？顯然不是，這只能說明骨殖發黑在古人看來是中毒表現。這個「知識」深入人心。

「屍骨發黑」做為中毒死亡的判斷標準，在宋慈《洗冤集錄》有如下記載：

「男子骨白，婦人骨黑。婦人生骨出血如河水，故骨黑。如服毒藥骨黑，須仔細詳定。生前中毒，而遍身作青黑，多日皮肉尚有，亦作黑色，若經久，皮肉腐爛見骨，其骨黲黑色。死後將毒藥在口內假作中毒，皮肉與骨只作黃白色。」

或許由於此書的威名遠揚，宋大人的觀點自然成了古代法醫們的金科玉律；不過宋大人的結論多少帶有豐富的想像力，現代醫學證實人中毒後，骨頭發黑是不太可能的。人體骨骼的主要成分是鈣鹽，顏色以黃白色為主，中毒後（包括砒霜）也不會改變骨骼的顏色。即便是黑色的屍骨，也不能說明是中毒死亡，因為當骨頭被氧化和被有機物降解時，或者死後被周圍的金屬物質腐蝕時，也會變黑。只有對毛髮、血液、嘔吐物或胃內容物進行毒物檢測後，才能科學判斷有無中毒可能。

考古發現，戰國時的曾侯乙墓葬中殉葬有多位女性，她們的骨骼浸泡在液體中，在兩千多年後呈現黑色，但無法證明是服毒而死。光緒皇帝死於砒霜中毒是近年的新聞熱點，因為研究人員運用了最新技術對他的遺骨（被殘留在衣服上的毒物從外部侵蝕）、衣物進行了毒物定性、定量檢測，不過，這重要的依據來自實驗室的數據分析，而不是骨頭本身的顏色。

中毒與骨骼顏色毫無關係。可見，葛品連的屍骨為黃白色，也不能證明他並非死於中毒。也就是說，今天看來，複驗時再次出現謬誤，只是結論符合那個時代的普遍認知，歪打正著。或許，公理在於天命，有時候就是和科學不沾邊。

況且，就算葛品連被砒霜毒死，也不會像知縣劉錫彤、仵作沈祥所臆想的那樣：七竅流血、骨頭發黑。砒霜（主要為三氧化二砷）在人體內的分布有一定的選擇性，對不同器官的親和力不同。

急性中毒時，體液中砷的含量高；而慢性蓄積中毒時，砷主要分布於毛髮，也並非在骨骼。急性砷中毒的主要症狀是以胃腸道損傷為主，還可能出現肝、腎及周圍神經的損害。受害者常出現急性胃腸炎，反覆嘔吐、腹瀉，造成脫水，繼而腸黏膜壞死，出現低血容量性休克，導致死亡。

既然葛品連不是死於他殺，那麼對他的自然死亡又該做何解釋？

還死者一個眞相

如今，葛品連再次入土為安已經一百四十年了，若泉下有知，興許會慶幸自己身邊沒有潘金蓮這樣毒如蛇蠍的淫婦，不過他會有一絲遺憾，究竟自己得了什麼急病？為何死得如此迅速？

據傳，葛品連「素有流火風症」，即類似於現代醫學所說的丹毒，這是一種累及真皮淺層淋巴管的感染，主要致病菌為A組β溶血性鏈球菌，以皮膚突然發紅，色如塗丹為主要表現，好發於下肢與臉部；不過它們的殺傷力似乎沒那麼強大，能夠在三天內奪命的真凶恐怕另有其他。

青壯年暴病而亡，結合《刑部定案檔案》中記載他的發熱症狀，筆者認為還是急性傳染病的可能性最大。而在眾多的烈性疾病中，流行性出血熱（一九八二年世界衛生組織統一定名為腎症候群出血熱，習慣上仍沿用流行性出血熱為病名）進入筆者的視野。它以發熱、出血傾向及腎臟損害為主要臨床特徵。致病病毒主要透過老鼠的攜帶物或者排泄物，經人體呼吸道或消化系統、甚至皮膚，感染患者。

葛品連的患病依據不少。

首先，這種疾病在青壯年的發病率最高，而葛品連正好屬於這類人群，而且他從事底層的體力勞動，環境衛生與否對健康影響很大，直接或間接接觸鼠類在所難免。

其次，本病主要分布在亞洲的東部、北部和中部地區，許多沿海港口城市尤其易見。浙江餘杭就屬於這樣的地理條件。

再次，此病全年散發，但發病高峰多在秋冬，尤其是感染力最強的野鼠型病毒，從十月到次年一月，是病毒傳染力最強的時候。葛品連在農曆十月上旬得病，這個時段按照陽曆計算，恰好就是年底十一月左右，時間是吻合的。

這類病毒本身可直接損害微血管內皮細胞，造成廣泛性小血管損害，進而導致各臟器的病理損害和功能障礙。從葛品連的症狀看，相符之處也比比皆是。

第一，他在初七發病時，「身發寒熱，膝上紅腫」，「行走遲慢，有發冷情形」，「兩手抱肩，畏寒發抖」。這些都是體溫異常升高的表現。流行性出血熱的典型症狀為起病急，伴發熱（攝氏三十八至四十度）、三痛（頭痛、腰痛、眼眶痛）及噁心、嘔吐、胸悶、腹痛、腹瀉、全身關節痛等。「地保王林在點心店前見其（葛品連）買食粉團時即嘔吐，面色發青」，「在學宮字紙爐前嘔吐」，「葛品連進家門，上樓即睡，時欲嘔吐，令葛畢氏蓋被兩床」，「臥床寒抖，又復作嘔」。這些記錄都說明葛品連除了高熱，還出現嘔吐，與疾病症狀吻合。

第二，由於該病毒對小血管的破壞，病患皮膚黏膜發紅（臉、頸和上胸部尤甚）。他們口腔黏膜、胸背、腋下會出現大小不等的出血點或瘀斑，或呈條索狀、抓痕樣的出血點。《刑部定案檔案》敘述，葛品連被人認為患有「痧症」。據《臨證指南醫案》云：「痧者，疹之通稱，有頭粒如。」它是許多疾病在發展變化過程中，反映在體表皮膚的一種共性表現，可專指痧疹的形態外貌，即皮膚的紅點如粟。葛品連身上出現點狀出血點，被人們誤以為患有「痧症」，也是情有可原。「口鼻內有瘀血水流出」、「上身作淡青黑色，肚腹腋肢起有浮皮疹疱數個，按之即破、肉色紅紫」，這些更說明病患已經出現了血管破壞，有嚴重的出血傾向。

第三，由於病患的腎臟容易受損，尿少而人體浮腫是有可能的。

葛品連很快出現「屍身胖脹，已有發變情形」，估計也是體內液體過多、腐敗加速所致。

至於葛品連迅速病亡的直接誘因，也不排除病毒性心肌炎的可能。在病毒入侵心臟之後，病患便存在巨大的風險，可以在短期內因為心力衰竭或者心律失常而死。

醫師「用萬年青、蘿蔔子灌救，不效，申時（下午三時正至下午五時正）身死。」這在當時看來，死得如此之快，死狀如此之慘，難怪會心生疑惑了。

如果葛品連生活在現代，在死亡之後要想獲得真正死因，也就免不了接受現代法醫的開膛破肚。古人實在無法接受，但是不破不立，這是探尋真相的必由之路。

法醫會先根據他的屍斑、胃內物質確定死亡時間，再仔細記錄身高和外表特徵。之後，骨鋸（切割骨頭或顱骨）、腸刀（剪開腸道的特殊剪刀）、肋骨刀（切斷肋骨的特殊剪刀）、解剖刀（與手術刀類似，但刀片大，方便於做較長、較深的切口或剔除組織）、stryker 電鋸（用於切割顱骨以取腦的電鋸）等工具將輪番上場，葛品連的每個器官都會被摘除並仔細測量、檢測，組織細胞會在顯微鏡下看得一清二楚。法醫還會抽取他的血液、分泌物、胃液，乃至精液等進行化學分析，判斷是否有毒物存在，檢驗有無某種致病病毒或細菌的存在。若屍體已經白骨化了，那麼即便在現代，要準確判斷死因也是極端困難的。

顯然，現代法醫的精細程度是清朝末年那些只會辨認外傷的仵作們無法想像的。

而葛品連死後，案件牽涉到眾多高官，乃至連慈禧等人都望風而動，最後更使得朝廷借助浙江籍官員們的上訴，一舉除掉多位湘系涉案官員，間接達到打擊曾國藩、左宗棠集團勢力之目的。經過這等複雜的人事糾葛、這等殘酷的官場鬥爭，最終還楊乃武與小白菜以清白，實際上不過是透過程序本身的非正義性來導引出司法結果的正義性。

這個荒唐結局，更是葛品連乃至所有的官員們都無法預料的吧？

參

喜慶日的鬼門關

沒有名字的小皇子

文宗二子：孝欽顯皇后生穆宗，玫貴妃徐佳氏生憫郡王。憫郡王，生未命名，殤。穆宗即位，追封。《清史稿・卷二百二十一・列傳八》

竊喜的喪子之母

西元一八七五年正月，紫禁城沉浸在一片蕭瑟悲傷中。白雪紛飛，群臣、宮女、太監披麻戴孝，鋪天蓋地的哭泣聲襯著素白衣裳中，盡顯哀戚。

剛邁入年關，被天花折磨得不成人形的同治皇帝愛新覺羅・載淳終於撒手人寰，得年十九。

慈安、慈禧兩宮太后不得不以淚洗臉，尤其是慈安，儘管不是皇帝的親生母親，但她是咸豐帝的正妻，宗法上是皇帝的嫡母，且對同治從小視如己出，關懷備至，同治也對她尊敬有加，兩人關係很是融洽。

同治與親生母親慈禧卻處在另一種微妙狀態中。這對母子長期磕磕絆絆，尤其在擇偶方向上大相逕庭，鬧得不可開交，讓慈禧暗藏惱恨。親骨肉年紀輕輕就去世，固然心疼、悲傷，這是人之常情，但頗有政治野心和權謀手段的她，想問題的角度的確和慈安不一樣。

如果同治帝健康活下去，自己執政的機會將愈來愈小，現在，他提早駕鶴西去，未嘗不是好事。慈禧為了繼續攬權，斷然否定從下一代的「溥」字輩中選擇繼位人選。同治沒有子嗣，又沒有存世的親兄弟，只能從堂兄弟裡面選擇，於是，咸豐帝七弟醇親王奕譞之子載湉，當時虛歲四歲，其母為慈禧胞妹，既是慈禧的侄子又是外甥，便被扶上了帝位，成為光緒帝，開始悲劇的傀儡帝王生涯。

在淚袖掩蓋之下，慈禧突然間一陣竊喜，她忽然想起十七年前的一段的插曲，想起了一個人。如果這個人現在還活著，已經十七歲了，只比同治小兩歲，如果他還健在，載湉這種容易操縱的角色就很難名正言順地登基了。

皇位原本有他的分

十七年前，咸豐八年（西元一八五八年）二月初五丑時，一連串興奮的腳步聲讓忐忑不安的咸豐帝從案頭前猛地站了起來。

「皇上！皇上！」小太監上氣不接下氣地跑到他的腳跟前、跪下、磕頭：「恭……恭……恭喜皇上！玫貴人……玫貴人生了一位小阿哥！是阿哥！」

二十七歲的咸豐帝聞之，大喜過望。其時還是嚴冬，他不顧一切地推門站在大殿之外的亭中，仰天大笑，連冬衣都來不及披上，喜極而泣。這兩年國事紛擾，天下震動，沒有一件稱心事，今兒二十三歲的玫貴人徐佳氏爭氣，產下龍子，讓自己第二次喜得貴子，喜氣盈門，該是霉運煙消雲散、鴻運即將當頭的先兆吧？

他興沖沖地帶著太監回到殿內，又命人多點上幾支蠟燭，翻開古籍，攤開紙張。皇子降生，當取一個響亮吉祥的名號！咸豐按捺不住內心翻江倒海的狂喜，不停地翻書找字，但是手一直在抖，心也如揣著兔子一般，哪能集中精神？這一夜，他注定無法成眠。

燭光搖曳，忽然又有一名太監慌慌張張地入內，咸豐見他神色不對，立即警覺起來：「何事如此慌神？母子可否平安？」

「玫貴人尚無大礙，正休養中。二阿哥他……他臉色不大好……青紫色，哭鬧聲很弱，各御醫均已到場診治……」

咸豐一聽，立刻呆若木雞，手中的書本頹然掉下，亦毫無知覺。他癱在凳子上，兩眼一閉，口中心中默念著上天保佑、祖宗顯靈，救救自己難得的二阿哥。

焦躁的空氣凝結著。卯時，宮內預備張燈結綵的氣氛蕩然無存，一切歸於死寂。寒風中，幾隻烏鴉似乎嗅到了一點人類不易察覺的氣味。

二阿哥來到人間，轉了一圈又回去了，逗留幾個小時而已。

三年後，咸豐帝在英法聯軍的炮聲恐嚇中，病死於承德避暑山莊。咸豐十一年（西元一八六一年）十月初九，年幼的同治帝升御太和殿，舉行了隆重的登基大典。皇室、兩宮、同治都沒有忘記那位早夭的小皇子，同年十二月二十九日，朝廷以同治皇帝的名義，將這位二皇子追封為「憫郡王」；同治十三年（西元一八七四年），同治帝奉兩宮皇太后懿旨，又尊封徐佳氏為玫貴妃，這個不幸喪子的女人一直活到光緒十六年（西元一八九〇年）十一月初八才逝世。

憫郡王實在太早離開人間，連個名字都來不及取，一個「憫」字，寄託了多少人的哀思和憐惜！然而，這位憫郡王的不幸早殤，卻陰差陽錯地為日後慈禧弄權，搬走最後一塊絆腳石。

早殤的皇室成員

憫郡王的壽命只有幾個小時，他的同父異母哥哥同治皇帝、姐姐榮安固倫公主壽命都不過十九年。大清朝逐漸陷入風雨飄搖的深淵，這一切悲劇似乎預示了淒涼的結局。

嬰兒、幼童夭折並非倒楣的咸豐一朝所特有，在醫療技術落後的時代，普天之下都是常見現象，只是皇家備受史家關注，記錄詳盡，因此才能緊緊抓住後人的眼球。

清代自順治定鼎北京到宣統滅亡，共經歷了十位君主。有人統計除同治、光緒、宣統三帝沒有生育外，其他七個皇帝總計生有子女一百四十六人，平均每人約生育二十一人。這些後代之中十五歲以前去世的竟有七十四人，占五〇%以上！

以全盛時期的乾隆帝為例，他的家庭其實也充滿了悲劇。乾隆帝原本兄弟眾多，然而事實卻很殘酷：

弘暉，雍正帝長子，幼殤。年八歲。乾隆即位，追封這位哥哥為端親王。

弘昐，幼殤。年三歲。

弘昀，幼殤。年十一。

福宜，未序齒（太早離世，沒有列入宗族排行序列），幼殤。年二歲。

福惠，稱八阿哥，幼殤。年八歲。乾隆即位，追封懷親王。

福沛，未序齒。雍正元年五月生，旋即夭折。……

康熙帝的前六個子女都在四歲前夭折；乾隆帝的長子活了兩歲，次女活了一歲，次子也只活到九歲；嘉慶帝的長子和長女、次女均在四歲前離世；道光帝的前六個子女和康熙帝一樣，沒有一人活到成年。值得注意的是，這些歲數都是虛歲而已。

在古代，上至皇親貴胄，下至販夫走卒，享受弄璋、弄瓦之喜的人們，總是心存憂慮，因為嬰兒好不容易離開媽媽產道後，還沒有完全步出鬼門關呢！

新生兒爲何早夭？

古代嬰兒的夭折率如此之高，首先當然歸咎於科技、醫療水準不發達。嬰兒是極其脆弱的生命體，從扎根媽媽子宮那一刻起，沒有現代醫學的保駕護航，始終危機四伏。分娩那段時間前後，更是險象環生。產道的擠壓可能把嬰兒弄傷、窒息；飽含各種有害細菌的外界空氣，正對嬰兒虎視眈眈。即使活到少年時代，缺乏免疫接種疫苗技術，林林總總的傳染病惡魔還會瞬間奪走他們的花樣生命。換句話說，他們如同沒有盾牌的戰士，在暗含殺氣的疾病之矛面前，往往束手待斃。

由於沒有產前的基因篩查技術，很多先天疾病或者先天畸形無法診斷，有的夫妻費盡九牛二虎之力生下的小生命，居然令人大驚失色。

《漢書》記載：「（平帝年間），長安女子有生兒，兩頭異頸面相向，四臂共胸俱前向，尻上有目長二寸所。」這可能是二十四史中最早記載的出生缺陷，也有學者認為這是兒科史上最早有關嬰兒先天畸形的描述。

《隋書》記載：「齊天保中，臨章有婦人產子，二頭共體。事後政由奸佞，上下無別，兩頭之應也。」古人迷信把一些先天畸形與國政時運混為一談。

清代吳溶堂《保嬰易知錄》中載有「背竅」一病：「小兒初生背上有空竅一二個，其內有膜完護臟腑者，得生；如無膜，露見臟腑者，即死無救。」這似乎是新生兒椎管閉合不全的先天畸形，與現代醫學的脊柱裂頗為相似。

更有甚者，有的病嬰怪兒居然「額及兩顴赤肉隆起，突目獠牙」，在不能解釋這類疾病的古代，很多人只能把這些嬰兒當作妖孽除之，其父母族人無法將其視為自然現象平靜接受，棄之、溺之，「民不敢育，饑寒而斃」。不過，這類先天畸形的嬰兒，即使有心哺育，恐怕由於先天不足，也很難成活。

還有一個特殊情況，就是清廷的皇帝往往早婚，而性行為的年齡則更早，他們的配偶自然常在年紀很小的時候懷上胎兒。順治帝十五歲就有一個女兒；康熙帝十二歲結婚，十四歲就做了父親，他們年紀都很小，嚴格來說還在少年時期，自身的性器官都未發育完善。康熙的元配皇后赫舍里氏產下第一胎時只有虛歲十七歲！可以想見，精子和卵細胞都未發育成熟，所生育的子女當然會先天不足，有所缺陷，再精心護養也很難健康生長。

不過，話說回來，憫郡王如此早殤，其先天體質應該大有問題，而咸豐帝與玫貴妃懷上憫郡王的時候分別是二十六歲和二十二歲，是適齡的生育時段，看來，夫妻婚育的年齡也不是嬰兒先天不足的唯一要素。

誰是嬰兒殺手？

可憐的憫郡王到底因何夭折呢？

導致嬰兒死亡的原因非常多，也很複雜。有兒科專家稱感染、先天性心臟病、窒息、早產、肺炎、腹瀉等，都是導致嬰兒死亡的主要原因。其中，中樞神經系統感染、先天性心臟病較為常見。

理論上說，嬰兒的各臟器尚未發育完備且抵抗力低，比如呼吸系統還不夠堅固，黏膜也很嬌嫩，在保護屏障沒有建立之前，有害物很容易進入血液、中樞神經系統，產生嚴重後果。哪怕是一場小感冒，如果合併心肌炎、腦炎等，便可能致命。

但是，這些感染致死的臨床表現卻與憫郡王不同，因為從感染、發病到病危、死亡，過程最少一、兩天，而憫郡王從出生的丑時（凌晨一時至二時五十九分）到死亡的卯時（上午五時至六時五十九分），只有四到六小時之間，實在太快了，是一個新生兒死亡病例。

根據世界衛生組織（WTO）的資料，早產是全球新生兒死亡的首因，並且是繼肺炎之後，五歲以下兒童死亡的第二大死因。據估計，目前每年大概有一千五百萬名嬰兒出生過早，即每十名嬰兒中就超過一人。每年有超過一百萬名嬰兒死於早產併發症，許多存活下來的兒童也要面臨終生殘疾，包括學習障礙和視力、聽力問題。在清代，情況也許類似，甚至更嚴重。

從概率上說，新生的憫郡王很可能是一個早產兒，而早產兒的直接死因常是嬰兒窒息。

早產兒（premature infant）是指胎齡在三十七足週以前出生的活產嬰兒，其出生體重大部分在二千五百克以下，頭圍在三十三公分以內。胎齡愈短，嬰兒體重愈輕、身長愈短。關於早產的原因，至今仍有許多不明之處，不少病因還在猜測之中，比如母親有糖尿病、酗酒、抽菸、濫用藥物、父親的健康情況、胎膜早破、臍帶過短、羊水過多等。

這種嬰兒的皮下脂肪儲備很少，體溫調節中樞根本不完善，無法抵禦外界的嚴寒天氣和氣候變化。憫郡王在寒冬出生，極有可能備受低溫的煎熬。

更可怕的是，早產兒的呼吸中樞未成熟，咳嗽反射較弱，黏液在氣管內不易咳出，因此容易引起呼吸道梗阻或吸入性肺炎。肺泡發育又不全，吸氣時較難擴張，氣體交換困難，最終容易造成呼吸困難，甚至呼吸衰竭。可以想像，憫郡王出生後，很快出現呼吸急促，繼而面部、口唇與全身皮膚發紫，由於沒有現代化呼吸機等救治方式，御醫們只能束手無策，眼睜睜看著小皇子的呼吸由急促到微弱，反應由敏感到遲鈍，哭鬧聲愈來愈弱。

咸豐皇帝是一位苦命天子。大清朝到了他手裡，所有的輝煌、運氣都已經灰飛煙滅，剛即位就得面臨太平天國的嚴重挑戰，又有北方捻軍的暴動，整個天下動盪不安；不久還出現了英法聯軍挑起的第二次鴉片戰爭，如果算上任內發生的其他洪澇、蝗災，他真的幾乎沒過上一天太平日子。有人說，咸豐帝的資質在清帝之中屬於中上水準，不過，他性格懦弱不剛毅，心理防線脆弱，面對一連串打擊時，精神垮了，只能不斷以聲色犬馬、紙醉金迷的生活來麻痺自己。史書記載咸豐晚年酗酒，酒後常狠狠打罵太監、宮女，酒醒後又異常懊悔，居然透過賞賜受害者來求得心靈上的「贖罪」，如此反反覆覆。坊間傳聞這位皇帝還有咯血的老毛病，如果屬實，患有肺結核的可能性很大。如此看來，咸豐的身心真是嚴重不健康，在承德駕崩時，年僅三十歲。以這樣的狀態當父親，其後代的先天稟賦、健康程度確實令人擔憂，早殤、早夭都在情理之中。

早殤之嬰成爲陰謀工具

小生命好不容易降臨到世上，卻不幸早早棄父母而去，無疑是一個悲愴的故事。玫貴妃從此鬱鬱寡歡，再無懷孕，而咸豐帝更因國事焦頭爛額，自身健康每況愈下，也再無做「皇阿瑪」的機會。憫郡王這個小生命的悄然離去，似乎沒有給「黑雲壓城城欲摧」的大清帝國帶來什麼影響。

然而，在某些朝代，早殤嬰兒居然也成為宮廷陰謀的工具。

最著名的就是武則天與王皇后的宮鬥。

《唐會要》云：「昭儀（武則天，當時還不具備皇后身分）所生女暴卒，又奏王皇后殺之，上（唐高宗）遂有廢立之意。」當時武則天生了一個女兒，猝死且死因不詳，她利用了小公主的死亡，上奏皇帝說是王皇后害死的，結果導致唐高宗對皇后的態度變化，為日後王皇后被廢、武昭儀上位埋下伏筆。

但在另一些史書中，武則天就不是利用機會，而是殺人凶手了。如《新唐書》載，武則天生了女兒後，王皇后按照母儀天下的規矩，前去探望，武則天找了一個理由不在場。當王皇后探視完畢離開，武則天竟然拿被子把女兒活活捂死，接著在唐高宗面前誣告皇后殺嬰。唐高宗原本智商不高，此刻又驚又悲又氣，失去分辨能力，馬上脫口而出：「后殺吾女！」於是心一橫把王皇后廢掉，後來乾脆處死。

這個故事的真相已無法水落石出，永遠掩埋於歷史塵埃之中。不過，從醫學的角度分析，古代小嬰兒猝死、早夭並不罕見，結合人類的基本情感以及後世文人對女皇帝刻意貶低的態度來看，武則天下毒手的可能性值得存疑。不管事實怎樣，這位小公主的早逝終究是武則天爭權奪利的工具，她倘若泉下有知，恐怕也會極端失望和傷感。

幸好，咸豐帝的幼子憫郡王並沒有這般遭遇；然而，他的離世依然為另一個女人玩弄權術鋪平了道路。此後將近半個世紀，大權獨攬的慈禧頤指氣使，直把大清這艘破船開向萬劫不復的深淵。

如果憫郡王不死，血緣疏遠的堂弟光緒帝可能不會登基，十七歲的憫郡王將繼承哥哥同治皇帝的皇位，中國近代史會有多麼不同的走向呢？

雙胞胎，福兮禍兮？

六月二十一日亥時……霍桂芳、戴君選請得八公主產下雙胎，六脈全無，牙關緊急，四肢逆冷。隨用人蔘湯及童便，不能下嚥，即時暴脫。謹此啓聞。《胤祉上康熙診治書》

來自京城的噩耗

康熙四十八年（西元一七〇九年）六月，康熙帝正在承德避暑山莊休養，已覺暮年將至的康熙近年來家事紛擾，心情抑鬱，身體也大不如前。大半年前，培養了三十多年的太子胤礽犯上獲罪，令他痛心疾首，忍痛廢之；三個月前，因懷念太子生母仁孝皇后赫舍里氏心切，康熙便復立胤礽的太子之位。

此次出塞，康熙本想養心安神，恢復昔日木蘭秋獮的馳騁心思。忽然間，隨著太監匆忙的腳步，一份緊急奏摺遞到了他的案前。康熙睜開慵懶的眼睛，本想遲點再批閱，但見上奏者名單赫然出現領銜的三阿哥胤祉，以及胤祺、胤祐諸皇子時，心頭猛地一震，京師莫非出了什麼大事？他本能地打開快速閱讀。

這是一封字數不多的信件，然而老邁的皇帝讀起來卻肝腸寸斷，不禁老淚縱橫。只見胤祉上奏：

「竊本月二十一日夜亥時，八公主產下雙胞胎，因甚虛弱，不省人事。在彼護理之大夫霍桂芳、戴君選等未及用藥，一面往報在京值班之臣胤祺、胤祐，故皆未趕上，即時薨。今除臣胤祉、胤祺等與禮部、工部、內務府總管等共同按例料理喪事外，臣等叩請皇父，公主妹業已如此，聖躬甚屬要緊，務須精心養神。此不但我等之福，且又天下眾人之福。再者，公主之事，臣等尚未奏聞太后祖母，俟皇父命下之日，再行奏聞。所有大夫等奏書，謹並奏以聞。

臣胤祉、胤祺、胤祐、胤祹、胤禎。」

康熙長嘆一聲，用衣袖偷偷拭去眼角的渾淚珠。本是喜慶的分娩大事，在醫療技術不發達的時代，卻是很多嬰兒乃至產婦的鬼門關！康熙年近花甲的人生歷程中，已經屢屢耳聞這類發生在親人身上的慘案。

他打開附送的文件，上面有「公主產下二女，皆安然無恙」的文字補充，還有簡略的醫療文案（大夫診治書）：

「六月二十一日亥時……霍桂芳、戴君選請得八公主產下雙胎，六脈全無，牙關緊急，四肢逆冷。隨用人蔘湯及童便，不能下嚥，即時暴脫。謹此啓聞。」

八公主是康熙的第十三女（前有幾位姐姐早夭，未排序），乃雍正朝深得重用的十三爺怡親王胤祥胞妹，於康熙四十五年（西元一七〇六年）七月封和碩溫恪公主，下嫁蒙古的翁牛特杜楞郡王倉津，此番不幸離世，年僅二十二歲。儘管其母身分卑微不獲重視，且過早離世，康熙另有子女數十人，但對這位庶出的女兒依然疼愛有加。皇室女性一般十二、三歲完婚，公主以當時十九歲的「高齡」出嫁，大概是因為父皇希望其長久陪伴身邊的緣故。婚後不久，康熙還親自前往駙馬在塞外的府邸探望公主一家，可謂父恩皇恩浩蕩！不料外孫女們的誕辰亦是女兒的忌辰，痛失骨肉的康熙自然悲不自勝，腦海中一片悲涼的駭浪在翻滾，思緒飛向了說遠不遠的北京城。

奏摺的撰稿人胤祉並不簡單。此人文才出眾，當時剛獲封和碩誠親王。這封奏摺中，胤祉準確記錄了事件發生的時間與經過，同時表明自己已盡快給在京值班的「行政領導」進行了「預警」通知，同時把醫師的病歷檔案一律歸檔上報父皇審閱。此外，不管死因如何，人死不能復生，公主妹妹的葬禮已被安排妥當，父皇無須掛心。最重要的是，他提醒了父皇注意龍體安康，並暫時對祖母老人家隱瞞悲劇，以免造成精神打擊。如此周到之人，難怪康熙會寵信有加。

緊鄰死亡的新生

自懷孕之後，八公主一家便沉浸在喜悅和憂慮之中，因為公主的孕腹比常人要大得多，有經驗的醫師診斷很有可能是雙胞胎。如果順利生下來，那真是天賜的美事！但是若難以產下，則嬰兒和公主都將凶多吉少……

十月懷胎，一朝分娩。

那天夜裡，一陣劇烈的疼痛之後，八公主開始了艱難的分娩過程，她在北京酷熱的天氣中痛得渾身大汗，產婆緊緊抱住了她的上身，並放一塊手巾讓她咬在嘴裡。公主一面隨著產婆的提示用力，一面用手死死地抓著身邊的被褥。幾次痛昏之後，公主下身已經血紅一片，被褥被鮮血浸泡得不成樣子，換了一層又一層，舊的黑紅血塊上混雜著鮮紅的黏稠液體。隨著一聲嬰兒清脆的啼哭聲，公主艱難地生下了一個漂亮的女嬰，可是痛苦沒有結束，因為御醫當即診斷公主懷的是雙胞胎！

夜深了，已經到了亥時，經過重複的劇痛過程，八公主終於用盡最後的力氣生下了第二個女兒。身邊一對可愛的孩子響亮的哭聲預示著她們的健康，也彷彿召喚母親哺育，然而公主似乎一無所知了。這時的她，臉色慘白，雙目微閉，手腳冰冷，呼之不應，已經不是一般的疲憊了，被褥上仍舊不斷地滴著鮮血。

御醫和產婆早已手忙腳亂，紛紛給公主按摩下腹部，試圖減輕子宮的過度鬆弛，以緩解大出血。有人拿來熬好的蔘湯，努力往公主嘴裡灌，但是她牙關緊閉，無法攝入。御醫一把脈——壞了，六脈全無，但此刻大家已束手無策，只能眼睜睜看著公主拋下一對女兒，沉沉睡去，再也沒能醒過來……

產後出血是分娩期嚴重的併發症，是導致產婦死亡的原因之一，其發病原因為子宮收縮乏力、軟產道裂傷等，這些原因可以合併存在，也可以互為因果。

宮縮乏力是產後出血最常見的原因。人類子宮肌纖維的解剖分布是內環、外縱、中交織。正常情況下，胎兒娩出後，不同方向走行的肌纖維收縮對子宮的血管產生有效的壓迫作用，抑制出血。如果出現子宮肌纖維收縮無力，即宮縮乏力，則失去對血管的有效壓迫而發生產後出血。分娩過程中，初為人母的八公主得知懷的是雙胞胎，難免對分娩產生恐懼而極度緊張，缺乏足夠的順產信心，這些心理因素可能加重宮縮不協調或宮縮乏力。但最關鍵的還是產科因素，由於雙胞胎的產程過長，造成公主極度疲勞及全身衰竭，再加上雙胎妊娠原本已使得子宮肌纖維過度伸展，產後肌纖維縮復能力就更差了。

另外，雙胎妊娠也能加重產道裂傷，綜合上述原因，公主產後大出血很難避免。產後出血多發生在胎兒娩出後兩小時內，臨床表現主要為陰道流血、失血性休克，若失血過多可併發彌散性血管內凝血（DIC），救治不及時，病患將危在旦夕。

可惜在康熙時代，醫師們只能透過按摩子宮加強止血，既無宮縮注射劑可用，也無迅速輸血糾正失血、DIC的手段，更無有效的手術方法止血，至於切除子宮這最後一招，在當時簡直是天方夜譚！

原本等著外孫女出生喜訊的康熙，等來的卻是女兒的死訊。康熙愣了一會兒，此等要事還是不便隱瞞太后的，他提起筆回覆兒子：「著奏聞皇太后。近來朕體稍弱，不甚強健。公主乃已嫁之女，為彼令朕做何事？只是照常養身罷了。至隨朕來此之妃嬪等，匿而不令聞之。」寫完這些痛得讓人麻木的字句後，他扔下筆，木然呆坐，不再言語也不知該說什麼。此時的他，恐怕連悲傷的力氣都喪失了。

悲劇重演

康熙並非第一次遭遇類似的悲痛。

康熙十三年（西元一六七四年）五月，皇后赫舍里氏第二次臨盆。五年前，她曾生下皇子承祜，可惜承祜三歲即夭折，這個沉重打擊使得皇后和皇帝一度委靡不振。現在，皇后再次分娩，坤寧宮內外一片喜慶，人們準備迎接新皇子或新公主到來，唸喜歌的兩位接生嬤嬤早已在一旁等候，掩埋小皇子胎盤的「喜坑」也挖好，並把寓意皇后早生貴子的筷子和紅綢、金、銀、八寶等物安放在喜坑內，只等皇后順利生產。左等右等，大家盼望的皇子終於在初三日上午出生。

康熙皇帝見皇后又誕下健康的皇子（胤礽），異常高興，當即取了乳名叫保成，祝願他能夠平安成長。

然而皇后卻為此付出生命的代價！

據《清實錄・康熙朝實錄》記載：「申時（下午三時至五時），皇后崩於坤寧宮。」皇后在產下胤礽的當天就去世，沒有明確資料顯示是難產，而皇后當年第一胎分娩時也是順產，除非胎位不正，否則這次出現難產的機會不大。

儘管御醫使盡渾身解數，仍無法挽救皇后漸漸逝去的生命。年僅二十歲的皇后在當日下午嚥下了最後一口氣。妊娠合併心臟疾病、妊娠期高血壓疾病固然也是產婦的常見死因，不過如果赫舍里氏生第一胎時能熬過來，恐怕這些都不是本次的死因，而感染固然能導致產婦死亡，但畢竟需要一段時間，不可能在產後數小時奪命。還有一種情況，就是羊水栓塞，這是一種產科緊急症候，指在分娩過程中，羊水、胎兒細胞、胎髮、胎糞、皮屑等物，透過子宮基底的胎盤進入母體血液循環而誘發母體主要血管的閉塞，從而引致心肺衰歇及凝血異常，能在產後短時間內致死。

赫舍里氏出身名門，爺爺索尼是清朝開國元勳，叔父索額圖也是當朝重臣，她與康熙感情深厚，兩人如膠似漆。

坤寧宮內的氣氛由喜悅驟變為悲傷。僅僅幾個時辰，康熙就經歷了再得嫡子和痛失愛妻的大喜大悲，這種悲喜交加的滋味，恐怕只有康熙自己才能體會，也給他的內心帶來一輩子揮之不去的陰影。

對這位皇后以生命為代價孕育的皇子胤礽，康熙感慨萬千，說「胤礽乃皇后所生，朕煦嫗愛惜」，即便是日理萬機，仍堅持親自撫養這個生而喪母的哀子，對其寵愛至極。

康熙十四年（西元一六七五年）六月，皇后去世一週年之際，康熙決定冊立不到兩歲的胤礽為皇太子，胤礽成為清朝歷史上唯一一位受正式冊封禮的皇太子。值得一提的是，康熙冊封胤礽的吉日正是嫡長子承祜的生日：十二月十三日，其中意味不言自明。

鬼門關，專拆恩愛夫妻

康熙的侍衛、清代傑出詞人納蘭性德與夫人盧氏志趣相投，青年夫妻的美滿生活使納蘭性德心曠神怡，但這樣幸福美滿的婚姻僅僅持續了三年，盧氏因難產而亡，沉痛打擊對納蘭性德這位「自恨多情」的詞人造成了難以想像的痛苦，從此，他「悼亡之吟不少，知己之恨尤深」。

妻子去世半月後，他便寫出了〈青衫溼遍・悼亡〉，據說是他的第一首悼亡詞：

「青衫溼遍，憑伊慰我，忍便相忘。半月前頭扶病，剪刀聲、猶在銀釭。憶生來、小膽怯空房。到而今、獨伴梨花影，冷冥冥、盡意淒涼。願指魂兮識路，教尋夢也回廊。咫尺玉漖斜路，一般消受，蔓草殘陽。判把長眠滴醒，和清淚、攪入椒漿。怕幽泉、還爲我神傷。道書生薄命宜將息，再休耽、怨粉愁香。料得重圓密誓，難盡寸裂柔腸。」

盧氏去世後的八年多裡，納蘭性德寫下了不少悼念亡妻的詞作，這些詞作是納蘭詞中最富感情、最具感染力的作品。

儘管古代記載的難產案例很多，但應對的招數卻極其有限，在當時，剖宮產是很難成功實施的，沒有現代的麻醉藥，疼痛極有可能超出產婦的承受極限，而傷口感染也由於缺乏抗生素而難以癒合，或導致產婦死亡。

遠古神話中，許多偉大人物都是剖腹而產的。古人往往將之視為神人聖賢降臨世間的方式。大禹從母親修已腹中破宮而出（背坼），商朝始祖契也是其母簡狄剖腹產下。

南朝史學家裴駰在《集解》中說：「若夫前志所傳，修已背坼而生禹，簡狄胸剖而生契，歷代久遠，莫足相證。近魏黃初五年，汝南屈雍妻王氏生男兒，從右胳下水腹上出，而平和自若；數月創合，母子無恙，斯蓋近事之信也。」他記載了曹魏時的一例剖宮產，言之鑿鑿，似乎是中國最古老的、沒有神話色彩的剖宮產病例。

難產的政治後遺症

難產不僅是家庭悲劇，甚至對國政也產生重要影響。春秋時代，大名鼎鼎的鄭莊公就是一位難產兒。他的母親武姜費盡九牛二虎之力才把他生下來，母子可謂九死一生，由於存在心理陰影，武姜對這個兒子很是厭惡，取名「寤生」，日後武姜專愛幼子共叔段，有培養他搶班奪權的企圖，最終，共叔段陰謀敗露，武裝反叛，死於非命，身敗名裂。這則《左傳》中的著名故事，除了讓人領略到鄭莊公欲擒故縱的隱忍韜略外，更多的是無盡的唏噓和感慨。

話說回清朝，康熙把對早逝髮妻的全部摯愛統統轉移到皇太子胤礽身上，對他悉心照顧和精心培養，希望他有朝一日成為像自己一樣偉大的明君。

然而事與願違，或許是待在太子位置上三十多年實在太久，自認為得天獨厚的胤礽不僅慢慢變得驕奢淫逸，傲慢不羈，而且對皇權的奢望居然變得迫不及待！他身邊聚集了一群貪圖榮華富貴、出盡壞主意的官僚，號曰「太子黨」。這一系列事件擊中了專制時代帝王的痛處，再慈愛的皇帝父親也不能容忍兒子對自己的權力構成威脅！康熙晚年，不但引發了太子被廢而復立、復立而再廢事件，還爆發了諸子爭儲的鬧劇，朝野烏煙瘴氣，人心惶惶。

最終，韜光養晦、貌似毫無拉幫結派的皇四子胤禛神祕地繼承了康熙的帝位，而輔助他的正是八公主的胞兄胤祥。

廢太子胤礽則在幽禁中慘度餘生，在雍正二年悲涼地死去。

扼殺萌芽中的生命

皇后張氏素精明，魏、客憚之。後方娠，腰痛，客氏密布心腹，宮人奉御無狀，隕焉。
《明史紀事本末》

幾年前，一部電視劇《甄嬛傳》紅遍兩岸四地、大江南北，劇中的雍正皇帝是後宮妃嬪們的焦點，彼此明爭暗鬥，爭風吃醋，無所不用其極，而熏香催情、麝香流產等各類香料、中藥也成了她們常用來爭寵或害人的利器，手段可謂步步驚心。尤其是流產一幕，令人不勝感慨，感慨人生命運的多舛，感慨中華醫藥文化之「博大精深」。

真實歷史上的雍正皇帝並沒有這麼多精力周旋於女人之間，這位日夜批改奏章的帝王，可能是有清一代最勤奮工作的天子，忙得幾乎吐血，僅有的閒暇時間都用來搞煉丹術，以圖長命百歲，更加為大清江山廢寢忘食。他生有十個兒子，除了最年幼的弘瞻為晚年所得外，其餘諸子全生於繼位當皇帝前，而他的四個女兒全出生於康熙年間。可見，雍正帝的後宮生活應是很單調乏味的。

來不及長大

說到宮鬥，縱觀歷史，清代遠沒有明代那般雲譎波詭、毛骨悚然、明目張膽。人為墮胎流產之術，自然也就充當了野心家的法寶。

明末天啟皇帝駕崩，傳位於同父異母的信王朱由檢，實在出於無奈，因為他絕嗣無後。是皇帝沒有生育能力嗎？非也！天啟帝朱由校雖然身子骨比較虛弱，得年二十二歲，但其生育能力和他的廟號「熹宗」倒有幾分相合——熹者，熱也，熾也。據史料記載，他去世前曾有三個皇子、三位公主，可惜，全部夭折，而他的長子朱慈燃，更是生下來就是一具死胎！

天啟帝原本會有更多子女，他畢竟對政事毫無興趣，也沒讀過什麼書，生活中除了鍾愛的木工之外，就是與後宮的女人打交道。不過，一位身分特殊的女性，卻讓皇帝產生了子嗣危機。

她就是皇帝的奶媽客氏。由於父親明光宗繼位前頗受萬曆帝的冷遇，朱由校小時候的生活並不如意，母親早早去世，一直由乳母照看。久而久之，朱由校對她產生了嚴重的戀母情結，有些野史甚至爆料二人發生過不倫的關係。天啟剛即位就迫不及待封客氏為「奉聖夫人」，對其子侄加官進爵。皇帝大婚後，有大臣建議遷客氏出宮，天啟戀戀不忍讓她離去，說：「皇后幼，賴媼保護，俟皇祖（萬曆）大葬議之。」不久客氏又被召回。

得到皇帝的縱容後，客氏又勾結了大宦官魏忠賢，二人聯手將皇帝和後宮、朝廷把玩於股掌之中。為了鞏固自己的地位，心狠手辣的客氏陷害了數位天啟的后妃。張裕妃懷孕但未能臨盆（應為客氏所害），客氏竟向皇帝汙衊她懷胎十三月尚不分娩，治以欺君之罪，斷其飲食，裕妃饑渴難忍，暴雨之夜至屋檐下接雨水喝，最後哭喊著氣絕身亡。張皇后平素為人精明，遭到客氏嫉恨，魏忠賢更是對之忌憚幾分，皇后懷孕時腰痛，客氏與魏忠賢便暗中指派心腹下藥陷害，導致皇后生下死胎，此後未再生育[1]。

這種情況在明史，乃至中國歷史上，可謂不絕於書。

天啟帝的祖宗成化帝一朝，就發生過類似事件。成化帝朱見深的遭遇和朱由校有幾分相似，童年時代頗為顛沛，由年長他十七歲的宮女萬氏照看，又是日久生情。比朱由校更誇張和不堪的是，成化帝繼位後居然真的冊封年近不惑的萬氏為貴妃，二人確確實實生育過一子，後來夭折。萬氏其後再無生育能力。據史料記載，萬貴妃為人與客氏一樣，飛揚跋扈且經常醋海翻波，用野蠻的手段迫使皇帝的后妃墮胎。《明史・萬貴妃傳》稱：「掖廷御幸有身，飲藥傷墮者無數。孝宗之生，頂寸許無髮，或曰藥所中也。紀淑妃之死，實妃（萬氏）爲。」這份材料甚至把成化帝之子明孝宗弘治帝朱祐樘腦門上的傷疤、孝宗生母的離奇去世，統統歸咎於萬貴妃的毒害，彷彿明孝宗是從萬氏的墮胎藥中僥倖存活下來似的。

早在西漢時期，漢成帝劉驁的后妃趙飛燕、趙昭儀（昭儀為漢代後宮嬪妃之一級，真實姓名史書未載，民間稱之為趙合德）姐妹「傾亂聖朝，親滅繼嗣」、「燕啄皇孫」，大肆殘害後宮女性和皇子，「掖庭中御幸生子輒死，又飲藥傷墮者無數。」她們導致漢成帝無後的故事，一直家喻戶曉。

趙飛燕姐妹、萬貴妃的惡行，流傳於其政敵書寫的史書之中，細節之處固然和史實有出入，不一定全部經得起推敲，但不可否認的是，她們有恃無恐，為非作歹，已遭人痛恨；而宮廷政治的險惡，想必也是不少人聞之色變的，卻是當下某些影視作品的熱賣點。

千奇百怪的墮胎術

墮胎，從來就是一個備受爭議的話題。不管是古代和現代，許多人採用這種方式終結骨肉的生命，大多還是出於無奈。

有的懷孕婦女患病，必須透過終止妊娠來獲得痊癒的機會，就會在醫師的指引下墮胎；有的女性與已婚男性發生關係，不慎懷孕，迫於輿論壓力也會選擇墮胎；然而，更多的情況下，經濟壓力才是導致人們放棄子女的主因。

《三國志．卷十三．魏書．王朗傳》記載王朗上書勸魏文帝曹丕與民休息、發展經濟、育民省刑，他說：「嫁娶以時，則男女無怨曠之恨；胎養必全，則孕者無自傷之哀；新生必復，則孩者無不育之累。」王朗所說的「孕者」、「自傷之哀」即是墮胎，而「孩者」、「不育之累」則指溺嬰。很多人認識王朗是源於小說《三國演義》，那位陣前自討沒趣、被諸葛亮罵得一無是處的衰老頭子，最終當眾羞愧而死。藝術形象可謂深入人心，成了反襯諸葛亮聰慧的丑角，不過，若細讀史書，會讓讀者對王朗刮目相看。

就現代而言，儘管備受爭議，但墮胎技術已經相當成熟。目前主要形式有人工流產與藥物流產。人工流產即為負壓吸引術，在孕期十二週內進行，透過強力的抽吸器將體積尚小的胎兒吸出；藥物流產則是趁受精卵「立足未穩」的受孕早期，即用藥物改變女性激素的分泌，催促月經來潮，從而達到排出孕囊、終止妊娠的目的。

傳說古代青樓有一套行之有效的避孕和墮胎方法，數千年來薪火相傳，主要是服用含有水銀（汞）、馬錢子鹼和砒霜（三氧化二砷）等劇毒物質的草藥湯。據現代研究，汞、砷等礦物質具有強烈毒性，包括破壞生殖系統和內分泌系統，可致終生不孕，甚至付出中毒死亡的代價！

此外，麝香也是追捧《甄嬛傳》的人們熱議的墮胎藥。據劇情介紹，甄嬛懷孕後用了摻有麝香的「舒痕膠」導致流產；勢力強大的華妃一直不孕，原因是皇帝賜給她的一種香料，裡面含有麝香成分；祺嬪身上的一串麝香珠乃皇后所賜，也是導致她不能懷孕的原因。

關於麝香打胎，古醫書多有記載。麝香是雄性麝生殖器分泌的一種混合物，主要成分包括麝香酮、雄性激素等，具有濃烈香氣，能調節動物的性行為。據現代研究發現，麝香的確能影響女性體內激素的分泌，對於人類的性反應具有調節作用，但是這種作用是否足以達到避孕乃至墮胎的效能，目前尚無統一答案。在這種情況下，寧可信其有，不可信其無，安全起見，有身孕者還是避免接觸此物為宜。

在古代，藥物墮胎始終是主流。漢代張仲景《傷寒雜病論》記載了一些藥物，如「附子：味辛甘，大熱，有大毒……墮胎爲百藥長」。又云：「水蛭：味鹹苦平微寒，有毒……利水道又墮胎。」南朝梁代陶弘景的《本草經集注》專設墮胎藥一項，收墮胎藥四十多種。到了唐代，墮胎藥得到了總結，重要醫書如《千金方》、《外臺祕要方》、《醫心方》等都記載了墮胎藥方。

宋代以後，墮胎之風愈演愈烈。學者考證，宋代京師有以專賣墮胎藥為職業者，在一定程度上反映了墮胎市場的形成。到了元代，墮胎藥物進一步商業化，這種現象已引起政府的焦慮，因此元朝特地下詔禁賣墮胎藥物。

明清時期，墮胎藥物的商業化又有更進一步的發展。清藍鼎元《鹿洲初集》記載：「愚嘗過蘇杭之間，見街巷標榜下胎神藥，絕孕奇方，不勝驚嘆，謂風俗之壞，何爲一至此。」市場上各類藥物魚龍混雜在所難免，不過，墮胎藥物的成熟也是不爭事實。

《金瓶梅》裡西門慶妻子吳月娘，懷孕後上樓扭了腰，肚子疼痛，叫劉婆子前來，見傷及胎氣，給了兩顆「大黑丸子藥」，囑咐月娘配艾酒服用，說道：「妳吃了我這藥，安不住，下來罷了。」這兩顆大黑丸子藥便是墮胎藥，墮掉胎兒，但保住吳月娘的性命。文學藝術源於現實，由此，今人可對明末墮胎藥的使用管中窺豹。

古人的技術當然不是萬全之策。藥物雖然有失敗的可能，但更令家長揪心的是，這種失敗將為勉強降生的嬰兒帶來終生不幸！

南宋第十五位皇帝宋度宗趙禥，是宋太祖趙匡胤十一世孫、宋理宗弟嗣榮王趙與芮之子。生母黃氏相傳迫於門第壓力，懷上趙禥時服用墮胎藥，試圖放棄妊娠；然而，藥力不濟，被墮胎藥傷害了的趙禥仍舊頑強地呱呱墜地。後遺症就是智力低下，而具體藥方卻是個謎。

根據《宋史》，趙禥七歲才學會說話，一開始不少大臣都反對將其立為太子，但理宗沒有子嗣，加上與榮王的兄弟情誼，使他堅持立趙禥為太子。可悲的是，趙禥繼位後果然十分昏庸無能。當時金朝已經滅亡多年，北方蒙古軍隊虎視眈眈，大舉南下，國難當頭，他卻將軍國大權交給奸臣賈似道，政治十分腐敗黑暗，人民水深火熱，導致宋朝雪上加霜，病入膏肓，無可救藥，滅亡只是時間問題。

從某種意義上講，宋度宗母親的那劑失效墮胎藥加深了整個國家和民族的災難。

藥物之外，外力墮胎也是方法之一。這是借用外力擊打、擠壓、震動腹部，促使腹中胎兒流產。該法史書也多有記載，簡單易行，但是較為暴力，往往對母親身體造成傷害，甚至危及生命。《甲申朝事小記》云：「客氏以乳母擅寵，不容后（張皇后）有子……張后有孕，暗囑宮人於搥背時重搥腰間，孕墜。」張皇后受此傷害，不僅產下死嬰，還喪失了繼續生育的能力。

最後還有一種所謂的針灸墮胎法。早在南北朝時，針灸墮胎已在實際生活中被醫師運用。

南朝宋時出了一大堆心理變態的昏君、暴君，幾乎創下歷史紀錄。後廢帝劉昱九歲繼位，雖然天資聰敏，但是「天性好殺，一日無事，輒慘慘不樂」，據說這位殘暴的帝王學習能力特強，包括「醫術」。

他最喜歡每天帶著執槍持矛的侍衛到街上逛，早出晚歸，每遇到不合眼緣的人或畜牲，就以殺戮為戲，造成全民恐慌。史書記載當時的情形是「民間擾懼，路無行人」。

有一回，他和名醫徐文伯一同出行，路上碰見一位孕婦，孕婦躲避不及，遂成為他的獵物。劉昱貪玩，又自詡精通醫術，當即給孕婦診脈，判斷她懷的是女嬰，但是徐文伯卻判斷：「腹有兩子，一男一女，男左邊，青黑，形小於女。」視人命為草芥的皇帝一聽就不高興了，性急之下，一定要拿刀斧剖開孕婦肚皮一看究竟。徐文伯動了惻隱之心，力主用針灸法。於是，他「寫足太陰，補手陽明，胎便應針而落。兩兒相續出，如其言」。這對胎兒是足月？是流產？能否存活？史書沒有記載。反正，在後廢帝的統治下，帝國的每個子民都在經歷人生的悲劇。

墮胎的反思

不管是由於經濟壓力還是為了孕婦安全，抑或是因為宮廷陰謀的需要，實施墮胎者無非都是搶奪對生命的支配權。

實行者的內心到底有沒有心理負擔？輪迴報應思想難道不讓他們畏懼嗎？客氏結局極其悲慘，天啟帝去世後，崇禎皇帝朱由檢一上臺就收拾了魏忠賢、客氏一夥。

主謀者固然可恨，至於醫者或從事售賣服務的一方，卻似乎可以置身事外。在今天這樣史無前例的高度商業化社會，墮胎就像流水線上作業那樣接踵而來，就像批量生產那樣冷漠簡約，幾乎沒有醫師會拒絕提供這種服務，只要不觸犯法律，只要病患的要求符合程序，即可實施，那些微小的生命似乎顯得前所未有的無足輕重。

製造生命原本是一個自然過程，長久以來，它的扶持和保護也是一項有科學技術的艱辛工作。歷史上，許多人懷了孩子而不想要或被迫不能要，也有很多男男女女想要孩子而不得，從某個角度看，也是一場悲劇。

身輕如燕的趙飛燕，以及她毒如蛇蠍的妹妹，毒害了那麼多皇室子孫，自己終究也沒撈到多大好處，從史料記載看，漢成帝劉驁有生育能力，而這對姐妹卻沒有，被漢成帝專寵了十多年，只開花不結果，成帝一死，相繼自殺，實在悲哀！

楊貴妃也如此。唐玄宗后妃子嗣眾多，惟獨在楊貴妃身上多年耕耘而一無所成。太瘦了不行，太胖了也不行？如果楊貴妃有子嗣，或許馬嵬坡的悲劇就不會發生在她身上，也就沒有後世的〈長恨歌〉、〈梧桐雨〉和〈長生殿〉了。

宋高宗趙構也是在生育上出了大問題，早年有子一人，夭折後再怎麼努力也是功虧一簣。相傳為金人所迫，嚇破膽導致下身無能，最後不得不從流落民間的太祖後裔中尋求養子。

至於明武宗正德皇帝朱厚照、清朝光緒帝等，都是由於相同的原因導致家庭悲劇。

人類孕育生命的科學能力是如此滯後，發展是如此緩慢，幾千年來，大多不過是依賴藥物的有限支持，直到近一百年來，人類生殖器官解剖結構的真相大白，再加上二十世紀以來科技的一日千里，生殖科學才突飛猛進，不孕不育的遺憾才從部分愁眉不展的家庭中消失。

然而，反觀歷史，無論動機如何，破壞、扼殺生命的能力卻非常超前。墮胎技術多種多樣，早已有之，且方興未艾。

不免讓人想起，一種文化的扎根及培育需要漫長的過程，需要世世代代不懈的努力。因為這些成果、遺跡承載了多少先輩的智慧、汗水和心血，是好不容易流傳下來的珍貴遺產。然而，歪曲、摧殘、毀滅和顛覆它們，就像推倒一堵牆一樣簡單、無情，彷彿只是一瞬間的事情，不費吹灰之力。二十世紀，人類見證了無數的戰爭、人禍、思想的衝突、政治的動盪，中國的傳統文化乃至全人類的文明遺產，被毀壞的有多少？在廢墟上重建，又談何容易！

急功近利，莫非就深藏於我們的基因之內？

註釋

1 谷應泰《明史紀事本末・第七十一卷》：「裕妃張氏方咯，膺冊封禮。客氏譖於上（天啓），絕飲食，閉欀道中，偶天雨，匍匐掬簷溜數口而絕。成妃李氏誕二公主而殤。先是，馮貴人嘗勸上罷內操，客、魏惡之，矯旨貴人誹謗，賜死。成妃從容爲上言之，乃矯旨革封，絕飲食。成妃故鑑裕妃餓死，密儲食物壁間，數日不死。魏、客怒少解，斥爲宮人，遷於乾西所。皇后張氏素精明，魏、客憚之。後方咯，腰痛，客氏密布心腹，宮人奉御無狀，隕焉。又於上郊天之日，掩殺胡貴人，以暴疾聞。」

肆

失控心理

他們真的被嚇壞了

太后遂斷戚夫人手足，去眼，煇耳，飲瘖藥，使居廁中，命曰：「人彘。」居數日，乃召孝惠帝觀人彘。孝惠見，問，乃知其戚夫人，乃大哭，因病，歲餘不起。使人請太后曰：「此非人所為。臣為太后子，終不能治天下。」孝惠以此日飲為淫樂，不聽政，故有病也。《史記‧呂太后本紀》

恐怖和驚嚇不僅是對人的瞬間刺激，有時還會引起持久的傷害，導致病患難以自拔。可見，「嚇死人」不只是文學的修辭或者民間的俗語，在醫學上，並非絕無可能。

漢惠帝劉盈自幼生活在母親呂后的陰影下，當了天子也不例外。父皇劉邦駕崩不久，宦官帶著他路過一所臭氣沖天的茅廁時，陰陽怪氣地說：「陛下，太后請您去看一件『人彘』。」

彘，豬也。惠帝大惑不解，人是人，豬是豬，如何合體為一？他戰戰兢兢地走進茅廁，一看立刻感到毛骨悚然；但見一隻只有軀體和腦袋的怪物，禿著頭，既無兩手，又無雙足，眼內無珠，只剩血肉模糊的窟窿，嘴開得甚大，苟延殘喘卻不能發聲。惠帝驚怕得渾身發抖、大汗淋漓，追問宦官是何物？宦官故意推託再三，方說出「戚夫人」三字。一語未了，惠帝幾乎暈倒，勉強定了定神，想問個仔細。太監附耳低語，戚夫人手足被斷，眼珠被摳，兩耳熏聾，喉嚨藥啞，扔入廁中，折磨待死。

戚夫人是劉邦生前的寵姬，也是惠帝情同手足的同父異母弟趙王劉如意的生母。惠帝聽罷大怒，斥責道：「何人膽敢如此？」宦官誠惶誠恐地說：「此乃太后之命也……」

惠帝一聽，頓時如五雷轟頂，隨即癱倒在地，那一刻，母親在腦海中已完全蛻變成一隻嗜血如命、吃人不吐骨頭的白髮狂魔！他痛苦萬分地哀嘆：「此非人所為。臣為太后子，終不能治天下。」

每個正常的母親都不會故意讓自己的孩子生活在恐怖、痛苦和憂憤之中，呂后為了立威，卻冒天下之大不韙！受到突然驚嚇和重大精神打擊的惠帝，從此一蹶不振，自暴自棄，不理朝政，日夜淫樂，在位七年就駕崩了，得年僅二十三歲。

南宋第三任皇帝——宋光宗趙惇也曾經歷血淋淋的驚悚事件。這些從小生長於深宮之中，過著養尊處優、錦衣玉食生活的天皇貴冑，與那位在金戈鐵馬、血雨腥風中拚命廝殺的祖先宋太祖趙匡胤相比，最缺的就是心理精神層面的磨練。

父皇宋孝宗認為三兒趙惇「英武類己」，便捨長立幼，詔立趙惇為皇太子。宋光宗學識淵博，也關心民生疾苦，本來具備當賢君的潛質，可惜，一切都被他的太太搞砸了。

光宗皇后李氏在嫉妒成性和心狠手辣方面，一點都不比前代的呂后遜色，偏偏皇帝又是懼內的膽小鬼。有一次，光宗在宮中盥洗，看到侍奉的宮女遞來纖纖玉手，一碰，玉滑無比，一看，白嫩可人，他禁不住讚了一聲「好」。第二天，有內官給光宗上了一個食盒，謂乃皇后所送，光宗以為是什麼精巧點心，便隨意打開一看，頓時被嚇得魂飛魄散，驚叫不已，連滾帶爬才被扶上龍床。原來，盒子裡面一雙血肉模糊的玉手赫然在目。受此一驚，光宗精神恍惚，「目瞪不瞬」，「憂懼不寧」，常在夢中暗自哭泣。

光宗本來身體就有毛病，經過嚴酷的刺激後，心疾加重，精神逐漸崩潰，只好待在宮中養病，時好時壞。由於李氏在父皇孝宗面前說三道四，父子關係愈發緊張，光宗不願探視年老的太上皇孝宗以盡孝道，群臣百姓都謂之「不孝失德」，但他不聽勸諫，直到孝宗病危乃至駕崩，光宗都無動於衷，堅持「潛水」不露面，連葬禮也不肯主持。那次精神刺激對他畸形心理的形成確實造成了不可估量的影響。

這樣的皇帝怎能治國？太皇太后和群臣便密謀把他廢去，強迫他禪位於兒子趙擴，是為宋寧宗。倒楣的宋光宗趙惇在位不足五年，很快在鬱鬱寡歡中駕鶴西去了，享年五十三歲。值得一提的是，他後來被軟禁於福寧宮，禁內多以「風（瘋）皇」視之，都覺得他腦子有問題。

他們老趙家的心理素質的確不怎麼樣。宋光宗有一位遠房親戚，輩分高他許多，叫趙元偓，為宋太宗幼子，頗有文學、音樂才華，不料，四十一歲時，元偓遭火災驚悸，「暴中風眩薨」。古代中風的概念當然與現代醫學不盡相同，腦部血管的病變按理和外界刺激的影響不很密切。元偓很可能是被突發的火災嚇得神志失常，繼而去世。

在大部分古人看來，病患出現精神異常錯亂，乃至理智喪失，多半是由於魔鬼附體所致。據《孫公談圃》記載，蘇轍之妻史氏「遇祟（中邪）」兩年，稱有四鬼環守。家人延請精於天心正法的何殿直來收妖，何道士先造天獄、築壇，然後追捕鬼祟。是夜，史氏甦醒，家人詢問兩年來的歷程，她說：「皆不記，但如夢中耳。」面對妻子的行為異常，蘇轍一家也如凡夫俗子，認為乃鬼怪作祟使然。至於為何能甦醒，倒是一個謎。

正由於人們有神怪思想，居心不良者便打起了小算盤。《師友談記》講了一則故事，某日，蘇軾次子蘇迨的乳母突然發狂，「聲色俱怒，如卒伍輩唱喏甚大」，還自稱鬼附身。東坡便與之辯論，認為人間自有人間之理，鬼祟自有鬼祟之理，雙方必須遵守互相的遊戲規則，就連神明也不例外。人若為惡不善，神鬼才可「狂發遇祟」，否則不得無故作祟害人。東坡對鬼祟的要求一概拒絕，最後鬼祟不得已，只得討一杯水喝。喝完之後，乳母腿軟倒地，隨即甦醒，然而，乳母的奶水「因此遂枯」。難道是淘氣之鬼以枯竭奶媽的哺乳能力，讓蘇迨無奶可喝做為懲戒，報復蘇軾的堅持不讓？從事情的前後來看，那位乳母更像在演戲，但表演技巧比較拙劣，也許是有些不可告人的訴求，總之東坡看在眼裡，大概猜到三分，只是不戳破那層薄紙而已。蘇軾可能是古代為數不多的唯物主義者，對鬼神之事至少持懷疑態度，沒有一味迷信。

從現代醫學的角度分析，漢惠帝、宋光宗他們極有可能是患了創傷後壓力障礙症（post-traumatic stress disorder, PTSD）。所謂PTSD，是指人遭遇劇烈身體或心理創傷後，出現的持續精神壓力症狀。有不少病患症狀持續數月之久，甚至更長。

他們親歷或目睹他人生命遭受威脅的嚴重身心傷害事件，包括戰爭、搶奪、性侵、施虐、綁架或監禁，還有重大意外或災難如地震、海嘯、火災等，都可以導致PTSD。

負面事件發生後，病患會不斷感到恐懼、無助、麻木、記憶力減退、注意力不集中、惡夢連連、容易激動惱怒、反覆想到當時可怕的情景。

病患經歷創傷時，因事件突然且對身心產生嚴重威嚇，他們很難消化這些負面情緒，形成「情緒消化不良」，並衍生各樣逃避行為，試圖讓自己好過一點。可惜，愈是逃避，這些負面情緒就愈是根深柢固，對病患的影響亦日益加劇。近年有關大腦的研究發現，PTSD病患的大腦海馬體異於常人，而海馬體對人類的情緒和記憶十分重要，因此科學家推論，重大的創傷壓力影響了患者的記憶系統，使之出現混亂和創傷事件不由自主地經常在腦海中閃現的情況。

許多病患原本合併其他疾病，一旦不幸引發PTSD，一切生活規律均被打破，無法繼續原先的生活，身心狀況極易每況愈下，加速走向死亡也是預料之中。而嚴重的負面精神狀態，如委靡、驚恐、憂鬱等，本身又會滋生其他惡疾，甚至誘發自殺傾向。

可憐的少年漢惠帝正是遭受人彘的強烈刺激，心理傷害過大，無法回到正常的生活軌道上，以至於放浪形骸，走上了慢性自殺的不歸路。這是滿腦子醋意、野心和權謀的呂后怎麼也沒想到的吧？

宋光宗也好不到哪裡去。自從被砍下的美人雙臂嚇到之後，他的日子如臨深淵、如履薄冰，簡直有如驚弓之鳥，一閉上眼睛，那血淋淋的、慘白的雙臂便浮現在腦海中，還不斷滴著渾濁發臭的腥血。每逢遇到要打開的櫃子、盒子、箱子，他心裡都會恐慌不已，疑神疑鬼，害怕一揭開就讓那雙血手猛地伸出來，彷彿要抓住自己的脖子、摀住自己的嘴巴似的。皇帝的生活因此無法進行下去了，自然，這位光宗也加快了走向崩潰的邊緣。

皇帝、貴族和社會名流遭遇到這類不幸尚且命運如此坎坷，普通百姓就更糟糕、更悲慘了。不管是皇家還是黎民之家，人們認為家有精神病患實在不光彩，於是多將病患留在血緣組織之內，最好悄無聲色，沒有任何外人知悉。此外，也有少數病患會被家人遺棄，淪落到乞食於市的地步。畢竟，宋代尚未出現精神病患集中管理的機構，帝王更是不可能進入其內接受治療，縱使患病後依舊衣食無憂，甚至可以頤指氣使，但由於他們的怪異行徑，客觀上已經被家族和政權所拋棄了，在壓抑情緒無法科學排遣的時代，他們的日子只能是雪上加霜。

激情殺人——無罪？

孝文時，吳太子入見，得侍皇太子飲博。吳太子師傅皆楚人，輕悍，又素驕。博爭道，不恭，皇太子引博局提吳太子，殺之。《漢書》

據說，人和動物一樣，fight（爭鬥）和flight（躲避）都是最本能的反應。人從動物中來，獲得百萬年的文明進化，卻終究難脫獸性。

施耐庵筆下的水滸好漢，幾乎沒有手上不沾血的。這種文學想像的塑造，固然脫胎自部分史實，更多的大概是作者以及歷代說書人、乃至普羅大眾的情感體驗和生活閱歷。讓人不禁疑惑：受到刺激而奮起殺人，似乎是天經地義？

武松查清大哥武大郎被西門慶、潘金蓮等人謀殺後，第一時間不是遵循法律途徑求公道，而是先把如花似玉的潘金蓮宰了，再把逍遙法外的西門慶鬥殺了，砍下二人首級再自首，彷彿不這樣做就不能彰顯正義似的。魯達聽說弱女子受欺負，本來不過想教訓一頓鎮關西而已，沒想到對方居然反抗，一來一往，殺性被點燃，不能自抑，遂一拳又一拳地把鎮關西打進鬼門關，從此斷送自己在體制內的前程。賣刀的楊志經不起地痞牛二的糾纏，一怒之下手刃了這個僅有語言衝突而無大仇的無賴；暗通盜賊的宋江儘管平素有點文弱，因為閻婆惜窺知其祕並以此要脅，他勃然大怒，將曾經的愛人捅得支離破碎。筆者不得不佩服起年代更為久遠的韓信了。亂世之中，舊政權搖搖欲墜，統治能力每況愈下，天網恢恢，疏而「有」漏，但遭地痞侮辱的韓信，卻保持清醒的頭腦，甘願忍受一時的胯下之辱，以成就他日英名，實在難得啊！

親人反目，皆因「激情」？

其實，殺與被殺的血腥，不僅存於陌生人之間。

曹魏時代有個官員叫桓範，因仕途不如意，心藏怨恨，經常在家中大發牢騷。有一次他的妻子仲長氏實在忍受不了，便當面分析他的性格與缺失，調侃他既不甘心做人家的下屬，又無能力當人家的長官。桓範被擊中要害，一聽惱羞成怒，「以刀環撞其腹」，仲長氏當時正懷孕，受傷後流產，不久就死了。桓範乾脆稱病不上任，一直躲避法律懲處。

桓範其實是個才子，文學、繪畫俱佳，號稱大將軍曹爽的「智囊」，不過從他的案發舉動來看，實在與禽獸無別。

不要以為皇室成員就更有修養、更懂克制。東晉孝武帝司馬曜雖然是位盡心國事、重用賢臣的君主，任內發生的「淝水之戰」令殘存的南方帝國不但躲過一劫，還聲名鵲起。但此君也是嗜酒如命的主兒，史書上說他常為徹夜之飲，在華林園（今南京市雞鳴山以南）甚至對著劃空而過的太白金星，舉酒祝之曰：「長星，勸汝一杯酒，自古何有萬歲天子邪！」不過，自以為參透生死的司馬曜不曾料到自己竟糊裡糊塗地死於酒後一句戲言。

那是西元三九六年的一個夜晚，三十四歲的司馬曜和平日一樣，歡飲杜康，昏昏欲睡。今晚陪侍的是曾經受寵的張貴人，可是曾經終究是曾經，皇帝身邊從來不缺少美女，尤其是年輕的美女。酒至微醺，司馬曜望著身旁年輕貌美的宮娥侍婢，不禁和張貴人開起了玩笑：「看看人家，瞧瞧妳這把年紀呀，我都該廢妳了！」

偏偏言者無心，聽者有意，這句戲言深深刺傷了張貴人，也令她從心底感到害怕，繼而嫉妒，再來仇恨。不知從哪兒來的膽量和決心，竟在司馬曜酒醉昏睡之際，親手幹掉了皇帝丈夫。具體死法，史書諱莫如深，大概想為難堪的皇帝死者挽回一點顏面，《晉書・卷九》載：「時張貴人有寵，年幾散失，帝戲之曰：『汝以年當廢矣。』貴人潛怒，向夕，帝醉，遂暴崩，終年三十五歲。」言簡意賅，但「為張貴人所弒」是官方認定的。按照野史說法，她命宮女用被子將司馬曜活活悶死！

張貴人不僅膽大，手段果敢，更可嘆的是心理素質極佳。第二天，若無其事地對眾人說：「皇上昨晚於睡夢中『魘崩』了。」她居然瞞天過海，堂而皇之地過關。比起一千兩百多年後，試圖勒死嘉靖皇帝而失手打了活結的那群慌張宮女，張貴人高明多了。

有時候，犯罪行為需要從病理生理的角度去考量，否則很難解釋為何面對同樣的遭遇，只有某些特定的人特別容易作案。

有一種疾患叫病理性激情（pathogenic passion）。從症狀學來說，特點如下：發作缺乏誘因，或僅有微小誘因；發生驟然、強烈而短暫，情感呈爆發狀態，常伴有衝動和破壞行為，極難自制；有嚴重意識障礙；伴有明顯植物神經變化，如面色蒼白或發紅、呼吸急促、心跳加快、瞳孔擴大、大汗、手指震顫等；發作後極度疲乏或進入深睡狀態；清醒後對行為過程全部或基本遺忘。

比照張貴人、桓範、梁山好漢等，前面幾條好像都能成立。但是，病理性激情一般見於腦器質性精神障礙、軀體疾病伴發的精神障礙、癲癇、腦外傷後遺症、酒精或藥物中毒、反應性精神病、智能發育不全伴發的精神障礙、精神分裂症等。上述案例的凶手似乎沒有這方面的證據，再說，他們在事後都能自圓其說，不僅沒忘記血腥行為，或許多少還有點自鳴得意呢！

病理性激情的典型案例恐怕要數南北朝時期的北齊開國皇帝高洋，他懷疑寵妃薛氏與大臣私通，一怒之下親自殘忍地砍下薛氏的頭，將之藏在懷中赴宴。酒席中，拿出薛氏的頭顱放在盤子裡展示，在座眾人無不大驚失色；又隨即命人取來薛氏的殘骸，當眾肢解，取出大腿骨，製成一把琵琶，邊彈奏邊飲酒邊哭泣，嘆息「佳人難再得」，傷痛之情溢於言表。最後，他披頭散髮，哭著將薛氏下葬，用的是隆重之禮。

高洋畢竟是長年嗜酒的亡命之徒，大腦等神經系統早被酒精浸泡得錯亂不堪，他因「病理性激情」殺人勉強說得過去，而之前所述的諸多案例，「案犯」都沒有明確的患病紀錄，能套用這種病況嗎？

不能判罪的殺人犯

王子犯法與庶民同罪，這是電視連續劇常見的口頭禪，但皇家畢竟是專制社會的金字塔頂端，他們的成員犯事，其實很難按照法律量刑，不過，面子還是要給的，藉口還是要拿的，尤其有時候受害者還是自己的親戚。

漢景帝劉啟是漢文帝劉恆的第四個兒子，他的三個哥哥先後死去，所以能穩坐太子寶座。他也是「文景之治」的完成者，其歷史地位不容抹殺；不過，「瑜」不掩「瑕」，此人有個背負一生的汙點——此處指的不是誅殺晁錯、逼死周亞夫之類的政治行為。

話說漢文帝有一位年長的堂兄——吳王劉濞，自青少年時代開始和叔叔劉邦打天下，雖然沒有擔任過主帥的角色，沒有運籌帷幄、決勝千里的美譽，但性格剽悍，好歹也是個小頭目，在其他籍籍無名的劉氏開國宗親裡算是一條顯眼的好漢，於是劉邦稱帝後把他封在富庶的吳地，稱吳王。

劉啟當太子時，劉濞的愛子——吳世子劉賢進宮朝見文帝，順便陪同未出五服之外的同族兄弟劉啟喝酒、下棋。劉賢大概繼承了老爸強悍的梟雄個性，在棋盤上也好勇鬥狠、爭強好勝，態度很不恭敬；青春期的劉啟也不是好惹的，兩位年輕人為了棋盤上那一點誰先誰後爭執起來，好比兩頭爭奪雌性交配權的青年公鹿，由唾沫橫飛升級到指手畫腳，再晉級到拳腳相向。性急之下，暴躁的劉啟操起棋盤砸向劉賢的腦袋，畢竟生在皇帝身邊，營養狀況可能比「鄉下」的親戚好一些，結果劉賢當場被砸得口鼻耳噴血，倒地死了。難道當時的棋盤是金屬或者石器所做不成？好在今天的棋局、麻將都可在線上進行，否則我們該感謝對手的不殺之恩多少回啊！

文帝聞訊，只得像今天的新聞發言人那樣「表示遺憾」，做為一國之尊，他不可能拉下面子懲罰自己的骨肉暨繼承人，但如何向功勳卓著的堂兄交代呢？他命人厚殮劉賢，裝上一副好棺槨，屍體送回吳國。吳王劉濞震怒：「大家都是姓劉的，既然死在長安，就埋在長安！何必送回吳國！」竟然把屍體又退回了長安[1]，令皇帝極為難堪。因為這件事，劉濞從此不遵守藩王禮節，以健康問題為藉口不再上朝，並產生了反叛之心。此案為劉啟日後做皇帝時出現的「七國之亂」種下禍根。

應該說，劉啟不是有意而為，他和劉賢沒有仇恨，也不存在競爭關係，沒有置之死地的理由和動機。從漢文帝處理這事的方式——給吳王道歉、賜予不上朝的特權來看，案件責任肯定在劉啟身上。這樣說來，劉啟這次打死劉賢，算是一次意外吧？

如果換在今天，當父親的漢文帝完全可以用另一套詞彙給兒子搪塞。

衆說紛紜的精神障礙

不久之前，中國南京發生了一起駭人聽聞的寶馬車撞人案，受害者全部罹難，不過，官方表示經醫師鑑定，飆車肇事者患有「急性短暫性精神障礙」。言下之意，按照法律，他很有可能因為患病而獲得減刑，甚至免刑。此說一出，頓時輿論譁然。

按照醫學的定義，急性短暫性精神障礙是一組急性發病的精神病，病患在兩週或更短時間內，從缺乏精神病特徵轉變為明顯異常的狀態。其臨床表現為迅速變化的幻覺、妄想，伴隨短暫而強烈的情感改變，可存在相應的急性應激，病程短，預後好。此病以青壯年發病多見，病前人格與家族病史皆無特殊傾向，無神經系統等軀體器質性的病變，無酒精、中毒的干擾，具體病因不明，部分病例可能是多因素綜合作用的結果。

這是包括了多種診斷的一組精神障礙類疾病的總稱。但是病患抽血化驗、腦部CT或MRI檢查是不能發現病灶的！它強調的是「遭受強烈精神刺激，並且以妄想或嚴重情感障礙為主」，把社會心理因素放在誘因的主要位置。

受到外界突然刺激，每個「正常人」都或多或少可能出現急性短暫性精神症狀，如焦慮、血壓增高、心率加快、面紅耳赤、恐懼、面色蒼白、冒冷汗、四肢無力等，甚至出現敵對情緒，這和動物無異，但大多數人可以在短時間內平緩情緒，也有少數人不能控制自己，甚至暴力相向，傷人害己。

如此說來，那些在馬路上瘋狂飆車、盛怒之下失手行凶的人，豈不都是急性短暫性精神障礙病患？就臨床精神病診斷而言，觀察病患行為和聽取家屬口述是醫師判斷的主要證據，臨床醫學只為了「救治」這一單純目的，不摻雜其他；而司法鑑定就不同了，家屬和嫌疑人都知道這意味著什麼，用不著暗示都可能會心照不宣地因同一目的而偽裝，誰敢說他們不會裝瘋賣傻，除非他們的大腦真的進水短路了！自古以來，那些因為觸犯法律而心驚肉跳的人，採取裝傻手段、試圖逃脫法網的，大有人在。無奈的是，急性短暫性精神障礙只能靠主觀症狀來判斷，無法透過如酒精測試等客觀器械檢查來評估。在這些複雜微妙的案件中，辨別真偽需要高度的責任心和耐心，以及醫師的職業良心。

民眾對司法鑑定普遍的質疑和不信任，並不是因為對急性短暫性精神障礙缺乏認識，而是對司法缺乏信任。換言之，民眾的信與不信和急性短暫性精神障礙無關，而是與司法機構所具有的公信力有關。

如果古代就有急性短暫性精神障礙這樣的病名，當年的漢文帝是否就可以高枕無憂呢？那些張貴人、桓範之流，是否就更能逍遙法外、心安理得呢？

人在做，天在看。

劉啟後來的帝王生涯並不愉快，家庭最終支離破碎，兒子劉榮被他活活逼死，懷恨在心的劉濞還是帶頭挑起了七國之亂，帝國一度風雨飄搖。

桓範由於與曹爽集團過從甚密，最終被發動政變奪權的司馬懿誅滅三族，本人身首異處。

一九八一年曾行刺美國雷根總統的那位凶手約翰・辛克利（John Warnock Hinckley Jr.），雖然被認為「可能患有精神病」且具有「極度危險的暴力傾向」，沒有判刑，但被送到全美最恐怖的伊麗莎白精神病院接受「治療」，至今仍喪失人身自由，與牢獄之災無異，因為他不能證明自己的精神病已經痊癒了，FBI探員和醫師們隨時都在看管著他。

這就是報應，這就是天理！

南京寶馬案的凶手，你呢？

註釋

1 《漢書》載：「孝文時，吳太子入見，得侍皇太子（劉啓）飲博。吳太子師傅皆楚人，輕悍，又素驕。博爭道，不恭，皇太子引博局提吳太子，殺之。於是遣其喪歸葬吳。吳王慍曰：『天下一宗，死長安即葬長安，何必來葬！』復遣喪之長安葬。吳王由是怨望，稍失藩臣禮，稱疾不朝。」

打死人的學問

成化以前，凡廷杖者王去衣，用厚綿底衣，重毰迭帊，示辱而已，然猶臥床數月，而後得癒。正德初年，逆瑾用事，惡廷臣，始去衣，遂有杖死者。《涌幢小品》

明朝天啟年間，宦官亂政，政治腐敗。皇帝放著正經事不管，一任大太監魏忠賢為非作歹。不過，明代的士大夫偏偏皆具有超越歷代的骨氣、勇氣、傲氣、正氣，這種群體現象可謂空前絕後。今天看來，他們的動機往往有迂腐之嫌，讓人無法理解；然而在當時，犯顏直諫、怒斥權貴，視死如歸是他們的無上光榮，比如抬著棺材罵嘉靖皇帝的海瑞。歷史學家黃仁宇評說：「有的人卻正好把這危險看成表現自己剛毅正直的大好機會，即使因此而犧牲，也可以博得捨生取義的美名而流芳百世。」

可惜，真正像海瑞那樣沒受過皮肉之苦就揚名立萬的人畢竟是鳳毛麟角，更多人的下場是在鬼門關前徘徊，甚至直接掉進去「玉碎」了。

話說魏忠賢和客氏等人的倒行逆施惹惱了朝堂上的正直之士，他們群起以筆墨圍攻之。劉業、楊玉珂、萬燝等七十多人，輪番上書，猛批魏忠賢。當然，有了天啟帝這個昏聵的護身符，魏忠賢足以高枕無憂，面對萬箭齊發般的唾沫星子，依舊毫髮無損，倒是彈劾者們個個成了泥菩薩——自身難保。

被杖打而死的士大夫

某天，一個小廝神祕地帶著一封信函前去面見魏忠賢。

「九千歲，此乃汙衊您老人家的奏章，真是惡毒至極，罪該萬死！皇上無心閱讀，煩勞您親自過目。」小廝諂媚地說。

「是何人所為？俺魏忠賢豈能受此侮辱？」大閹傲慢地接過截獲的奏章，漫不經心地打開想一看究竟，不過，他猛地又愣了一下，原來，這年過半百的國家實權操盤手自幼沒有讀過書，也不覺得讀書有任何必要，此時依然是個文盲。面對一大坨亂碼似的文字符號，臉上不禁有點潮紅和冒汗。

「唸！你唸出來！」魏忠賢開始不高興了。

「是，是，小奴照辦。」小廝遂低著嗓門照本宣科，「忠賢盡竊大權，生殺予奪，在其掌握。

致內廷外朝，止知有忠賢，不知有陛下。豈可一日尚留左右……」

「操他娘的！」還沒聽完，魏忠賢已經情緒失控，「他……他是誰？」

「此人乃工部郎中萬燝。」小廝奸佞地一笑。

一群亡命之徒在魏忠賢的授意下強行闖入萬燝家中，對他一陣狠狠地拳打腳踢。萬燝為前兵部侍郎萬恭之孫，雖是名門子弟，卻無紈袴之風，他勤學苦幹，忠於職守，聲名高潔。面對魏忠賢爪牙的毒打，手無寸鐵，仍據理力爭，毫不示弱。那群傢伙一看如此，便更加喪心病狂，仗著人多勢眾，又手拿械鬥之物，遂索性群毆得萬燝滿臉鮮血、渾身青紫。

「九千歲說啦，把他拉到午門去！」一個狂徒高聲喊道。

提起午門，不少人想起斬首示眾。難道此番，萬燝將被砍頭不成？其實不然，明、清兩代的午門為紫禁城的正門，位於其南北中軸線上。「推出午門斬首」是小說戲劇以訛傳訛。皇宮禁地，哪能拿來殺頭示眾？何況，古代官方施行極刑時往往會鼓動百姓來觀看，以收殺雞儆猴之效，在午門這樣重要而尊貴的地點招徠民眾並不適當；實際上，菜市場這類場所才是囚犯們被殺頭、被凌遲的刑場，例如譚嗣同等戊戌六君子血濺市場。

儘管如此，在特殊歷史背景下，午門也很不光彩地充當了刑場的角色。這種刑罰就是被明朝統治者「發揚光大」的廷杖。

萬燝被人用繩索綁住手腕，摁趴在午門的地面上，臉朝下壓著塵土。這時，午門前的空場上，一百多名衣甲鮮麗的校尉手執木棍左右排列，嚴陣以待。一個兵卒掀起萬燝的上衣，褪下他的褲子，露出屁股和大腿。旁邊的太監隨即命令：「擱棍！」兩旁排列的校尉齊聲附和，一時殺聲震耳。這時，有人拿著一根大竹杖走出隊列，把杖擱在萬燝可憐而無助的臀部上。校尉們又按照太監的命令齊聲大喝：「打！」行刑者把杖高高舉起，猛笞萬燝的屁股。幾下之後，校尉們又大喝：「著實打！」行刑者遂更加賣力。不多久，萬燝的臀部就淤黑一片，他渾身顫抖，任憑汗水點著地面，嘴脣都咬破了，仍一句求饒的話也不說。每一杖砸下來，萬燝都忍受著千刀萬剮般的劇痛。校尉們看了看太監的眼色，心領神會，接著又喝：「用心打！」這是告訴行刑者往死裡打的暗號，行刑者立刻打得更加凶狠野蠻，每打五下，還要換一個人，保持凶猛力度，行刑用的竹杖打斷了好幾根。萬燝的臀部、大腿、腰背全部血肉橫飛，慘不忍睹，這時，他連顫抖的力氣都喪失了。

據文獻記載，行刑者都是經過專門訓練的。訓練方法是先用皮革包紮成兩個假人，一個裡面裝上磚塊，另一個外面裹一層紙。受訓者輪流學打這兩具模型。他們用杖打裝磚塊的假人，看上去下手很輕，但打開皮革察看，其內的磚塊全部粉碎；打包紙的假人時，看上去下手很重，但連紙也沒有打破。行刑者要修煉到這種境界才能被選為執行廷杖的打手，這樣在行刑時，他們就可以隨心所欲，如果想把人打死，就用打磚塊的狠勁；如果想照顧某人，就用打包紙的技巧。

就這樣，萬燝被杖了足足一百下，腰身以下，早已不成人形。午門地上血汙一片，腥臊難聞。幾個太監還頑劣地朝昏死過去的萬燝身上腳踩足踢一通。

萬燝被家人抬回家中緊急救治，然而回天乏術，四天後，這位鐵錚錚的漢子就含恨死去。

愛打屁股的王朝

大多數明朝的皇帝心理都極不健康，內心深處相當陰暗凶狠。

笞杖式毒打是古代使用得最廣泛的刑罰。漢文帝劉恆曾下詔廢除肉刑，改用其他刑罰替代，其中當用劓刑的改為笞三百，當斬左腳趾者改為笞五百，但是，笞三百或五百大多能把人打死，比原來的肉刑還恐怖。

所謂廷杖，即是在朝廷上行杖打人，一說此法始於元代，封建專制發展到明代接近頂峰，遂普遍施行。明代的廷杖無需司法審議，官員無論官階高低，只要觸怒皇帝或當權者，立刻就被拖下去杖打。負責行刑的是錦衣衛的校尉，監刑的往往是司禮監太監。

明朝的帝王深諳此道，且沉迷於此，藉此立威並排除異己分子。不管是惡名昭著之徒，還是貌似中規中矩的守成之君，幾乎都用過廷杖來懲罰大臣。

明憲宗一朝以前，凡受廷杖者不去衣，並可用厚綿衣墊著，不過受杖者還是得臥床數月，方可痊癒，行杖的主要目的為羞辱大臣。到了武宗正德年間，大宦官劉瑾挖空心思害人，開始下令脫褲受打，且玩起各種折磨人的花樣，以後便成慣例，其殘忍、慘烈程度遂一發不可收拾，不僅皇帝能隨意濫用，當紅太監和權臣也能任意使喚，毫無法律根據，完全出於個人好惡。偏偏明代的士大夫都有一種豁出去的求死精神，只認死理，不屈強權；於是，他們前仆後繼，死傷無數。廷杖所具備的高殘酷、高侮辱雙重屬性，為中國歷史所罕見，此法實乃最醜陋的惡法之一。

據《明史》記載，貪圖享樂的武宗朱厚照當年要巡遊江南，有大臣一百多人諫阻，觸怒皇帝。後來這些人在午門前被罰跪五天，又杖責三十到五十，有不少人甚至被活活打死。

武宗一朝，政治黑暗，正直者頻頻受到迫害，著名的思想家、軍事家王陽明就曾遭到廷杖，幸虧僥倖活了下來，之後得以傳道授業並東山再起，建立功業。

朱厚照死後，由旁系親王坐上皇位的世宗朱厚熜一心想讓自己名正言順，在父母的名分上不依不撓，硬要給原本不是帝后的他們渲染上皇父、太后的色彩。此舉在百官中引起軒然大波，眾官不斷上書阻止，甚至集合在左順門前哭諫。朱厚熜勃然大怒，幾次下令將勸阻的大臣們關入牢房，有兩百多名重臣遭到廷杖，致死者近二十人。寫下《三國演義》開篇那首膾炙人口〈臨江仙〉的大才子楊慎，也因為捲入這次所謂的「大禮議」漩渦而被杖責過，好在同樣撿回一條性命。

世人對明朝末代皇帝崇禎帝朱由檢的印象一般不太壞。豈料細看史書發現，原來此君容易意氣用事，也是廷杖的愛好者，並且把行刑地點從午門挪到金鑾殿！崇禎十六年（西元一六四三年），宜興人吳昌時被彈劾，朱由檢在朝堂親自審問，吳昌時辯駁不已。朱由檢為此震怒，吩咐就地用刑。這位廷杖狂人直到北京城被攻破、大明江山崩潰前的幾個禮拜，還在杖責那些不聽話的文臣。

受刑部位是看似皮厚肉肥的臀部，並非關鍵器官雲集的胸部、腦部和腹部，為何受刑者往往死於非命呢？

死神，在挨打後降臨

現代社會，人們發現在刑訊逼供、群架鬥毆、地震災難事件中，受害者常常並非當場死亡，往往在轉移或獲救後不久就悄悄地罹難。這種情況在和平年代最常出現在地震災區，當頑強的生命被困幾十小時、重見天日之後，卻又與生的希望擦肩而過。

原來，他們都患上了「擠壓綜合徵」（crush syndrome），又稱擠壓症候群。

擠壓綜合徵是指人體四肢或軀幹等肌肉豐富的部位遭受重物長時間擠壓，或者受到持續的物理打擊後，身體出現的一系列病理生理改變，是一種損傷綜合徵。以肢體腫脹、肌紅蛋白尿（濃茶色）、高血鉀、少尿為特徵的急性腎功能衰竭是其核心臨床表現。病患如不及時處理，後果很嚴重，甚至導致死亡。在法醫鑑定的案例中，擠壓綜合徵更多見於遭受反覆毆打或捆綁四肢、臀部、背部等肌肉豐富部分後死去的受害者。

肌肉遭受重物砸壓傷，出現出血及腫脹，肌肉組織隨即發生壞死，並釋放出大量代謝產物，如肌紅蛋白、鉀離子、肌酸、肌酐等，在酸中毒的情況下會嚴重損害腎功能。肢體嚴重受傷後，病患出現低血容量休克，使周圍血管收縮，腎血流量和腎小球濾過減少，腎臟跟著缺血，本身也可加重腎損害，甚至壞死。此時，發生急性腎功能衰竭不可避免。

另外，肌肉壞死、缺血缺氧、酸中毒能促使更多鉀離子從細胞內向外逸出，從而使血鉀濃度迅速升高，高鉀血症又可導致心臟停跳，可謂危機四伏。

在擠壓傷後短時間內死亡的病患，往往是因創傷性失血休克或高鉀血症致心跳驟停所致；而在數天後死亡的病患，多數是因擠壓傷引起的腎功能衰竭或誘發多器官功能衰竭所致。

一九四一年，二戰正酣，英國腎內科醫師Bywater在描述倫敦大轟炸的傷員時，首次應用了「crush syndrome」一詞，即擠壓綜合徵。他將其表現總結為不同程度的休克症狀、肢體腫脹和黑色血尿。

由此可見，那些不幸被廷杖的官員，相當一部分都是死於這種傷病狀態，這種惡意的人禍！

廷杖終結之後

玩弄權術的野心家、妄自尊大的帝王們，儘管使盡了一切手段試圖消滅異己的聲音，但歷史的回應卻令他們無可奈何，冥冥中，報應總會尾隨而至。

魏忠賢殘害忠良，而靠山終究無法常在，新皇帝上任後他被迫自殺，屍體被千刀萬剮，梟首示眾。死難的萬燝被平反、昭雪、褒獎。

頗為諷刺的是，魏忠賢在政圈與情場上的老搭檔，沆瀣一氣的皇家奶媽客氏，下場更為悲慘。《明史・列傳第一百九十三・宦官二》記載：「（崇禎帝命人）笞殺客氏於浣衣局。魏良卿、侯國興、客光先等（家屬、黨羽）並棄市，籍其家。」客氏屍體「發淨樂堂焚屍揚灰」。

這個驕縱恣肆的惡女人，暗害過不少懷孕的皇妃、皇后，此番也落得被活活打死的結局，罪有應得。

進入大清王朝，統治者充分吸取了前朝教訓，一手固然嚴刑峻法，而另一手則耍起懷柔政策。力圖做一位高素質的「好皇帝」，不怎麼關心「打死人的學問」，而是惦記著「整治人」、「禁錮人」的伎倆，廷杖自然也就慢慢封塵到故紙堆了。與此同時，漢族士大夫的抵抗情緒愈來愈委靡，而明代常見的那股知識分子的骨氣、勇氣、傲氣、正氣也隨之被圓滑虛偽、明哲保身、功利實用主義取而代之。時至今日，這種遺風仍然彌漫在社會的某些角落裡。

有清一代，到底出過多少個萬燝呢？

嚴寒，無情的惡魔

十三年，錦衣衛帥紀綱上囚籍，帝見縉姓名曰：「縉猶在耶？」綱遂醉縉酒，埋積雪中，立死。年四十七。籍其家，妻子宗族徙遼東。《明史・卷一百四十七》

一代才子葬身雪地

明朝永樂十三年（西元一四一五年）的一個夜晚，錦衣衛都督僉事紀綱，坐在牢獄的辦公室內，對著窗外靜靜細想，今天皇帝的那番話意味悠長。

外面大雪紛飛，夜風呼呼作響，鋪天蓋地般把夜空攪得像亂捲的鵝毛，月兒與寒星早就不知所蹤。藉著門外微弱的燈火，紀綱看見大地蒼白死寂一片，幾棵枯瘦的老樹瑟瑟發抖。

他溫上一壺酒，慢條斯理地自斟自飲，一首叫〈菖蒲〉的詩在他腦海中浮出：「三尺青青古太阿，舞風斬碎一川波。長橋有影蛟龍懼，流水無聲晝夜磨。兩岸帶煙生殺氣，五更彈雨和漁歌。秋來只恐西風起，銷盡鋒棱怎奈何。」好詩好詩，才子才子！忽然，他冷酷地吐出很小聲的一句：「傳犯人解縉。」

不消一刻鐘，獄卒把一位披頭散髮的中年男子帶到了錦衣衛都督僉事面前。男子儘管憔悴，但囚衣潔淨，鬚髮虬黑，兩目如虎。話說這「錦衣衛」三個字，普通人聞之色變，自是面如死灰，不過這位男子倒是安若泰山，閒庭信步般跨進來，一屁股坐在紀綱對面，眼神冷冰冰的，一點都不輸外面的冷風白雪。

「解先生，久仰久仰。我們好像見過面。」紀綱佯裝拱手，不想自討沒趣。

「紀大人傳我解某深夜前來，不知有何貴幹？」犯人一臉不屑。

「閒來無事，只是聞說先生高才，想必雪夜有所感觸，不知有何詩興？」

「本人與閣下素不相識，也聊無詩興！」

「聽說蘇東坡有詩云：『疇昔月如晝，曉來雲暗天。玉花飛半夜，翠浪舞明年。』你覺得如何？」紀綱依舊饒有興致，「先生身陷囹圄，不妨識趣一點。」

「『梅雪爭春未肯降，騷人擱筆費評章。梅須遜雪三分白，雪卻輸梅一段香。』」解縉冷不防地噴出一句，令紀綱頓時語塞。

解縉拿了紀綱的酒壺，自己斟了一大杯，毫不客氣地豪飲，並不理會對面的錦衣衛軍官。

兩人僵持了許久，桌上的油燈慢慢委靡了，一如紀綱今晚曾擁有的興致，末了。他微微一笑，低聲對解縉道：「我今天給聖上遞交了一份在押犯人名單，他老人家一看，眉頭一皺，自言自語著：『怎麼那位解縉還健在？』」

「哈哈！我早盼今日！來也！快哉快哉！」解縉居然大悅，起身大呼。

紀綱的眼裡悄悄閃過一絲如狼的狡詐與殘忍，「先生，多好的雪呀！我的美酒謝謝你賞臉了。你若站立亭中賞雪，必有好詩傳之後世，當令流芳百世也！」說罷，他朝獄卒使了一個眼色。

獄卒對雪景和詩歌沒有興趣，二話不說，便將解縉推至門外。解縉昂首而立，紋絲不動，身上、頭上、眉毛頃刻間已叢叢斑白，繼而凝成冰屑。獄卒得了紀綱密令，拿來鐵鍬，使勁地剷著地面的雪塊……

「『秋來只恐西風起，銷盡鋒棱怎奈何。』今夜無秋風，只有冬雪，先生，好詩啊！」紀綱站在門前大吼。

解縉頭也不回，他或許身如鋼鐵，或許身子早與冰雪融為一體，風雪飄灑而來，連個噴嚏都不發一聲，獄卒將鏟起的白雪狠狠地往他身上潑，片刻便堆成一個雪人……

清晨，仵作和獄卒來到這片白雪皚皚的死寂世界。他們很費勁地把雪塊鏟走，但見裡面那位先生儼然一座偉岸的冰雕，連雙膝關節都是直的，扭都扭不彎。他是大明第一位內閣首輔，同時也是《明太祖實錄》與《永樂大典》的主編，他的悲劇見於《明史》[1]。

殺人的嚴寒低溫

大才子解縉被嚴寒活活奪走了生命。

每年，寒流都會在世界各地肆虐，受害者不在少數，在兵荒馬亂的年代或經濟糟糕的地區，當地人更是度日如年，有的甚至在鬼門關的邊緣徘徊。

解縉直接死於低溫症，這是生物體溫降到正常新陳代謝和生理機能所需溫度以下的症狀。人體的正常體溫在攝氏三十七度左右。低溫症時，人體的核心溫度（即身體主要器官的溫度）降至攝氏三十五度或以下。對恆溫動物來說，核心體溫通常透過生物體內平衡被維持在恆定的水平上。但是，當身體暴露在寒冷的環境中時，這種內部機制可能無法再補充散失在環境中的熱量，從而造成低溫症。由低溫帶來的生理影響很多，如影響血液循環，包括心臟跳動、減慢神經傳導，甚至變得無法呼吸。

低溫症據嚴重程度可分為三期。在第一期，體溫下降，比正常低攝氏一到二度。這一階段，一般人會產生顫抖，雙手麻木，四肢笨拙，難以完成精細複雜動作。這時的解縉是用意志力與嚴寒抗衡，他知道任何一絲抖動都是求饒的信號。

到了第二期，體溫降至比正常低二到四度。病患的肌肉不協調更明顯，行動更遲緩、困難，伴有步伐跌跌撞撞、方向混亂。解縉感覺肌肉發抖的情況反而減少，但這是因為肌肉變得更僵硬，他臉色蒼白，脣、耳、手指和腳趾開始發藍。更可怕的是，儘管努力保持警覺，但心跳已經開始減慢，全身臟器逐漸冰冷，大腦功能削弱，逐漸出現神智不清的症狀。

第三期，解縉幾乎必死無疑。體溫降至攝氏三十二度以下，體內的細胞新陳代謝完全終結。血液循環的障礙導致肌肉裡產生的酸性代謝廢物大量積聚，形成毒性物質。他暴露的皮膚變藍、漲大，脈搏和呼吸顯著減緩，血壓下降，心律不整，主要器官被迫停止工作，最終在可悲的無助中，心跳停止而亡。

一般人以為在寒冷時喝一點酒會讓身體暖和起來，有禦寒作用，但事實上，酒精會讓皮膚的血管擴張，讓體溫的散熱速度加快，反而會讓重要臟器的溫度迅速降低，倒是加重了低溫症。

嚴寒與風雪，好比一把殺人不見血的利刃，一直是凶狠的變態者虐殺對手的武器。唐代的龐堅適逢安史之亂，以長史之職督潁川，固守孤城拒安祿山叛軍，糧盡援絕，被俘後也被敵人活活凍死。想起曾大規模殺死戰俘的秦將白起、西楚霸王項羽之流，倘有大風雪，他們坑殺降卒的辦法豈不費事而愚蠢？

冬季戰場決定勝負的奇兵

從古到今，凍死人、凍傷人確實很常見，至於在戰爭史上，嚴寒一向扮演著不可或缺的角色，歷史上很多戰爭的成敗與它有關，並大大影響了歷史的進程。

西漢初年，劉邦率兵北征匈奴。其時，漢軍剛剛完成統一戰爭，勢頭正旺，武力鼎盛，劉邦打算挾著擊敗項羽的軍威，一鼓作氣把匈奴消滅。而匈奴王冒頓單于見漢兵蜂擁趕來，便在白登山設下埋伏。正值隆冬，氣候嚴寒，漢軍士兵大多為關中子弟，有的甚至是項羽的江東降兵，不習慣北方環境，凍傷很多人，其中凍掉手指頭的大有人在。在這種情況下，劉邦陷入白登山的重圍，內無糧草、外無援兵，自身戰力劇損，一度接近絕境。後來劉邦殘部雖然僥倖得脫，但西漢從此只能被迫與匈奴和親，保持著一廂情願的和平，直到漢武帝時代才有翻身機會。據《漢書》記載，陰山以北的匈奴地區曾「雨雪數月，畜產死，人民疫病」。連本地的匈奴人都受不了，也難怪劉邦的軍隊慘遭滑鐵盧了。

凍瘡是部隊中最普遍發生的受凍病狀，多出現在手指，有時出現在腳趾，偶爾也會出現在鼻子和耳朵，疼痛、潰瘍較為常見。患處輕者搔癢，重者感覺灼熱，而且患處遇熱不久後會變紅、劇痛與腫脹。士兵一旦患上凍瘡，戰鬥力肯定陡然下降。

至於凍傷，就更為嚴重了。這是由於長期處於極為寒冷的狀態下，人體局部或全身性出現的傷害。輕時可造成皮膚組織的紅腫、局部血液流通不暢，並產生發癢、刺痛、麻木等感覺；重時則會伴隨失溫，皮膚發黑、血管破壞，然後喪失知覺，造成肢體壞死，甚至可能危及性命。凍傷在戰爭中造成的非戰鬥減員，記載甚多。

建安十三年（西元二〇八年）十二月，氣候甚寒，曹操率軍與孫劉聯軍戰於赤壁。後方補給欠缺，長途奔襲的曹軍很難完全發揮軍力，估計凍傷也不在少數，「時又疾病，北軍多死。」（《三國志・蜀書・先主傳》）「公（曹操）燒其餘船引退，士卒饑疫，死者大半。」（《三國志・吳書・吳主傳》）嚴寒很可能還引發了軍隊中的傳染病。看來，沒有氣候、地理的幫忙，周瑜等人的神機妙算恐怕也是「竹籃子打水」——一場空。

天氣在三國時代有趨於寒冷之勢，曹操曾在銅雀臺種橘，只開花不結果。曹操長子曹丕在西元二二五年到淮河廣陵，視察十多萬士兵的水面攻防演習，由於嚴寒，淮河竟然凍結，演習不得不中止，可見，那時比現在寒冷得多。由於氣候等因素的阻礙，曹魏集團統一南方的計畫，被迫擱淺。

西元一二三二年，蒙古軍與金軍大戰，金軍號稱步騎十五萬，而蒙軍只有三千人。蒙軍採取疲勞戰術將金軍圍於三峰山（今河南禹縣境內）。時逢大雪三尺，曾經掃平北方、一舉滅掉北宋、所向披靡的金軍，猝不及防，刀槊凍不能舉，士卒紛紛僵立，結果被準備充分的蒙軍全殲。金朝從此一蹶不振，不久便亡國。

太平天國初興時，作戰能力也很凶悍，屢敗清軍，很快便在南京定都。洪秀全派出了林鳳翔、李開芳率領的「掃北軍」北伐，試圖直取北京。掃北軍儘管在夏秋初戰告捷，但隨着時間推移，愈往北打，天氣愈寒冷，湖廣子弟居多的太平軍體質難以適應，也禦寒乏術，戰鬥力每況愈下，最終在滿蒙軍隊的絞殺下全軍覆沒，林、李二人兵敗被殺。洪秀全覬覦全國政權的機會曾是那樣近在咫尺，可惜僅此一次。

嚴寒也曾三次眷顧俄羅斯，並施以援手，幫助俄國戰勝入侵強敵。十八世紀初，瑞典國王查爾斯十二世率領在歐洲戰無不勝、裝備精良的軍隊遠征俄國。俄軍靠嚴寒削弱孤軍深入的瑞典軍隊，最終一舉將其擊敗。西元一八一二年，橫掃歐洲的拿破崙大軍入侵俄國，在法國人的麾下，不乏來自普魯士、奧地利等僕從國的士兵，戰功顯赫的高盧軍團遭到俄軍同樣的拖延戰術，結果在暴風雪中鎩羽而歸，生還者寥寥無幾。

每一次這個頑強的民族即將遭遇滅頂之災時，老天爺總是用冷酷的冰雪把他們的敵人凍僵。一九四一年納粹德軍入侵蘇聯，就在德軍節節勝利時，寒冬又一次降臨到這片戰場上，德軍缺乏綿衣和保暖設備，凍傷、凍斃一大片，飛機和坦克的馬達無法發動，槍栓拉不開，武器失靈；而蘇聯軍則早已穿戴上保暖綿衣、皮靴和護耳冬帽，槍炮套上了保暖套，塗上了防凍潤滑油。在十二月風雪交加、天寒地凍的日子裡，來自西伯利亞的蘇聯軍援兵，滑著雪橇、穿著白色絨衣、舉著防凍衝鋒槍、駕駛著在雪地上行動如飛的T34坦克，把德軍戰線撕得七零八落。在那片熟悉而陌生的荒原上，拿破崙大軍的陰魂纏繞著每一個德軍士兵……

局部的凍傷已造成士兵無法參戰。而全身凍傷，也稱凍僵，則是身體長時間暴露於寒冷環境中引起的，致使全身新陳代謝機能降低，熱量大量喪失，體溫無法維持，最後病患意識模糊，血壓、脈搏、呼吸頻率也開始下降，漸漸陷入昏迷、全身木僵狀態。若不及時搶救，將導致死亡。在德軍丟棄的戰壕裡，蘇聯軍發現了大量這樣的屍骸，許多還死不瞑目。

防凍奇招

抵禦嚴寒的第一件武器便是衣服。

中國古代的老百姓冬天大多是靠穿「褐」來防寒。褐是一種衣服的料子，屬麻製品，限於當時的工藝水準，這種衣服既不好看，保暖效果也欠佳。陶淵明在自傳〈五柳先生傳〉裡說自己「短褐穿結，簞瓢屢空」，短褐就是用粗麻布做成的短上衣。

天氣再冷一些，古人會在衣服裡墊上絮類。用棉絮做棉襖是棉花普及以後的事情，早期墊的叫「絲綿」。沈從文在《中國古代服飾研究》中提到，江陵馬山楚墓一號墓出土的衣服實物就有內絮絲綿的綿衣，為冬天禦寒所用，而這絲綿，據絲綢博物館的工作人員介紹，多是繅絲的下腳料，用作充絨，輕薄而保暖。

保暖效果更好的動物毛皮，除了在游牧民族中廣泛使用外，農耕民族一般使用較少，特別是野外動物的毛皮，有資格享用的都不是一般人。先秦時代，秦穆公使用五張黑色的公羊皮，從楚國人手中換回了治國奇才百里奚，當然，楚人並不知道囚徒百里奚的價值。從國家層面來看，這筆交易簡直太划算了，但從普通家庭的角度看，五張皮相當於一個苦力，羊皮的價值也不低。

裘就更不得了了。這是有錢人的冬裝，即毛向外的皮衣，用以做裘的皮毛很多，如狐、犬、羊、鹿、貂、兔等。其中狐裘和貂裘最為珍貴，類似時下LV的奢侈品，為達官貴人所穿；鹿裘、羊裘則略遜一籌，但也非普羅大眾能享用，穿得起的至少算是中產階級以上了。古人認為狐腋下的皮毛最為輕暖，因此用其做成的狐裘非常珍貴。戰國時代，齊國的孟嘗君有一次出使秦國被扣留。他曾有件稀世珍品——狐白裘，天下無雙，更無他裘，可惜的是，這件東西先前已被他獻給了秦王。眼下只有討好秦王的寵妃，透過這女人吹枕邊風，才能獲救；但是寵妃傳話曰：「妾願得君狐白裘。」孟嘗君一籌莫展，幸虧門客中有「能為狗盜者」，此人為飛賊，比「鼓上蚤」時遷高明十倍，居然扮作家犬潛入秦宮中，盜所獻狐白裘歸。孟嘗君以之改獻秦王寵妃，終於脫逃[2]。

外用藥膏防止局部凍患，則至晚在春秋時代已經卓有成效了。

據莊子介紹，宋國有個人善於製作防止皮膚凍裂的藥，即所謂「不龜手藥膏」，他們祖祖輩輩以在水中漂洗綿絮為業。有商人聽說了，就想用百金買他的藥方，全家族的人便集中一起商量：「我們世世代代漂洗綿絮，收入不過僅能餬口。現在藥方能賣得百金，做了這筆生意，就發財致富了。」商人得了藥方，拿到吳國向吳王鼓吹神效，吳王便讓他督造並大批生產，做為軍隊裝備。冬天，吳軍和越軍進行水戰，使用了「不龜手藥膏」的吳軍把越軍打得大敗。吳王一高興便將一塊土地封賞給那位商人[3]。

嚴寒無意，人間有情

在大風雪中走向生命終點的解縉，最後一刻是否悟到，奪走自己生命的其實不是嚴寒，而是自己的恃才傲物。人際關係經營不善，還有妒忌者無端的惡意攻擊，如果沒有這一切，皇帝朱棣不會將其下獄，紀綱也斷不能輕易得手。

嚴寒固然無情，但它不過是客觀的自然存在，本身無所謂邪惡與正義之分，有分別的，只是利用它的人類。

一代奸臣嚴嵩晚年終遭報應，在江西的鄉下，被剝奪了官職家產，居無定所，死於冰冷的寒風中；而希特勒的納粹德軍在風雪交加的莫斯科城吞下敗仗，已為惡魔走向毀滅敲響了喪鐘。

嚴寒，其實也秉承天意。

錦衣衛都督僉事紀綱野心膨脹，私養了大批死士，修刀槍、盔甲和弓箭，有謀反之心。解縉死後第二年，紀綱被有仇隙的太監告發，旋即革職查辦押送都察院審訊，下場是凌遲處死，真是惡有惡報，罪有應得。

西元二〇一五年農曆羊年歲末，寒流來襲，許多中國大陸南方城市居然冰雹閃閃。不少地方紛紛組織築起「愛心牆」，讓市民將不穿的冬衣捐贈掛在牆上，任何有需要的人都可取用。現在，人們愈來愈能感覺到愛就在身邊，原來被包容和愛護著的感覺是如此溫暖。愛心牆（wall of kindness）的興起最早出現在伊朗，早已聞名國際；相比世界上各種以阻隔而著名的牆，在伊朗這個曾經戰亂不停、飽受經濟制裁的國度，這堵牆沒有讓人走向隔離，反而讓人們走得更近。這面牆上，所有人都可以隨時掛上自己的衣服，有需要的人也可以取之以禦寒，獲得生命的熱度。

當寒流來襲的時候，如果世界大同，沒有戰爭，沒有貪欲，沒有邪念和惡念，一切的嚴寒，恐怕都是生活的點綴，就像伊朗的那堵牆，寒風打在它的身上，反倒能折射出耀眼的人性光彩。

註釋

1《明史・卷一百四十七》：「（永樂）十三年，錦衣衛帥紀綱上囚籍，帝（朱棣）見縉姓名曰：『縉猶在耶？』綱遂醉縉酒，埋積雪中，立死。年四十七。籍其家，妻子宗族徙遼東。」

2《史記・卷七十五・孟嘗君列傳第十五》：「幸姬曰：『妾願得君狐白裘。』此時孟嘗君有一狐白裘，直千金，天下無雙，入秦獻之昭王，更無他裘。孟嘗君患之，遍問客，莫能對。最下坐有能爲狗盜者，曰：『臣能得狐白裘。』乃夜爲狗，以入秦宮臧中，取所獻狐白裘至，以獻秦王幸姬。」

3《莊子・內篇・逍遙遊》：「宋人有善爲不龜手之藥者，世世以洴澼爲事。客聞之，請買其方百金。聚族而謀曰：『我世世爲洴澼，不過數金；今一朝而鬻技百金，請與之。』客得之，以說吳王。越有難，吳王使之將，冬與越人水戰，大敗越人，裂地而封之。能不龜手一也，或以封，或不免於洴澼，則所用之異也。」

伍

寂寞終點

皇室的空巢老人

三載二月，肅宗與群臣奉上皇尊號曰太上至道聖皇帝。乾元三年七月丁未，移幸西內之甘露殿。時閹宦李輔國離間肅宗，故移居西內。高力士、陳玄禮等遷謫，上皇浸不自懌。上元二年四月甲寅，崩於神龍殿，時年七十八。群臣上謚曰至道大聖大明孝皇帝，廟號玄宗。《舊唐書・本紀第九・玄宗下》

甘露殿的孤魂

西元七六二年四月初的一個晚上，一位七十六歲的老者正躺在長安太極宮的甘露殿中，他是真正「病榻上的龍」，曾經是萬方朝拜、開創盛世的真龍，擁有世上的一切。如今，除了滿頭枯白的老髮、一臉密麻的皺紋外，就僅剩下滿心的寂寞、悔恨和不解。他吹了幾聲紫玉笛，聲調極其悲涼，望著窗外渾濁的黯雲、羞愧的月色，使盡最後一點力氣，把玉笛砸得粉碎。

他是李隆基，後世稱之為唐玄宗、唐明皇。然而此刻，他不再手握權力，不再是人們視野的中心，不過是風燭殘年、行將就木的太上皇。

六年前，在「漁陽鼙鼓動地聲」的安史之亂中，驚恐萬分的唐玄宗帶領著家眷和群臣撤出長安。在西逃的路上，近衛軍逼他勒死了寵愛的楊貴妃；然而更痛苦的是，太子李亨與他分道揚鑣，前往靈武並擅自登基稱帝，豎起平叛大旗，史稱唐肅宗，遙尊父親為「太上至道聖皇帝」。大勢已去、萬般無奈的唐玄宗只好接受現實，獨自前往蜀地避難，從此與政治舞臺無緣。

一年後，唐軍收復長安。玄宗回到了舊居，看見昔日的宮闕樓臺，憶起瀟灑甜蜜、豐富多彩的神仙生活，還有楊貴妃纏綿的身影，感慨萬千，決心不再過問政事，自己年逾古稀，唐肅宗正直壯年，國家就放手交出吧。

生命的最後幾年，玄宗都是在思念的漩渦中度過。秋夜深永，殘燭搖曳，梧桐葉映襯著窗外的滴答雨聲，彷彿奏起了開元全盛時自己創作的〈霓裳羽衣曲〉，而模模糊糊的眼前，恍如就是楊貴妃優美的舞姿。可惜！愛妃已經化為馬嵬坡一堆枯骨。這個世界上，第二個離自己最近的人該是誰呢？

太子李亨，此刻的皇帝。他身在何處？為何長久不來探視？難道他也病倒了？玄宗的心在千呼萬喚，哪怕門外一絲的風聲，都熱切盼望是兒子的腳步，就算是門外片刻的停留，他都心滿意足。然而，苦等換來的還是苦等，梧桐雨畢竟是孤獨的，就像玄宗的命運一樣。

剛回到長安時，肅宗常到城南的興慶宮探視已成太上皇的父親，父親李隆基也會去城北的大明宮見見兒子。劫後重逢，父子兩人均感慨萬千。太上皇見到日漸瘦削的肅宗，不禁心有憐惜，追憶數十年前的往事，曾說道：「你一降生，我就發現你的相貌與眾不同，他日必是我們李家、我們李唐皇朝的有福之人啊！」肅宗一聽，只是搖頭微微一笑，當下安史之亂未平，他常常寸中焦慮，何福之有？可惜，這段和睦的日子持續不長。在肅宗手下權傾一時的太監李輔國過去擔任太上皇的近侍，卻受老臣高力士鄙視，李輔國蓄謀報復高力士，連太上皇都不放過。他不懷好意地向肅宗密報：「太上皇久居外宮，易與外人祕密聯繫，如此恐對陛下不利，不如將太上皇遷至別處，限制其活動，則陛下之位可安矣。」肅宗年輕時並未真的得到父皇的認可和厚愛，太子之位也一度搖搖欲墜，長時間停滯在放任自流的境地，他想起來就覺得一股怨氣騰起於胸中，此刻更害怕老爸復辟，於是同意把父親遷到太極宮甘露殿軟禁起來，禁絕外人探視，又拆散太上皇身邊常年侍候之人，將負責玄宗生活起居多年的高力士流放。更絕情的是，肅宗從此不再看望父皇。

端午節時，肅宗和幼女在一起享受天倫之樂，有人見狀便對皇上說：「當此佳節，太上皇一定想念陛下。」聽到暗示，肅宗不禁垂淚。他沒有泯滅良心和人倫，然而心中那個結始終沒能打開，被家庭內因和朝堂政治所掣肘，終究沒有踏進甘露殿一步。

可憐的太上皇李隆基就這樣孤苦伶仃地躺在甘露殿中，淒淒慘慘，傷感嘆息，愁苦鬱悶，漸漸成疾。他忽然想起高祖父——唐朝開國皇帝李淵，太極宮曾經是李淵的居所，高祖父也曾是一位太上皇。

當年，曾祖父唐太宗李世民還是秦王的時候，為了與太子李建成等人爭奪儲君之位，不惜血濺玄武門，殘忍地手刃兄長建成、弟弟元吉，兩家全都被捕殺。父皇李淵迫於無奈，只得晉升為太上皇，禪位於李世民。這對父子的愛恨情仇如何能理清？李世民一直覺得父皇偏袒太子，而且一上位就詬病父皇的大政方針；李淵面對這個滅掉兩親兒全家的二兒子，內心的苦恨可想而知。兩人都不想見面，見了面更彆扭，於是，一代明君李世民對待晚年父親顯得不恭不敬、不孝不仁，根本無法帶著誠意前往探視。遜位九年後，李淵在鬱鬱寡歡中病故。

四月初五日，砸碎了玉笛不久，萬念俱灰的太上皇李隆基駕崩，與太爺爺在地下相見了。同樣久病未癒的唐肅宗聽到噩耗，既悲哀，又害怕，更懊悔，不到半個月，竟也追隨他的父親撒手人寰。

孤獨是一把殺人的刀

對於晚年的唐玄宗李隆基、唐高祖李淵來說，孤獨就像一把刀，每天都一刀一刀地割著他們的心靈，截砍他們的壽命長度。他們是古代的「空巢老人」。

誠然，空巢老人原本是現代社會才浮現的概念，但在任何時代，被子女有意或無意遺忘甚至遺棄的老人，總能引起人們的同情。

現代社會中愈來愈多的子女不得不離開父母，遠赴他鄉，甚至遠赴重洋工作、定居，激烈的競爭使他們不能盡到兒女應盡的責任，使很多年邁父母成為空巢老人。他們生病或出現意外時，更會產生被拋棄的感覺，乃至自悲自憐的情緒。

據專家說，其實人的情感離不開「三圈」社會關係，最外圈是日常生活中偶爾碰到的人，對個人情感產生不了太多的作用；中間圈是工作的同事、同窗的同學，他們有時會嚴重影響自身的情緒；最內圈則是直系家屬，他們才是對個人情感產生最大、最持久作用的因素。老人離開工作崗位後，最主要是失去了中間圈，這時需要家屬圈來彌補，如果是空巢老人，尤其是獨居而脫離外部接觸的老人，面臨的就是三圈全部缺失。

唐玄宗、唐高祖本質上是皇權專制社會的政治人物，在政治上稱孤道寡，他們的家庭關係與常人本就不同，時刻籠罩著一層階級森嚴、令人不寒而慄的陰影，裡面或多或少潛藏著血腥和冷酷，讓本已脆弱的家庭關係減弱了應有的溫度。他們被剝奪了獨尊的皇權之後，其實與普通的退休老人沒有很大的區別。他們無法與大臣、將領見面，更談不上發號施令；本應享受兒孫滿堂的愉悅，卻因各種原因而淪為空想的奢望，甚至遭到兒子們冷淡的眼光和無情的軟禁，圍繞身邊的，只是一群無法寄託情感的、僅提供看護服務的工具人。唐玄宗、唐高祖他們又何嘗不是「空巢老人」？

孤獨老人缺乏與人甚至與子女的溝通，易與他人或者子女產生矛盾，進而導致生理機能喪失，更讓老人覺得無助、無力，容易對生活形成厭倦的情緒，不能及時調節排解，就容易導致抑鬱，溝通成本更大，遂進入惡性循環。

長期孤獨、壓抑、心事無處訴說之感，讓很多老人產生嚴重的心理問題。即使在得到很好的健康治療條件下，孤獨隔絕也會很大程度地損傷免疫系統，導致老年人患上各種慢性疾病，過早死亡。

老年人長期心境惡劣，能導致身體機能退化，這是獨居老年人不得不面對的問題。隨之而來的還有代謝減緩、腦灰質與腦白質衰退、小腦萎縮、語言和行動退化、帕金森氏症、老年痴呆症等，在所難免。

美國一項研究調查了一百八十位老人中心的老年人，以加州大學孤獨評分量表來測量他們的孤獨感。研究人員發現孤獨感與心臟疾病之間具有某種關聯：只要孤獨感增加，被診斷出罹患心臟疾病的比例也會跟著增加三倍；相反的，當老人覺得獲得同伴的支持，或在情感上得到大家的認同與支持時，發生心臟疾病的機率也跟著下降。

或許，唐玄宗早已百病纏身，死神早就向他招手，只是生不如死的孤獨感，讓他提前離開這個不值得留戀的世界罷了。

不知道李隆基是否想起自己的祖母——中國歷史上唯一一位稱帝的女性——武則天。在神龍政變之中，八十一歲的女皇帝被徹底孤立，被迫退位。她的丈夫唐高宗李治早早就離開人間，留下一堆兒女，卻大多被她迫害得顛沛流離甚至死於非命；她與子女間，彷彿沒有血緣關係，只有政治利害關係。她活在一個沒有親情的世界中，孑然一身，退位後不久就在「無可奈何花落去」中孤寂離世。

或許，權力這個怪圈、渾濁水本身就會消磨掉最基本的人性，哪怕將前車之鑑參悟得更加透徹，也難全身而退。

宋朝是太上皇最多的朝代。徽宗趙佶面臨金人的猛烈攻勢，無法應對，居然自動遜位給太子，當起太上皇，自以為這樣可以免於承擔歷史的責任，其下場人皆共知。更可悲的是，他的子女要嘛被金人擄掠而去，要嘛跑到南方建國，忍受奇恥大辱的囚徒宋徽宗在北國荒蕪之地了卻殘生時，身邊該是沒什麼親人吧？

南宋時，宋光宗趙惇歷來就與父皇孝宗趙昚不和，孝宗厭倦政治而自任太上皇，交出權力；但父皇退位後，光宗長期不去探望，連探病都懶得去，也不讓他人前往，這般惡行導致朝臣拒絕覲見，集體前往太上皇所居宮殿朝拜，光宗才被迫妥協。孝宗病逝時，光宗也不服喪，他的不孝舉動為自己下臺埋下伏筆，最終在政變中被逼退位，次子嘉王趙擴稱帝，是為宋寧宗。「失業」的光宗只好閒居臨安壽康宮，也稱太上皇，卻是名副其實的孤家寡人，六年後憂鬱而卒，年僅五十三歲。他和兒子寧宗的關係估計也融洽不到哪裡去。如此短壽，難道是報應？

名臣一生，冷暖自知

到署後，與紀澤説話，又許久説不出，似將動風抽掣者。

《曾國藩日記》

蒼涼的曾侯墓，沉睡的墓中人

霪雨霏霏，寒意料峭。筆者曾在雨中驅車行於湖南省長沙市望城區。進入坪塘鎮桐溪村，村落蕭然，幾經打聽，在泥濘土路的長途顛簸中，終於到達伏龍山下。田園風光映入眼簾，只見近處農舍數間，阡陌縱橫。遠眺伏龍，但見林木鬱鬱蔥蔥，滿目翠碧。經鄉人指點，桐溪寺後，即曾國藩墓園。

往寺後的半山走去，據說，原來墓道旁侍立著不少成對的翁仲、石獸，滄海桑田，天翻地覆後，如今只有一個滿身青苔的翁仲仍袖手立在雨林中，在荒蕪的草叢裡顯得格外孤獨，亂草黃泥之下，還有一個斷成兩截的石人，彷彿淒涼地呻吟著。至於石馬、石獅、石虎，早已不知所蹤了。石欄上，幾片黃黃的葉子頑強地掛著雨露，在陽光下吞吐著些許溫暖。一層淺淺的綠苔，若隱若現，和著斑駁的樹影，似乎讓歲月和陽光一起走得無聲無息。臺階上野花疏寂，風吹過，鳥飛過，它們都漠不關心。墓坪有點新，顯然是近些年的新修成果。

拾階而上，見墓塚呈半圓形，上鋪砌花崗石，正中並立漢白玉石碑三塊，主碑刻楷書碑文「皇清太傅大學士曾文正公／一品侯夫人歐陽夫人之墓」。兩側附碑均為龍紋浮雕，氣勢不同凡響。塚前有拜臺、祭坪，上面殘留著幾枝燒完的香枝，似有近人訪過。

在此處靜坐了一個多小時，思緒穿過了百年風雨。煙霞繚繞，荒草淒淒，群山靜穆。歷史儼然已湮沒在荒山野嶺中，任風吹雨打，日出日落。一切功過是非，都化作一縷清風，一陣細雨，一葉午後的微曛。

墓主人曾國藩此刻，正沉睡於這座墳墓之下。

關於他的履歷，不需多說，簡直就是半部近代史，可以寫成無數的著作。他顯赫的地位、充滿爭議的人生，形象百年來起起伏伏，最終在二十世紀末，再次吸引住中國人的眼球。這位看似官運亨通的一等毅勇侯，化解過無數官場上的明槍暗箭，戰勝過氣勢洶湧的太平天國，興辦過開風氣之先的洋務，其文韜武略、文章心著，皆為人稱道。作為漢人，在晚清位極人臣，門生故人遍天下，深深影響了近現代的華夏歷程。更令人驚訝的是，曾家此後依然人才輩出，尤其在學術界更是燦若星辰。

於是，曾國藩的成功學、教子方、持家道，便紛紛成為今人的模範。許多人羨慕曾氏，也不外乎以上幾點。

在筆者看來，曾國藩最讓現代人羨慕的，似乎還有一樣很容易被人忽視，那就是猝然而亡。曾國藩是同治十一年二月初四（西元一八七二年三月十二日）逝世的。是日午後，時任兩江總督的他與長子曾紀澤散步於江寧衙署花園，突發腳痲，口不能言，相傳約四十五分鐘後亡故。清廷聞訃，輟朝三日，追贈太傅，謚文正。曾氏突然暴病，無法搶救，溘然長逝，虛歲六十二。因死得過快，有人謂之「無疾而終」。根據他生前談話時流露出的心願，其靈柩被運回湖南老家葉落歸根。

用現代醫學的術語描述，此乃猝死，即使在今日也是九死一生，何況在醫學還很落後的百餘年前？

時下，罹患惡疾的許多人為了延續毫無生活品質的生命，身上往往插滿了管子，有的還要在呼吸機、葉克膜的輔助下，絕望地消耗著殘餘的生命；有的則在化療藥物、痲醉藥品的控制下，忍受著常人難以抵抗的煎熬；更有甚者，意識已經喪失，只是徒有心跳，整個身體淪為醫療器械的一部分，讓機器來協助證明：這還算是一條生命。

其實醫學在任何時候都有它的局限性，人的一生也沒有百分之百能治癒的疾病，有尊嚴、有生命熱度、有生活品質的軀體，才能稱之為「人」。遺憾的是，很多時候，醫師和家人都不敢輕易放手，困於道德倫理、輿論、法律，於是無望的生命便在痛不欲生中殘喘。

曾國藩可謂幸運，重大疾病突襲之時，他似乎坦然接受命運的安排，灑脫地告別塵世。比起同時代那些症狀百出、苦不堪言、臥床不起、精神與肉體俱廢的長期病患者，他的死法可謂超然。

讓我們看看曾國藩的人生謝幕吧！

兩江總督的生命倒計時

曾國藩的幼女曾紀芬女士晚年曾回憶道，二月初四那天，曾國藩起床後與平素無異，照樣整理文件，飯後天端坐小憩。曾紀芬剝好了一顆橘子，遞給他兩瓣，他吃了一點，覺得索然無味。於是從內室走出，在長子曾紀澤的陪同下，前往總督府的西花園散步。曾國藩走得很慢，抬步略顯吃力，走著走著忽然兩足一滑，差點栽倒在地。曾紀澤趕忙緊緊摟住他，懷疑是路滑或是鞋不合適？曾國藩只是一個勁說腳麻難受，變得無法站立，隨後抽搐不止。家人趕緊搬來太師椅把他抬回內室。一股不祥之氣縈繞著整個兩江總督府。曾國藩無奈地四顧周圍，欲言而不能言，枯坐其間，僅僅三刻鐘後便與世長辭，連請醫師來診的時間都不夠。

曾國藩有寫日記的習慣，每晚在臨睡前必做記錄，幾十年風雨不改。二月初四這一天，日記本內頁空空如也。

打開他之前的日記，人們發現曾國藩絕不是無疾而終。在去世前一個月，他的病症已經多次出現，家人也知道他來日無多，只是疾病無法根治，當時也無法有效預防猝死。

讓我們看看曾國藩的日記原文：

「正月初六日

早飯後清理文件。坐見之客七次……談甚久。日內因見客過多，每疲乏不能治事。圍棋二局……順道拜客數家。歸署，閱本日文件……夜核科房批稿簿。二更後，與兒輩講孟子……

二十二日

歸署，坐見之客六次。閱《通鑑》二百一十七卷，旋又閱二百一十八卷……夜核科房批稿簿……二更後，與兒輩講孟子〈仁者無敵〉章……三更睡，眼矇殊甚。

二十三日

語次，余右腳麻木不仁，旋即發顫，若抽掣動風者，良久乃至……閱《通鑑》二百二十卷……夜閱宋元學案呂東萊一卷。二更後，與兒輩講孟子……三更睡。

二十六日

坐見之客五次……在途中已覺痰迷心中，若昏昧不明者，欲與轎旁之戈什哈說話，又許久說不出。如欲動風者然。等候良久……又欲說話而久說不出……到署後，與紀澤說話，又許久說不出，似將動風抽掣者……

二十七日

請醫診脈二次。閱二程外書。圍棋二局……夜閱二程外書。是日服藥二煎。時時防將眩暈者。

夜與紀澤略言身世事。二更四點睡。

二十九日

早診脈兩次，開方良久……是日肝風之病已全退，仍服藥一帖。余病患不能用心。昔道光二十六、七年間，每思作詩文，則身上癬疾大作，徹夜不能成寐。近年或欲作文，亦覺心中恍惚不能作主，故眩暈、目疾、肝風等症，皆心肝血虛之所致也……茍活人間，慚悚何極！二更五點睡。

二月初一日

早飯後清理文件。坐見之客五次。立見者一次。圍棋二局。閱二程遺書。中飯後，坐見之客二次。閱本日文件……余精神散漫已久……二更五點睡。

初二日

早飯後清理文件。坐見之客三次。坐見而假寐，若不堪治一事者。圍棋二局……

初三日

兩大令來診脈，良久去。早飯後清理文件。閱理學宗傳。圍棋二局……核科房批稿簿。傍夕久睡，又有手顫心搖之象……閱理學宗傳中張子一卷。二更四點睡。」

不料此乃絕筆，翌日，曾國藩病故。

明眼人一看就知道，這位湘軍統帥死於中風（或稱腦血管意外）的可能性最大。其去世前一月內已經多次出現腦部缺血的症狀，至於他的猝死，是否單純腦中風就能解釋？

倉促離世，大有玄機

腦部血液不流通，就無法輸送氧氣及葡萄糖至大腦，腦細胞便會死亡，造成缺血性腦中風。曾國藩頻頻發作的眩暈、肢體麻木、短暫性言語障礙都能用小中風來解釋。

人的大腦供血主要來源於兩大動脈系統：兩條頸動脈及兩條椎動脈。前者穿透顱骨進到大腦表面時各自分枝成中大腦及前大腦動脈，後者則合成一條基底動脈。右側頸動脈或中大腦動脈的阻塞會造成左側肢體偏癱，左側頸動脈阻塞會造成右側偏癱及言語困難。椎動脈—基底動脈阻塞則容易造成兩側肢體運動及感覺異常、步態不穩（小腦受損）等，嚴重時影響腦幹生命中樞。

小中風是頸動脈或者椎動脈—基底動脈系統發生短暫性血液供應不足，引起局灶性腦缺血，從而出現突發的、短暫性、可逆性神經功能障礙。發作持續數分鐘，通常在三十分鐘至二十四小時內完全恢復。目前調查發現，好發於三十四至六十五歲者，男性多於女性。發病突然，起病無先兆，一般無意識障礙，但可多次復發，往往是中風的前兆。

曾國藩去世前多次出現的短暫失語表現，似乎說明他的病灶存在於頸動脈—中大腦動脈系統，而去世當天出現的站立困難、猝死，似乎又暗示病灶可能出現於椎動脈—基底動脈系統。是否矛盾？該做何解釋？

需要補充的是，椎動脈—基底動脈系統控制著人類的腦幹生命中樞，即心跳、循環、呼吸等最基本的功能，如果受損，的確能在短時間內死亡（頸動脈—中大腦動脈系統控制的大腦半球，有人在動物實驗中將之切除，發現動物仍能維持基本的生命現象）。曾國藩去世前已經出現過眩暈，也支持病灶出現在此處。眩暈是一項很複雜的症狀，很多疾病都會呈現此病徵，有些只是生活調適不良，有些會直接危及生命。最可怕的是，基底動脈循環不足造成的眩暈，此時往往意味著供應腦幹與小腦的血液灌流量不足，若不緊急治療則會使生命中樞失去功能，死亡率很高。

曾國藩僅有失語，但沒有明顯的偏癱表現，而頸動脈—中大腦動脈系統發病的致殘率很高，但死亡率卻相對低，如此看來，是否椎動脈—基底動脈系統梗塞的證據更充分一些呢？

其實，腦幹梗死也好，腦梗塞後合併出血和腦疝形成、直接腦出血、腦血管畸形破裂也好，發展到致死都需要時間，在四十五分鐘內死亡的並不多見。

病患死亡如此之快，常與心臟有關。由此，筆者聯想到一種特殊的合併症。

急性腦中風常合併繼發性心臟損害，對心功能產生負面影響，臨床上稱為「腦心綜合徵」。急性腦血管病的患者中，神經、體液等因素的調節功能發生障礙，又由於腦部病變部位、病灶大小、受損程度的不同，可間接誘發各種形式的心臟異常表現，如心肌缺血、心力衰竭、惡性心律失常，甚至在此基礎上發生的心肌梗死。

尤其是類似室顫這樣的心律失常，在沒有電除顫儀的年代，病患基本上就一命嗚呼了。這種情況導致的死亡極快。

曾國藩之死的病理機制，實在有很多值得探討的地方。

有人說，曾國藩通曉養生之道，又生活節儉，沒有陋習，似乎應該長命百歲了，其實不然，他的生活方式在今天看來，仍有很多不足。

一代名臣，活得很不爽

首先，曾國藩身體出現了健康危機信號，卻置若罔聞，繼續操勞，完全忽視休息。先看一段曾國藩日記：

「同治九年九月廿六日

（慈禧）問：『爾右目現尚有光能視？』對：『右目無一隙之光，竟不能視。左目尚屬有光。』問：『別的病都好了麼？』對：『別的病算好了些。』問：『我看你起跪等事，精神尚好。』對：『精神總未復原。』」

那個時候，曾國藩已經右眼失明了，左眼也好不到哪裡去，且渾身都有毛病似的。剛剛處理完萬眾指責的「天津教案」後，身心疲憊，卻又無法推卸清廷的進一步驅馳。

兩江總督的工作應該很繁重，正月二十六日（距離去世不到兩週），曾國藩出門拜客後多次出現失語現象，家人和僚屬都勸他請假休養，曾國藩苦笑著說：「今日請假，何日銷假？」

去世前一月之內，儘管身體不適，但曾國藩依舊批文件、看書、學習、家訓、見客，精神肉體均弄得疲憊不堪，甚至連圍棋這樣消耗大腦力的活動也未見停止，死前半天還「閱理學宗傳中張子一卷」，經常忙碌到「三更睡」，臨去世一週左右才勉強改成「二更睡」，把睡眠壓縮到極致，精神委實可嘉，可健康與生命就這樣被透支了。

不懂得休息，也就不懂得工作和享受生命。

其次，曾國藩的精神長期處於壓抑狀態，悶悶不樂。有人認為曾國藩晚年被譽為大清的中興之臣，功業超邁群臣，光宗耀祖，有清一代史無前例，他應該心滿意足、心花怒放才是；然而，事實完全相反。

占領天京、剿滅太平天國，興奮與快感只是曇花一現。此前，曾國藩為之奮鬥了十餘年，殫精竭慮，硬是把壯年漢子熬成衰老夫子，面對敵軍的血雨腥風，忍受著同僚的掣肘排斥，他沒有一刻的精神寬裕。戰後，捻軍又起，勞師無功。同治九年（西元一八七〇年）天津教案，洋人囂張、朝廷軟弱、海內沸騰，他以犧牲國民的尊嚴來換取列強的緩和，充當了清朝的替罪羊，更是「寸心抱疚」，「外慚清議，內疚神明」。平日像「唯祈速死爲愈耳」、「吾日夜望死，憂見宗祏之隕」、「寸心焦灼，了無生趣」之類的消極文字在日記書信中比比皆是。他給弟弟曾國荃的書信中說：「諸事棘手焦灼之際，未嘗不思遁入眼閉箱子（棺材）之中，昂然甘寢，萬事不視，或比今日入世，差覺快樂。乃焦灼愈甚，公事愈煩，而長夜快樂杳無信息，且又晉階端揆，責任愈重，指摘愈多。人以極品爲榮，吾今以爲苦惱之境，然時勢所處，萬不能置身事外，亦唯有做一日和尚撞一日鐘而已。」

這種消極的情緒更是充斥了他的後半生。病由心生，以這樣的心態過活，焉能長壽？

再次，南京農曆二月天氣寒冷，低溫容易誘發血管收縮，這個時節正是中老年人心腦血管急症的好發時間。曾國藩不可能理解這一現代醫學常識，仍舊堅守他們老曾家早起的勤奮家訓，而晨早的氣溫尤低，當然容易把百病纏身的他推向死亡邊緣了。

最後，長於湖南鄉下的曾國藩和大多數當地人一樣，自幼便嗜好抽菸，須臾不離，直到三十多歲才徹底戒掉。然而，菸草的毒害作用可能已經對血管造成永久的傷害，這種傷害隨著年齡增大而愈見明顯。同時，筆者推測，曾氏乃湖南人，飲食方面傳統上偏好較多的鹽和辣椒等調味料，可能口味很重，雖然他沒有大魚大肉、花天酒地的惡習，但經嘴的家鄉菜，帶著過多鹽分，逐漸對血管造成不良影響。

綜上所述，從生活習慣到心理生理狀態，曾國藩都處於極度不良的境地，乃至惡性循環當中，他不獲長壽是理所當然的，並不像某些算命家所杜撰的——殺人太多，惹來報應。

雖然身患重病，但曾國藩並沒有罹患極大的痛苦，中風也沒有折磨他很久，甚至來不及成為苟延殘喘的植物人或者癱瘓在床的廢人。去世前，他依舊享受著閱讀與學習的樂趣，依舊在子女的陪伴下，走完人生最後一程。

在他離開人世的剎那，若還有神智意識的話，定會為能永別繁擾的人間、失望的朝廷、糜爛的時局而感到輕鬆愉悅。

站在曾國藩墓前，筆者陷入沉思。

每個人心中都會有遺憾和隱痛，然而，在別人眼中，你的成就與光環卻是他人的奢望。這難道不是我們可以敞開胸襟、綻放一朵微笑之花的契機嗎？

曾國藩在九泉之下，不該再過著鬱悶的日子。至少，不再為渾身的搔癢癬疾折騰得形神俱損；至少，他應該慶幸自己肉體的痛苦比許多名人要少許多；至少，他應該慶幸至今還能安然躺在異常堅固的墓穴裡、厚重不腐的棺木中。據說，曾氏墓園的地表建築雖曾被毀，但地下卻躲過數劫，未被嚴重擾亂。現今，已被妥善保護。要知道，在瘋狂的年月裡，左宗棠、李鴻章、張之洞，乃至海瑞的屍骨都被扒了出來，受盡羞辱呢！

末代皇太后，紫禁城的孤魂

積成肝鬱，嘗患嘔逆。至民國二年正月中，胸腹更隆然高起，日漸腫脹。

《中國歷史通俗演義》

人們到北京旅遊，常會參觀故宮。在這座舉世矚目的紫禁城內，那些恢宏的宮殿、精美的樓閣總能引起遊覽者驚嘆的呼聲。這些偉岸而浸潤著宏大敘事的建築，一般都建在中軸線上，是皇城的根基，是歷史長河的主流。

撇開刀光劍影，隔著數百年的風風雨雨，人們在時代風雲之外，還能看到什麼、想到什麼？也許，你會關心皇家的起居、帝后的日常，還有他們私底下的七情六欲、恩恩怨怨。正如很多女性一樣，生活在中軸線兩側之後的後宮女人們，軍國大事從來都不能占據她們的心頭（孝莊、慈禧可能是例外），瑣碎、無聊、甚至抑鬱，可能才是這些顯赫女人們的常態。

位於太極殿之北、咸福宮之南，有一座長春宮，做為內廷西六宮之一，這裡是明、清很多后妃的安家之處。慈禧太后曾居住於此。這兒有槅扇風門、竹紋裙板，還有檻窗錦窗。前廊兩側對聯為「月傍九霄眾星齊北拱，山呼萬歲爽靄自西來」，此乃慈禧閒來的弄筆。宮前一對銅龜、銅鶴，鏽跡點點，飽經滄桑，它們見證過乾隆帝對孝賢皇后的無盡思念，領教過慈禧太后的躊躇滿志、頤指氣使，也陪伴過中國歷史的末代皇太后走向人生終點。

長春宮的孤獨主人

人們對末代皇帝溥儀、末代皇后婉容都耳熟能詳，可是，他們成年之前，紫禁城真正的主人卻屬於一位一生悶悶不樂的皇太后。她是葉赫那拉氏，慈禧的親侄女，光緒皇帝的皇后遺孀——隆裕太后。雖然有著葉赫那拉家族的血脈，但她遠沒有祖先的才幹、氣魄，更沒有姑媽慈禧的外貌、運氣、個性、手腕和頭腦，在姑媽的光環與陰影下，在表弟兼丈夫冷漠的眼神中，在珍妃傲慢的笑容裡，她謹小慎微、唯唯諾諾地生活了近二十年。

光緒生母乃慈禧胞妹，而慈禧太后這位姨媽為了政治目的，乾脆把侄女指配給光緒當皇后，於是，光緒的小舅舅成了岳丈。

大婚在即，紫禁城卻神祕地發生一場嚴重火災，燒毀了太和門。而皇后出嫁，這是必經之處。時間緊迫，只好臨時搭建了一座彩棚充門面。如此不吉之事，或許冥冥中就是這對名義夫妻——苦命天子、悲情皇后的悲劇開幕敘事。

西元一九〇八年末，光緒、慈禧相繼死去，隆裕終於媳婦熬成婆。鑑於繼位的宣統帝溥儀只有兩歲多，做為封建法統上的「母后」，她便成了這個國家的最高領導人。《宣統政紀》載：「宣統元年十一月，崇上皇太后徽號，上（溥儀）詣長春宮，恭進母后皇太后奏書。」此時，隆裕太后才四十出頭。

短暫的頤養天年

命運多舛的，不僅是中國這樣的老帝國，也包括身居金字塔頂尖的愛新覺羅家族，更包括太后本人。

一九一一年武昌起義，辛亥革命爆發，統治中國兩百多年的清王朝風雨飄搖。即使武則天、呂后再世，也無法阻擋歷史的浩蕩大潮，更何況是懦弱隆裕太后。她一籌莫展，終日以淚洗面，最後只好在於一九一二年二月十二日，代替皇帝頒布〈清室退位詔書〉，親手終結了大清王朝，也終結了中國延續兩千多年的封建統治。隆裕太后曾道：「我並不是說我家裡的事，只要天下平安就好。」這是她的無奈之舉，也是順應民心潮流的唯一舉措。

黃興對此評價道，辛亥革命得以成功，「全賴隆裕皇后、皇帝及諸親貴以國家爲前提，不以皇位爲私產，遠追堯舜揖讓之盛心，遂使全國早日統一，以與法、美共和相比並。」國父孫中山也認為「（隆裕太后）讓出政權，以免生民糜爛，實爲女中堯舜，民國當然有優待條件之酬報，永遠履行，與民國相終始。」

雖然小皇帝和皇太后依舊被允許住在紫禁城這片小天下之內，獲得前代所有被推翻政權者不曾享受的優待，但隆裕由於心理壓力過重，依然每天落落寡歡，身體健康每況愈下。清帝遜位一年後，即民國二年二月二十二日，隆裕太后在長春宮病逝，享年四十五歲。中華民國政府以國喪規格處理喪事，設在太和殿的靈堂懸掛著「女中堯舜」的牌匾。時任民國總統的袁世凱隨即下令全國下半旗致哀三日，文武官員穿孝二十七日。副總統黎元洪唁電稱隆裕「德至功高，女中堯舜」。這位不幸又萬幸的女人，與光緒帝合葬崇陵。

在遠古傳說中，堯、舜二人的禪讓被認為是賢能無私之舉。事實上，從政治權力的角度分析，中國歷史上不存在真心實意交出政權的政治家或掌權者。他們或是迫於壓力，或是自身不濟，隆裕太后的妥協，客觀上順應了歷史潮流，減少了國家、民族的流血，被孫、黃等人冠以崇高榮譽，儘管天不假年，但也算善終了。

一個四十多歲、表面上養尊處優的女人，居然在暴風雨後的平靜生活中駕鶴西去。不知道每一位參觀過長春宮的遊人，是否也覺一絲悲涼？

帝制終結者的悲劇

隆裕太后的健康狀況早就不樂觀了。翻開那些塵封的醫療檔案可以發現，折騰隆裕太后的似乎都是一些常見症狀，諸如「暑熱感冒、腰疼、氣虛、咳嗽、心悸、頭痛、胃部不適」等。她常年鬱悶、無所事事，不少記載說她「脾胃不和，肝氣鬱積」，有點弱不禁風的樣子。一旦生病，病程又很長，資料顯示，光緒三十二年（西元一九〇六年）四月，隆裕曾「脾胃積蓄溼熱，外感風涼」，當時她頭暈、身疼，腹部墜痛且腹瀉。御醫莊守和絞盡腦汁，前後花了近半月才使她的健康有了起色。

迄今為止，關於隆裕太后去世的資料不多，有一本民國蔡東藩撰寫的《中國歷史通俗演義》提供了一些線索，儘管帶有演義性質，筆法也頗像小說，但畢竟作者成書時間距離隆裕生活的時代非常接近，他的素材未必全是空穴來風。

蔡先生是這樣說的：

「隆裕太后自詔令退位後，心中悒悒不歡，嘗謂：『孤兒寡婦，千古傷心，每睹宮宇荒涼，不知魂歸何所』等語……以此積成肝鬱，嘗患嘔逆。至民國二年正月中，胸腹更隆然高起，日漸腫脹，經御醫佟質夫、張午樵二人診治，稍覺輕減……古人說得好：『憂勞所以致疾』，況隆裕太后已有舊恙，自然愁上加愁，病中增病……二月二十一日，隆裕后已是彌留，到了夜間，迴光返照，開眼瞧見宣統帝在側，不覺嗚咽道：『汝生帝王家，一事未喻，國已亡了，母又將死，汝尚茫然，奈何奈何？』說至此，喉間又哽咽起來，好一歇復發最後的淒聲道：『我與汝要永訣了。溝瀆道涂，聽你自爲，我不能再顧你了。』言訖，已不能言。世續入省數次，但見隆裕后雙目直視，口中很想說話，偏被痰塞住喉中，只用手指著宣統帝，眼眶間尚含淚瑩瑩，霎時間陰風慘慄，燭燄昏沉，有清末代的隆裕太后，竟兩眼一翻，撒手歸天去了。陸續寫來，不忍卒讀。」

從上文我們得知概況，即隆裕晚年長期情緒抑鬱，常有噁心等消化系統不適，甚至可能出現過腹痛，去世前腹部膨隆（文中提到胸部也膨隆，從醫學角度看可能性不大，應該是身體腫脹或者腹膨脹的籠統說法）。她氣息奄奄之時，御醫張仲元和佟文斌仍被請來診脈，脈案顯示太后已病入膏肓：「皇太后脈息左寸關浮散，尺部如絲。症勢垂危，痰壅愈盛，再勉擬生脈化痰之法以冀萬一。」從脈案及藥方可看出隆裕病情的頹勢以及御醫的束手無策，此時也只能盡盡人事，隆裕太后的性命已無可挽回。

情傷所致，鬱鬱而終

從隆裕去世時的年齡、症狀來看，顯然不是心腦血管病引起。去世前幾年，她就出現過難治的腹部不適，現今合併腹部膨隆（多為腹水聚積引起），作為中年女性死者，最大的可能病因是惡性腫瘤（癌症）。當然，肝硬化也能引起腹水增加，臨床實踐發現，沒有長期酗酒的中年女性罹患肝硬化的機率低於男性。目前亦缺乏她患有肝炎、肝臟基礎疾病的證據，便不妄下結論。

對於癌症的病因，過去人們普遍重視的是物理化學因素、慢性感染或生物遺傳因素等，卻往往忽視了個性和情緒等心理、社會因素的影響。實際上，惡性精神刺激與癌症的關係，近年來已有人研究。一八九三年，英國醫學家整理過二百五十份癌症病患資料，發現六二％病人患病前有嚴重精神創傷；中國現代食道癌普查中發現，六九％病患個性暴躁、情緒不穩定。

美國傳教士赫德蘭於一八八八年來華傳教，他的妻子在二十多年的時間裡，一直是許多朝廷貴婦們的私人醫生。赫德蘭在《一個美國人眼中的晚清宮廷》一書中轉述妻子的話：「隆裕皇后長得一點都不好看，她面容和善，常常一副很悲傷的樣子。她稍微有點駝背，瘦骨嶙峋，臉很長，膚色灰黃，牙齒大多是蛀牙。太后（慈禧）、皇上（光緒）接見外國使節夫人時，皇后總是在場，但她坐的位置卻與太后、皇上有一點距離。有時候她從外面走進大殿，便站在後面一個不顯眼的地方，侍女站在她左右。別人不注意的時候，她就會退出大殿或者到其他房中。她臉上常常帶著和藹安詳的表情，總是怕打擾別人，也從不插手別人的事情。」

從存世的隆裕照片看，這位體型消瘦的皇后幾乎從來都是愁容滿臉的樣子，即使面對西洋的照相機鏡頭，也難有一笑，不僅如此，她還顯得過於拘束、膽小，與美國人的描述相吻合，且隆裕未老先衰，四十幾歲便呈現龍鍾老態，可能因為長期處於慢性疾病的折磨之中，健康受損程度很嚴重。

這樣一位與情愛無緣、無法獲得夫妻之愛的女人，這樣一隻在慈禧太后嚴密掌控中的籠中鳥，戰戰兢兢，活在「山雨欲來風滿樓」的恐懼氣氛中。如此無能的帝國掌舵人，處在無盡內疚、自慚、自怨、自恨中，她的心境如何有一絲光明呢？

消極情緒為什麼會誘發癌症呢？因為情緒不好時，腎上腺皮質激素會分泌過度，這種激素大量進入血液後，會損害或降低人體免疫功能，導致正常細胞的癌變；情緒好時，大腦中樞會分泌一種叫「腦啡肽」的物質，此物質能啟動免疫系統功能，抑制癌細胞生長。連續二十多年被負面情緒包圍的隆裕，其罹患癌症的危險因素不容忽視。

隆裕太后腹部膨隆有兩大可能，一是腫瘤自身的膨脹，一是腹水的大量形成，兩者也可同時存在。腹水是指人體的體液因各種原因過量聚積在肚皮與內臟之間的腹腔間隙內，造成大腹便便；嚴重者必須進行腹腔穿刺抽取液體，才能緩解症狀，並根據液體化驗輔助診斷；輕者使用藥物促進排尿也可暫時緩解。腹水成因有若干種，而癌症正是其中之一。

如果隆裕真的患癌症而死，又是哪個器官的癌症呢？

遺憾的是，目前沒有更詳細的臨床資料和檔案公布，只能合理推測，如消化系統腫瘤或者女性生殖器（婦科）腫瘤。

女性的生殖器官由卵巢、輸卵管、子宮及陰道所組合而成，子宮頸就是在子宮正下方連接陰道的地方，子宮頸癌就是指這裡產生癌病變，其形成期很長，初期沒有症狀。現代調查發現，子宮頸癌是臺灣婦女的頭號敵人，長久以來，子宮頸癌發生率為女性癌症的第一位。女性三十歲以後，子宮頸癌的發生率及死亡率急遽上升，許多人延誤了早期發現、及早治癒的機會，導致病故。

值得注意的是，早婚或太早有性經驗者、早生第一胎或子女多者、性生活複雜者都是易患人群。從這個角度看，出身名門、知書達理、膽小怕事、二十歲方結婚且終生未育的隆裕皇后與此不符。

醫學專家指出，卵巢癌雖不是婦科腫瘤中發病率最高的癌種，卻是死亡率最高的，被稱為女性第一「凶」癌。卵巢癌病患七成發現在晚期、七成會死亡，每年都有很多女性被卵巢癌奪去了如花生命。

調查數據顯示，女性一生中罹患卵巢癌的風險為一比七十；卵巢癌可發生於女性任何年齡，高發階段在四十到七十歲，其中以五十歲左右停經前後的中年婦女最為多見。到了晚期，它會引起大量癌性腹水。

這兩點與隆裕太后相符。

由於卵巢位於盆腔，位置較深，即使在今天，常規婦科檢查手段仍難以發現早期病變，致使卵巢惡性腫瘤一直是婦科腫瘤中死亡率最高的疾病。它並沒有特別明確的早期症狀，有的婦女會出現如腹脹、背痛、脹痛或不適、腹圍增大、便祕、疲乏、尿頻或尿急、不能正常進食、原因不明的體重減輕等症狀，這時便需要高度警惕了。

隆裕太后到底死於何病，有待我們進一步探討。

入土難安到入土為安

光緒、隆裕相繼去世，他們的崇陵直到一九一四年才竣工，二人的棺槨隨後被葬入地宮。這是中國歷史上最後一座帝后陵。

生前並不和睦，這對甚至毫無親情的夫妻就這樣同穴長眠；陵墓附近的后妃墓塚裡，埋葬著光緒帝生前鍾情的珍妃。

然而民國的天下並不太平，內亂、抗戰在幾十年中此起彼伏，國家依舊處在混亂之中，誰也沒有能力把孤懸河北易縣的清西陵嚴加管理、保護。這一帶埋葬著雍正帝、嘉慶帝、道光帝和光緒帝，前三者的陵寢尚未發現被盜。

一九三八年，一夥身分不明的武裝分子悍然盜掘了光緒的崇陵地宮；此後，這座悲涼的帝陵慢慢淪為殘磚短垣。

一九八〇年，文物、考古專家組成的發掘隊在六、七月間對崇陵地宮進行了科學發掘、清理。據發掘資料記載，在地宮石門上存在盜墓賊用工具撬門的痕跡；墓室內光緒帝的棺槨正面被錘斧鑿開一個大圓洞，光緒的腳被拖到棺外，遺體已腐爛，骨骼尚連為一體，貼身穿的衣服腐爛不堪，殘留兩節髮辮，原有的鞋和天鵝絨皇冠、隨身佩戴的飾品以及棺內所有的隨葬品全部被盜，只有左手握有一件翡翠套環和兩件玉石。

隆裕皇后的棺槨被破壞得非常嚴重，隆裕遺體和服飾已全部腐爛，只有局部的骨頭露在外面，飾品和隨葬品幾乎被盜光。其右肋下有小荷包一枚，內裝各種珍珠二百餘件，手中握有玉石一塊。

研究人員把帝后屍骨包裝後，放回修復好的棺槨內。光緒殘存衣物、髮辮和少許遺骨被取走，留作日後化驗。近年來，針對遺骨和衣物的檢驗報告已公諸於世，主流看法是砒霜中毒而死，極有可能被毒殺。

如果隆裕太后由於惡性腫瘤而病故——此項工作僅是筆者的設想——那麼根據遺骨的化驗，也許能找到佐證，因為晚期腫瘤病患的癌細胞容易轉移擴散到骨頭，形成轉移瘤或者侵蝕病灶。

當年的考古工作者發現匪徒只是掠走了金銀財寶，並沒有毀壞帝后屍骨，或許是不幸中的萬幸。他們夫妻倆雖然才能平庸，但畢竟沒有蛇蠍心腸，更非作惡多端，無法挽狂瀾於既倒，是歷史的必然。他們留給世人的，更多是嘆息和同情。

相比之下，慈禧老佛爺的東陵被盜後，遺體卻慘遭毀傷，不知道是不是一種報應呢？

陸

禍從口人

美味殺人菇

今日值方丈和尚生日，特設素麵以供諸僧。我適見後園中有蕈二枚，紫色鮮豔，其大徑尺，因擷以調羹澆麵。但覺其香味鮮美異常，未及親嘗，忽然頭暈倒地，不省人事。今甫醒而始知諸僧食麵死矣，不知是何故也了。《庸庵筆記》

大自然饋贈的口福

提起食用菇類，筆者不禁垂涎欲滴。一碗熱乾麵或者蘭州拉麵，如果配上香菇肉片，儘管不餓，腦海中依舊能浮現其誘人的賣相。中國前些年拍過一部不錯的紀錄片——《舌尖上的中國》，開篇第一輯〈自然的饋贈〉中首個場景就是介紹香格里拉的松茸。它又名松口蘑，被譽為「菌中之王」、「野生菌中的貴族」，是世界上珍稀名貴的天然食用菌，目前仍無法人工栽培。據說，富含蛋白質、胺基酸、不飽和脂肪酸及稀有元素，有特別濃郁的香氣，口感如鮑魚，極為潤滑、爽脆。

松茸在鐵鍋上，被烈火灼油烹熟的那一瞬間，雖然只是在螢幕之前，但筆者的食指已不能自持，至於那些所謂的熊掌、魚翅之類，滾到一邊涼快去吧！

南宋紹興二十一年（西元一一五一年）十月，宋高宗趙構駕臨清河郡王張俊的府第時，張家進貢的「時新果子」裡就有「切蜜蕈（野菇）」一項，應該也是一道難得的美食。同樣是「中興四將」，張俊的結局比岳飛好很多，或許就和他善於逢迎有關，而美味香菇應也有一份「功勞」。

食用菇大多生長在大自然的懷抱中，只有少部分是人類在溫室中種植栽培的。不過，就如同野花那般，妖豔動人，事實上常常包藏禍心；菇類也一樣，於是民間常對它們有小小的「死亡草帽」之稱。畢竟，路邊的野花不能採，路邊的野「菇」也不能摘啊！

寒山寺滅門疑案

中國歷史上的地方志、史書、筆記等文獻中，民眾誤食野菇中毒的案例可謂不絕於書。其中最為慘烈的一次，恐怕得數發生在清朝道光年間的蘇州楓橋鎮「全寺滅門案」。

對中國文化有所瞭解的朋友一定覺得上述地名非常耳熟，沒錯，正是案發於唐詩名作〈楓橋夜泊〉的誕生地——蘇州寒山寺！當年仍默默無聞的文人張繼夜宿楓橋，聽到寒山寺的鐘聲，滿懷惆悵地用失眠的痛苦化作名震一時的詩篇：「月落烏啼霜滿天，江楓漁火對愁眠，姑蘇城外寒山寺，夜半鐘聲到客船。」寒山寺在南朝蕭梁時期就已建造，在「四百八十寺」的芸芸建築中，本來名氣不算大，不料失意的漂泊詩人用平生唯一的真傳點化了一下，便立即名聲大噪，從此，那些既有文史情懷又對信仰不離不棄的人們均到此一遊。寒山寺遂絡繹不絕，香火大盛，一直延續到一千多年後的道光皇帝時代。

某天，老方丈和尚過生日，由於是聞名遐邇的宗教名剎，前來祝賀者接踵摩肩。寺院內張燈結綵，小和尚們更是歡呼雀躍，忙得不亦樂乎。寺廟為僧侶和訪客準備了豐盛的晚宴，不過，因為身處佛門，許多葷腥的山珍海味不能登堂入室。不一會，一碗碗熱氣騰騰、香氣四溢的素湯麵被端了上來……

入夜，寺院內先是人聲鼎沸，後來又鴉雀無聲，神祕地歸於死寂，而寺院依舊燈火通明。翌日，有訪者敲門，但毫無動靜；推門而進，入得內堂，隨即被嚇得魂飛魄散，只見裡頭橫七豎八地躺了許多僧人和平民，大概有一百多人，餐桌上還有吃剩的素菜，一摸他們的皮膚，冰涼如水；一聞鼻息，早已氣息斷絕。

官府聞訊大驚，趕忙立案調查。捕快在後廚房發現一名暈厥後甦醒的廚師，正是昨晚掌廚的那位，一查才得知，這可能是一起史無前例的食物中毒案：「寺僧之老者、弱者、住持者、過客者共一百四十餘人殞命！」

原來，廚師被分配了「特設素麵，以供諸僧」的任務，他「見後園中有蕈二枚，紫色鮮豔，其大徑尺」，覺得暴殄天物太可惜，「因擷以調羹澆湯」。麵煮出來，香氣撲鼻，廚師很有職業道德，沒有偷吃湯麵，只是盡責地略舔湯汁調味，大概連他都對此讚不絕口吧？他將麵條盛出讓大家用餐，回到廚房後，忽然頭暈倒地，不省人事。遺憾的是，廚師雖中毒不深，得以甦醒，活了過來，但由於他的無知和疏忽，其他人吃了野菇熬製的湯麵，全都深度中毒，魂歸地府。「吳下一大禪院……由此亦廢。」很長一段時間，這一代名寺香火熄滅，庭院冷落，幾近荒蕪，花了很長時間才恢復元氣，令人不勝唏噓。這件慘案被記載於晚清散文家薛福成的《庸庵筆記》中。

千奇百怪的蘑菇中毒

中國僧人自南朝以後即開始奉行素食。食用菌屬於素食，營養豐富，味道可口，因此僧人採食是很自然的事，但僧人們缺乏有效的方法避免誤採毒菌，由此中毒事件屢屢發生。北宋黃休復《茅亭客話》記載：「（宋太宗）淳化中有民支氏，於昭覺寺設齋寺僧，市野蕈有黑而斑者或黃白而赤者，為齋食。眾僧食訖悉皆吐瀉，亦有死者。」昭覺寺位於四川成都北郊。「野蕈」實際上就是野菇。晉張華《博物志》云：「江南諸山郡中，大樹斷倒者，經春夏生菌，謂之椹。」其中「椹」即指菇；而「蕈」與「椹」二字有時互通。可見在清代以前，僧侶誤吃野菇中毒就時有所聞。上述肇事的野菇為「黑而斑者或黃白而赤者」，病患的症狀為「吐瀉」。

毒菇中毒的類型有不同的劃分方法，按中毒的症狀可有六種類型。「昭覺寺案」的病患顯然屬於最為常見的胃腸類型。嚴重者由於水分大量流失，有可能出現循環枯竭，繼而休克死亡，類似霍亂的直接死因。

有一種叫「光過敏性皮炎型」。野菇的毒素進入人體後可使細胞對日光的敏感性增高，凡日光照射處均出現皮炎，如紅腫、火烤樣發燒，伴隨針刺般疼痛。該毒性潛伏期較長，一般在食後一、兩天發病。

南宋周密的《癸辛雜識》記載：有一個德明和尚，「遊山得奇菌，歸作糜供眾。毒發，僧行死者十餘人，德明亟嘗糞獲免。有日本僧定心者，寧死不汙，至膚理拆裂而死。」僧德明食糞便得以解毒，該方在古籍中很常見。而日僧定心吃野菌導致「膚理拆裂而死」，說明這是一種能導致皮膚異樣等反應的光過敏性皮炎型毒菌，如葉狀耳盤菌之類。

另外，又有一種「神經精神型」。有些菇類毒素可引起類似吸毒的致幻作用。病患有神經興奮，或神經抑制、精神錯亂以及各種幻覺。有的人合併視力減弱，甚至模糊不清、支氣管痙攣、急性肺水腫。嚴重者還會躁動不安、譫語、抽搐、昏迷或僵硬，可因窒息而死。更奇怪的是，部分病患還可能出現色彩幻視、極度愉快、狂歌亂舞，或如同醉者那樣手舞足蹈、喜怒無常、哭笑皆非，視物大小、長短多變或東倒西歪，或進入如痴若呆、似夢非夢的狀態。現代記載中以引起幻覺聞名的毒菌是墨西哥裸蓋菇、古巴光蓋傘等。過去，美洲墨西哥的印第安人將這類引起幻覺的毒菌視為神物，用於祭典活動。最奇特的是，有些牛肝菌類毒菌可引起「小人國幻視症」，其特點是病患能幻視到高不過尺、形象離奇、性格活潑的小人，甚至還有小動物！

在安徽地區，南宋趙不悔曾修有《新安志》，其中記載：「菌之為物，美而類甚多，或能殺人，亦使人善笑。其最下者曰『麥熟菌』，所謂軟溼青紅者也。」「新安」即今安徽歙縣，其中所說的「能殺人」和「使人善笑」的菌就是一類毒菌，具有神經性作用的致幻真菌。「麥熟菌」可能即松乳菇，該菌又稱「穀熟菌」，因多產於穀物成熟時而得名。

南宋洪邁的《夷堅志》也保留了一故事，可稱為「資聖寺案」：「臺州資聖寺僧覺升，築庵巾山上……是日，偶行松徑中，見數菌鮮澤可愛，即摘以歸。烹飪猶未熟，蛇以百數，繞釜蟠踞。升大懼，急入室坐榻上。方欲就枕，則滿榻皆蛇，不可復避，而同室僧皆無所睹，升即死。」

這是一則十分值得注意的「神經精神型」中毒事件。覺升和尚是浙江臺州資聖寺的僧人，擅自採摘野菌，「烹飪猶未熟」，暗示覺升或許嘗過一口。很快便恐懼地發現「蛇以百數，繞釜蟠踞」，「滿榻皆蛇，不可復避」，但同室的其他人卻未看見任何蛇。患者精神錯亂，很可能是由於毒菌中毒後產生的幻覺。

看來在古代當和尚，最要緊的不是打坐念佛，而是銘記路邊的野菇不能摘啊！

除此之外，溶血型、呼吸與循環衰竭型也不容忽視。最可怕的是第六種「肝損害型」，這是引起毒菇中毒死亡的主要類型。以白毒傘菌為例，其所含的毒傘肽，致死量低於〇・一毫克／公斤體重。在歐美國家，它以「毀滅天使」（destroying angel）聞名，還有微微的清香，符合傳說中無毒蘑菇的形象，很容易被誤食。此物以極高的中毒死亡率殘酷地嘲諷著聽從傳說的信眾，因此還有一別名——愚人菇（fool's mushroom）。另外，毒傘肽易溶於水，因此往往喝湯者比不喝湯者中毒嚴重。在新鮮的白毒傘菌中，毒素含量甚高。「寒山寺案」中的劇毒野菇，也許就屬這類所謂的「毀滅天使」吧！

最有效的解毒劑？

中了菇毒，誰都不想坐以待斃，於是古代醫師們努力探索，總結出許多形形色色的療法。東漢張仲景《金匱要略方論》云：「食諸菌中毒，悶亂欲死，治之方：人糞汁，飲一升；土漿，飲一二升。」這也太噁心了吧？不過為了活命，在別無選擇的情況下，還是有人決定一試。奇怪的是，這種大便療法在古代很流行，《本草綱目》曾引述《肘後方》：「山中毒菌欲死者：並飲糞汁一升，即活。」前文所談的德明和尚中毒後居然緊急「服用」大便而得救，另一日本僧由於極端愛惜自己的高潔，拒「服」大便而死。另一記載在《聖濟總錄》中的毒菇解藥就是將雞屎燒成灰，溫酒調服。

當然，也有相對沒那麼令人作嘔的方法，如《太平聖惠方》的建議「治蕈菌毒方：上掘地作坑，以新汲水投坑中攪之，名地漿，每服飲一小盞，不過三服差。」喝泥漿水能去毒，你相信嗎？

那些稀奇的藥方是否有實際功效，仍需現代毒理學試驗加以驗證。但可以肯定的是，古醫籍也存在輾轉相抄的現象，其中所列的藥方不一定經過作者的實踐。採用人糞、泥漿等穢物，可能是為了給中毒者催吐，以排出胃部殘餘毒菌，從而減輕中毒，從這角度看，也許有點道理。

中國目前共發現四百多種有毒的大型真菌。一種毒菇可能含有多種毒素，一種毒素可存在於多種毒菇中。毒菇的外觀極易和食用菇相混淆，且至今還沒有找到快速可靠的鑑別方法。不過，有些謠言倒是可以粉碎的，例如所謂「鮮豔的蘑菇都是有毒的，無毒菇顏色都是樸素的」、「毒菇蟲蟻不食，有蟲子取食痕跡的蘑菇是無毒的」、「無毒菇多生長在清潔的草地或松樹、櫟樹上，毒菇往往生長在陰暗、潮溼的骯髒地帶」等。這些都是人類一廂情願的說法，並無科學根據，神奇偉大的自然界有著自己獨立的遊戲規則，是絕不以人類的意志為轉移。

兜了很大的圈子，還是沒有介紹具體的鑑別手段，不知看官們是否失望？筆者想起了美國探索頻道（Discovery Channel）製作的《荒野求生祕技》（*Man vs. Wild*）電視節目，裡面的現代版魯賓遜——英國冒險家貝爾・格里爾斯（Bear Grylls）為求在野外生存，活捉幼蟲、蠍子等生吃，又示範在荒漠中剖開駱駝死屍的胃，尋求解渴的液體，種種方式無不刺激而毛骨悚然。如果為了活命，什麼嘗試都值得，但如果為了口福，則任何嘗試都得三思。鮮蘑菇、鮮河豚的確美味，可畢竟只是生活的小點綴，可有可無。當一回饕餮就得死，代價也太大了！嘗鮮有很多機會，而生命卻只有一次。做人還是踏實一點吧！聽聽〈王狀元des府十誡〉的勸諭：「夏秋月雜菇蕈皆是惡蟲蛇氣結成，前後壞（害）人甚多，斷不可吃。爾農民何不勤力種菜，四時無缺，何用將性命試此毒物？特此勸諭，莫招後悔。」

杯中物，在歡樂中造孽

兀欲性豪俊，漢使者至，輒以酒肉困之，珙素有疾，兀欲強之飲，一夕而以醉卒。

《新五代史・卷七十・東漢世家第十》

酗酒不是正道

酒，就好像美女，在文人心中有著特別的地位，且本能上常把持不住，可一旦於廟堂之上，又義正詞嚴、堂而皇之地對酒表示不屑。明代遺老張岱在《石匱書後集》中總結明亡教訓時說：「古來亡國之君不一，有以酒亡者。」古文獻中可見夏人嗜酒的傳說，如《尚書大傳》云：「夏人飲酒，醉者持不醉者，不醉者持醉者，相和而歌。」反映出當時人們酗酒的情景。這種不良嗜好甚至影響到邦國和族群的命運，據說，夏、商兩代末君的亡國都與酒脫不了關係。夏桀「作瑤臺，罷民力，殫民財，爲酒池糟，縱靡靡之樂，一鼓而牛飲者三千人」，最後被商湯放逐。《史記・殷本紀》說商紂王「以酒爲池，懸肉爲林，使男女裸相逐其間，爲長夜之飲」。他縱酒七天七夜不歇，他的酒糟堆成小山丘，酒池大得可運舟，這樣的想像力只能用瘋狂來形容。紂王的結局眾所周知，被周武王推翻，自殺於熊熊烈焰中。

西周推翻商紂之後，發布了最早的禁酒令〈酒誥〉。這是一篇帶有政令性質的著名文獻，傳為周公姬旦所作，約成文於西元前十一世紀中葉，裡面提出：「無彝酒」（不可經常喝酒），「飲惟祀」（只有祭祀、為父母、老人祝福時才可以喝一些），「德將無醉」（飲酒要有節制）。在周人看來，貪酒是大亂喪德、破家亡國的根源，酒精的壞處主要在政治層面，這個認識高度實在是高瞻遠矚。

周王室的統治到了禮崩樂壞的春秋時代，早已如昨日黃花，他們的警告也不過是一紙空文。諸侯棄酒禮於不顧，史籍多有記載，如《左傳》云：「鄭伯有嗜酒，爲窟室而夜飲酒，擊鐘焉，朝至未已。」《晏子春秋・諫上》云：「齊景公飲酒七日七夜，不納弦章之諫。」《新序》載：「趙襄子飲酒，五日五夜不廢酒。」按照古禮，夜飲為淫樂。新的社會形態開始出現，而新的道德生活方式還沒有在社會中確立起來，無怪儒家憂心忡忡。

對於個人而言，酗酒也毫無益處，除了虛幻的感覺之外。在魏晉時代，由於士人精神極度空虛，對酒精的依賴便達到了驚人的程度，許多和酒精相關的「行為藝術」傳聞不脛而走。

「竹林七賢」之一的劉伶喝酒後脫光衣服，裸露著酒氣熏天的身體，揚言以天地為衣物、床鋪。又有一次，謝鯤、胡毋輔之、畢卓等名士聚眾喝酒，喝開了之後索性也脫了衣服，赤身裸體地繼續喝，連續幾天。大家都是在屋內裸身縱酒，還幹了什麼，史書上神神祕祕的，什麼也沒說。末了畢卓總結道：「一手持蟹螯，一手持酒杯，拍浮酒池中，便足了一生。」此君後來因酗酒而廢職。「竹林七賢」中另一位神級大師阮籍也是嗜酒狂人，他是純粹文人，並無領兵打仗的本事和經歷，但卻傳有《阮步兵集》，亦被稱為「阮步兵」。原來步兵校尉（四品官，類似今天的營長）府衙中藏有大量美酒，為了傳聞中的美酒，一聽聞有缺額，阮籍便辭去原本的幕僚職務，前去應聘並獲得職位。軍隊系統裡大量養著這樣的人，要是真發生戰爭，國家可要遭殃了。

知識分子們終日沉湎於酒，使他們無所作為，是酒誤了他們一生，到頭來也誤了整個國家和民族。

值得注意的是，在唐宋以前，儘管酗酒者不絕於書，但喝酒致死的記載好像不太多，這又是怎麼回事？

原來這和中國人的酒品釀造技術有關。

孔老夫子雖然半生顛沛流離，但也講求飲食之道——「食不厭精，膾不厭細」是他的名言。儘管「少也賤，故多能鄙事」，並歷經「陳蔡絕糧」、「惶惶然如喪家之犬」等艱辛，不過孔子對飲食追求仍十分講究。《論語》上說他「沽酒市脯，不食。」大意是說，孔子覺得那些買來的酒不乾淨，因為看起來渾濁。當時古人尚未發現酒精蒸餾技術，以糯米、黃米發酵釀酒的酒精濃度很低，

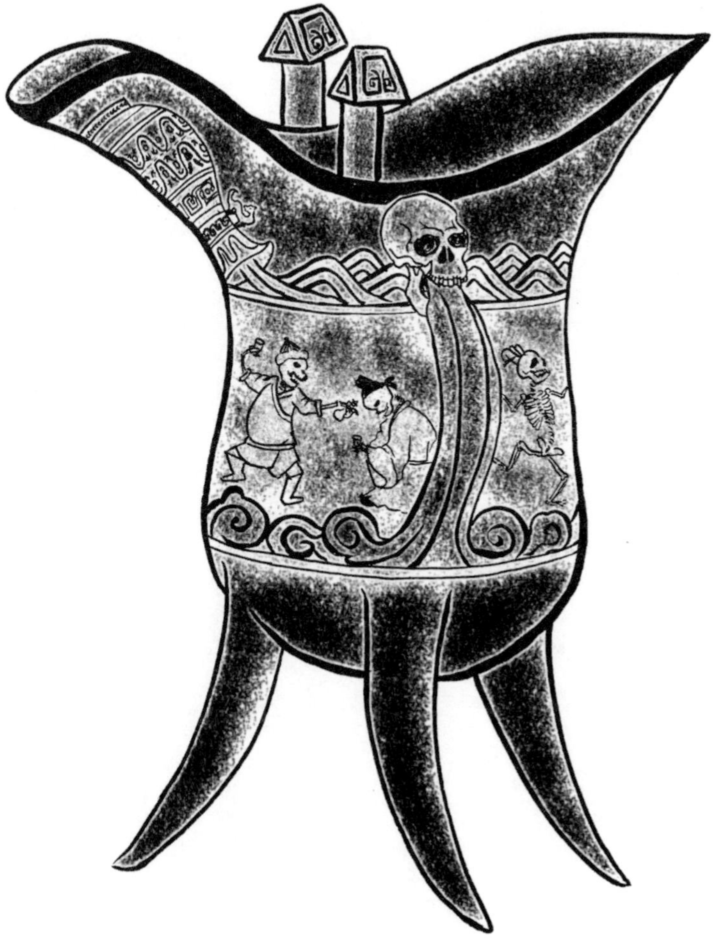

禍從口入

但酒渣等沉澱物多，酒水便濁。這類酒也稱為「濁酒」、「渾酒」。

杜甫也是好酒之人。一輩子窮苦潦倒，但對美酒也是念念不忘，晚年創作了唐人七律的壓軸之作〈登高〉：「艱難苦恨繁霜鬢，潦倒新亭濁酒杯。」關於他的死因，有一種傳聞是杜甫在孤舟上挨餓許久，忽然得到友人饋贈的牛肉和美酒，便縱情享用，最後活活撐死。文人總是和美酒結緣。宋代的文學家、政治家范仲淹替朝廷抵禦西北党項，久居邊塞，在〈漁家傲・秋思〉裡想起家，也不忘酒：「濁酒一杯家萬里，燕然未勒歸無計。」儘管它們的釀製過程簡陋，成品其貌不揚，但風味別具一格。陸游閒居鄉野，在〈遊山西村〉也曾寫道：「莫笑農家臘酒渾，豐年留客足雞豚。」

話說回來，古時候有「乾淨通透」的酒嗎？答案是肯定的。加入石灰等物便可使酒糟沉澱，反覆過濾，酒就變得清澈。此物即為「清酒」，由於工序複雜，當然價格不菲。

隨著酒水製作工藝的進步，其純度愈來愈高，危害性也就好像一隻慢慢睡醒的餓虎，逐步向人們逼近。

酒宴上「因公殉職」

五代十國時期，北方契丹人建立的大遼國雄極一時，軍事實力尤為強大，對當時中原的局勢有舉足輕重的作用。由於契丹人生活的地區高寒，不管是男人還是女人，都喜歡飲酒禦寒，特別是喝高純度的蒸餾酒，並形成了民族的風尚，因此，契丹人鑽研釀酒的學問也就不奇怪了。據文獻記載，契丹宮廷內較著名的酒有菊花酒、御容酒、法酒、卮酒、茱萸酒和千秋萬歲酒等。同時，契丹人還會釀製葡萄酒。由於飲酒成風，酗酒事件也常發生，史書說：「醉則縛之而睡，醒而後解，否則殺人。」

西元九五一年，後漢滅亡，節度使劉崇在晉陽建立了北漢政權，這是「五代十國」中十國的最後一朝。為了能與中原地區興盛的後周抗衡，他極力朝契丹人拋媚眼、拉關係，不斷派出使者請求結盟、庇護、協防。

於是，北漢派出主使鄭珙厚賂謝契丹，劉崇諂媚而謙卑地自稱「姪皇帝致書於叔天授皇帝」，請行冊禮。鄭珙是劉崇的心腹大臣，職務是禮部侍郎、同平章事，相當於宰相級別。但是，鄭大人可能怎麼也沒想到，此番出使的虎穴狼巢其實沒什麼刀光劍影之災，卻有美酒佳餚之禍。

鄭珙到了遼國，按照事先設定的套路，又是送鉅款厚禮、又是表達無限景仰之意，盡一切巴結之能事。遼世宗耶律阮被戴了很高的帽子，心裡非常高興，接待的規格自然很高。雖然沒有商紂王酒池肉林的氣派，倒也擺出了國宴的架勢，山珍海味、瓊漿玉汁，琳瑯滿目。帶著崇高使命而來的鄭珙當然知道契丹的習俗，況且有求於人家，不喝酒就是不給契丹人——尤其是契丹主子——的面子，所以契丹人的酒一定得喝，而且最好是「來者不拒，一飲而盡」，既表達結盟攀親的誠意，也多多少少流露出中原人士的酒場氣概。

鄭珙本來想要大顯身手，一展漢人的酒量，但是在強手如林的異國他鄉裡，卻是小巫見大巫；生性好酒的契丹人來勢太猛，又使用人海戰術，爭相邀請鄭大人喝酒，而且要乾盡才肯罷休。唉！

古今的官場酒局都這副德性，真是悲哀！《晉陽見聞錄》記載，「雖不飲酒如韋曜輩者，亦加灌注。縱成疾，無復信之。」契丹人也太噁心了，簡直有惡作劇的嫌疑，連那些因病不能喝酒、不擅喝酒的北漢外交人員都不肯放過，一個「灌注」之詞，寫出他們喪失人性的虐待狂德行。

宴會結束後，遼國同意北漢的請求，果然派軍隊協助北漢進攻後周。北漢得逞了，然而付出的代價就是喝倒了、病倒了一大批傑出的外交官員，而主使鄭珙被困於契丹人酒精的狂轟濫炸，居然還為此付出了生命的代價！《新五代史・卷七十・東漢世家第十》記載：「珙素有疾，兀欲（遼世宗耶律阮的契丹名）強之飲，一夕而以醉卒。」

帶病赴任，視死如歸。從某種意義上說，他完全可以媲美戰場上衝鋒陷陣的殉國者，是北漢的大烈士，有資格進入忠烈祠啊！

按照《晉陽見聞錄》記載，鄭珙參加狂歡宴會的下場是「罹無量之逼，宴罷，載歸，一夕腐脅於穹廬之氈堵間，輿屍而復命。」第二天，隨行人員發現他殭臥在契丹的豪華帳篷之中。「輿屍而復命」，怎麼看都有點「馬革裹屍還」的悲壯味道，而「罹無量之逼」卻實實在在道出了鄭珙和北漢政權無奈的可憐境地，畢竟實力不行，就得俯首稱臣、仰人鼻息。鄭珙的應酬對他本人來說，毫無歡樂可言，只有悲哀和屈辱！

樂極生悲，悲從酒來

當然，也不是所有的宴席都充滿了上述的負面情緒。

幾乎同一時期，吳越最後一任國主錢俶以臣服的姿態，經過多年與後周、北宋的磨合，終於取得中原皇帝的信任，而後更主動把領土獻給宋朝，博得大宋皇帝的一片嘉許。端拱元年（西元九八八年）八月二十四日，錢俶六十大壽，宋太宗遣使至南陽，賜他生辰禮物。錢俶感恩戴德。當天傍晚，「久被病」的他「與使者宴飲至暮，有大流星墮正寢前，光燭一庭，是夕暴卒。」（《宋史・卷四百八十・列傳第二百三十九》）年暮的錢俶猝死，和急性酒精中毒或酒精誘發的心腦血管病變離不開關係。

由於事件的另一位主人公宋太宗趙光義為人狡詐而偽善，慣常使用毒酒殺死投降宋朝的前國君，如李煜、孟昶等人，上述記載的真實性有點打折扣，或許那些美酒之中同樣暗藏宋太宗不可告人的毒藥。

另一起喝酒猝死的案例則較為可信。

成吉思汗第三子窩闊臺繼承了父業，成為蒙古大汗及元太宗，同時也是一代雄主，一生南征北戰。和大多數蒙古貴族一樣，也嗜酒如命，到晚年更是縱情酒色，每飲必徹夜不休。大臣耶律楚材多次勸諫無用，便拿著鐵酒槽對窩闊臺說：「這鐵為酒所浸蝕，所以裂有口子，人身五臟遠不如鐵，哪有不損傷的道理呢？」但窩闊臺秉性難改。滅亡金國之後，他指派朝中大將率師征伐，自己不願再受親征之苦，更加沉湎在美酒和妖嬈美姬之中。

西元一二四一年冬天，當時前線大軍正往多瑙河畔的維也納推進，後方的窩闊臺出獵返回時，「奧都剌合蠻進酒，帝（窩闊臺）歡飲，極夜乃罷。辛卯遲明，帝崩於行殿。」（宋濂《元史》）他因為酗酒而暴斃，年僅五十五歲，西征被迫中止。自此以後，蒙古大軍再也沒有踏足這片土地。要是窩闊臺沒有酒後猝死，或許歷史將要大大地改寫，今天世界的面貌可能完全不一樣。

宴會上眞正的殺手

飲酒從來都容易誤事，甚至誤「命」。

接待北漢使者後不久，遼世宗果然答應出兵相助，他御駕親征，軍隊行至內蒙古呼和浩特一帶時，嗜酒的老毛病又把他的心窩與喉嚨折磨得癢不可耐，於是夜間大飲，飲後打人不止，引起部下的強烈不滿。此事很快成為導火索，心懷叵測的大臣藉機把酒酣不醒的遼世宗殺掉。遼世宗雖然沒有直接死於酒精中毒，但長期在酒精中浸淫，腦子和神經系統早就被酒精侵蝕破壞，造成行為怪誕、野蠻、失控，他會被殺實際上也和酒有關，可以說是間接死於酒精。

其實酒精更多時候是扮演直接的殺手角色。

《靈樞・營衛生會》指出：「酒者，熟穀之液也，其氣悍以清。」《靈樞・論勇》說：「酒者，水穀之精，熟穀之液也，其氣慓悍。」《素問・腹中論》記載：「酒氣盛而悍。」《東垣十書》還指出：「酒者大熱有毒，氣味俱陽，乃無形之物也。」歷代醫家都認為酒屬溼熱有毒之邪，味甘、苦、辛，性溫，有毒，入心、肝、肺、胃經，並分別以「傷酒」、「脅痛」、「酒癖」、「酒疸」、「酒臌」、「酒勞」等病命名之。可見，酒對人體的危害，古人素來有所警惕，且潛心研究過。

現代醫學認為酒精是脂溶性物質，可迅速穿過中樞神經細胞膜的屏障侵入大腦。急性酒精中毒能引起中樞神經系統異常興奮及隨後的抑制狀態，嚴重者可因呼吸衰竭及循環衰竭而死。

酒精還可誘發冠狀動脈痙攣、急性心肌梗死及惡性心律失常，進而導致心源性猝死；也能過度興奮交感神經，造成血壓急劇升高，繼而導致腦出血。這些潛在的殺手，有時候比鴻門宴上暗藏的殺機更可怕。此外，飲酒者胃內往往存有大量食物，嘔吐時胃內容物易進入氣管，可導致病患窒息死亡。

蒙古人當時喜歡喝的是馬奶酒，酒精濃度如何不詳。不過，他們吸收了契丹族的蒸餾技術，這是很有可能的，由此，美酒的刺激程度和危害程度也必然大增。縱酒的大汗、帝王以興致勃勃入宴，卻以淒涼的嗚呼哀哉收場，病也？命也？酒也！

陸游折壽

不堪酒渴兼消渴，起聽江聲什雨聲。

《過忠州醉歸舟》

高壽放翁，尚有遺憾

南宋嘉定二年（西元一二〇九年）歲末，寒風凜冽，一位八十五歲老人正臥病在床，兒孫們坐在他身邊，握著老人枯枝般的手，泣不成聲。

老人的神智依舊清醒，只是極為虛弱。他半瞇著眼睛，小聲地吟誦著前不久剛作的詩句：「死去元知萬事空，但悲不見九州同。王師北定中原日，家祭無忘告乃翁。」儘管氣若游絲，但聽者仍能悟到老人喉嚨深處的鏗鏘有力和慷慨激昂。

家人圍坐在病榻前，問他還有什麼未了的心願，老人夢囈般念念不忘道：「北定中原……北定中原……」

兒孫們都知道這位即將走完人生路的老者，內心有太多不甘，有太多憤懣，也有太多遺憾，但是，讓他帶著抑鬱的心情離開人世，誰忍心呢？

「爺爺！您心裡頭藏有什麼儘管說吧！」孫子一頭枕在老人懷中，兩眼被淚水浸泡得紅腫。

老人一手撫著孫兒的嫩髮，一手摸著自己的肚皮，半開玩笑地用微弱的聲音說：「生老病死，人之常情，不必難過。我已享高年，家事不足牽掛。若問尚有何等心事，除報國之外，還想吃一碗粥……解解饞……」

眾人一聽，不免詫異：老爺子真的喝粥喝上癮了！

這老頭子身子骨一直挺硬朗的，直到耄耋之年仍「耕牧猶能力，痴頑每自驚」，不僅能從事體力勞動，「荷鋤終日在園扉」，且頭腦清楚，繼續文學創作，直到生命接近終點還筆耕不輟，生命力極為頑強！

他就是陸游，字務觀，號放翁，南宋越州山陰（今浙江紹興）人，是古代文學家中著名的頤養天年者，高壽八十五歲，在「人生七十古來稀」的古代極為難得。陸游一生頗不得志，生活並非安逸，也曾一度顛沛流離，暮年退居故鄉山陰時，甚至過著近乎清貧的生活，物質條件很是匱乏。

在一般人的想像中，高壽古人大抵都是健碩無比，最後也是自然死亡，否則難以扛起年齡累積的重量，無法抵擋疾病無情的侵蝕。陸游是否如此？

他出生第二年，金兵攻陷了京城汴梁，徽宗、欽宗被擄，北宋王朝滅亡。他隨父母在兵荒馬亂中度過童年。陸游從小深具愛國思想，一生中，抗金復國的立場始終不渝，因而屢屢遭到主和派的排擠和打壓，三次任職三次被免，可謂仕途多舛。總之，陸游人生充滿了動盪和不幸。「胡未滅，鬢先秋。淚空流。」為此，他常長歌當哭。

那些壓抑的情緒是否讓他折壽了呢？

其實，陸游對養生頗有心得，深明「流水不腐，戶樞不蠹」，並把這一道理應用於養生。他曾深有體會地說：「徐行舒血脈，危坐學踵息。」一動一靜，動靜相輔，雖然一生主要從事的畢竟是文化事業，不少時光在案上度過，然而一有機會就舒展筋骨，鍛鍊體魄，絕不是四體不勤、五穀不分的書呆子。

陸游飲食有道。他主張「朝晡食粥湯餅之屬，皆爲命腹中有餘地。若偶食一物多，則減飯；飯稍多，則減肉。」（〈齋後紀事〉）「膨脝亦宜戒，僅飽勿憚剩。」（〈小疾自警〉）。他最忌過飽，強調暴飲暴食有害健康，更反對吃太多肉類葷腥之物：「羔豚昔所美，放斥如遠佞。」（〈小疾自警〉）「養生所甚惡，旨酒及大肉。」（〈對食有感〉），提倡「淡薄以養壽」，認為「食淡百味足」。

陸游晚年猶愛素食。對他來說，各種新鮮蔬菜都可口宜人，「黃瓜翠苣最相宜」，「薺糝芳甘妙絕倫」，「新津韭黃天下無，色如鵝黃三尺餘。」他大概邊吟詩邊垂涎了。

這些都是好措施，對延年益壽很有幫助。不過，陸游年少多病，體質並不強，而且未老先衰，如其詩所稱：「稟賦本不強，四十已遺衰。」「予少多疾恙，五十已遽衰。齒搖頷鬚白，蕭然蒲柳枝。」不僅如此，他常年帶病，身體存在重大隱患，而恰恰有一個很普通的習慣，這種習慣在別人身上是好事，然而在他身上卻未必。

唉！老爺子原本可以更長壽的！

一個老「粥迷」

首先，陸游的牙齒不健康。

他對牙病曾有過深刻的體驗，如〈齲齒〉云：「齲齒雖小疾，頗解妨食眠。」接著對牙痛的描寫繪聲繪色：「昨暮作尤劇，頰輔相鉤聯。欲起孄衣裳，欲睡目瞭然。恨不棄殘骸，蜕去如蛇蟬。」一夜間齒痛發作，他臉頰疼得徹夜輾轉難眠，想起床，但連穿衣都乏力，躺在床上又兩眼發直，恨不得拋掉無用的軀殼，像蛇和蟬脫皮一樣，另找一個軀體來承載這殘損的生命，簡直痛不欲生！

齲齒雖是小病，但痛起來無人能抵禦，這首詩表明陸游患齲齒後引發急性牙髓炎。中年之後，他牙病纏身，詩作中有一百多首與牙病相關（極可能發展到了牙周病）。如〈雜興〉曰：「足弱僅能行，齒搖常欲墮。」〈識喜〉曰：「齒搖徐自定，髮脱卻重生。」〈新涼書懷〉曰：「一齒屢搖猶決肉，雙眸雖澀尚耽書。」在這些作品中，陸游寫到了自己牙齒鬆動，苦不堪言。

牙周病得不到治療，發展到最後就會脫牙。陸遊的〈老態自遣〉云：「似見不見目愈衰，欲墮不墮齒更危。」〈老嘆〉云：「一齒危將墜，雙瞳久已昏。」後來，牙齒掉得多了也就發生齒豁，牙齒漏風，嘴巴變得像個乾癟的囊袋，「衰殘口兩齒，困厄家四壁。」

也許正是因為這樣，他滋生了一種生活習慣——吃粥。

陸游對粥情有獨鍾，有詩為證：「世人個個學長年，不悟長年在目前。我得宛丘平易法，只將食粥致神仙。」（〈食粥〉）據作家李開周介紹，陸游晚年退休回山陰老家隱居，每天早起，起床後第一件事就是熬粥，熬好後喝一碗，再睡個回籠覺，等到日上三竿醒來，接著吃早餐。陸游認為「粥在腹中，暖而宜睡，天下第一樂也」。簡直舒服得無與倫比！這個生活方式被他煞有介事地記錄在著作《老學庵筆記》中。

原詩所說的「宛丘」，即蘇門四學士之一的張耒，字文潛，人稱宛丘先生。張耒曾寫過一篇〈粥記贈潘邠老〉，認為「食粥可以延年」，對粥的好處給予極高評價：每天早上喝一大碗粥「最為飲食之良」，能「暢胃氣，生津液」。陸游對這番話顯然極為欣賞、讚賞，故揮毫寫下〈食粥〉一詩。

除了讓人口感愉快、渾身舒服，陸游在許多詩句中，還常常提及食粥對延年益壽的好處。在〈薄粥〉一詩中說：「薄粥枝梧未死身，饑腸且免轉車輪。」意思是說，靠食粥不但支撐年邁的身軀，也能夠免受饑餓。他還有「老便藜粥美，病喜栗漿酸」等詩句。

陸游還發現豆粥味道最好，他的〈悲歌行〉稱：「紫駝之峰玄熊掌，不如飯豆羹芋魁。」在其眼裡，豆羹（豆粥）、芋頭完全可以媲美駱駝的駝峰和黑熊的熊掌！大豆含有大量的不飽和脂肪酸，營養價值極高，也是優良的健康食品。

中醫認為人隨著年歲漸長，脾胃功能會退化，不宜食用過硬食物，陸游獨愛食粥，原本正合中醫養生之理。粥，綿長而細軟，易消化吸收，有養胃健脾之效。有時，陸游在粥中加入山藥等健脾補腎之品，如詩云：「秋夜漸長饑作祟，一杯山藥進瓊糜。」他又常吃枸杞粥，「雪霽茅堂鍾磬清，晨齋枸杞一杯羹」。

然而，這樣吃粥真的百利而無一害嗎？

不堪酒渴兼消渴

並不是所有人都適合長期以粥為主食的。

從中年開始，陸游就得了慢性疾病，困擾餘生，在他的詩詞中多有反映。五十多歲時，他的〈銅壺閣望月〉有一句：「十年肺渴今夕平，皓然胸次堆冰雪。」其後，還有一首〈過忠州醉歸舟〉，云：「不堪酒渴兼消渴，起聽江聲什雨聲。」

所謂肺渴，中醫又叫消渴症，類似西醫的糖尿病。由此推測，陸游大概在四十剛出頭時就罹患糖尿病了。消渴症，常見多飲、多食、多尿，而體型消瘦，更有稱謂三消，即上消、中消、下消：

多飲而煩渴不止、多食而肌肉消瘦、多尿而頻。

糖尿病不僅有多飲、多尿的症狀，陸游四十多歲時寫的一首詩，還涉及視力受損，曰：「昏眸雲霧隔，衰鬢雪霜新。」意思是看東西如隔著一層雲霧，朦朦朧朧。因為視力不好，他後來連眼睛都不願意睜開，就像詩中說的：「放翁遊蜀十年回，病眼茫茫每懶開。」這恐怕不是單純老花眼就能解釋，長期的糖尿病對視力也頗有影響。

到了七、八十歲，他居然「目光焰焰夜穿帳，胎髮青青晨映梳」、「靈府無思踵息微，神光出眦射窗扉」。奇怪的是，垂暮之年，陸游居然發覺眼睛出現神奇的光彩，認為是返老還童的跡象，沾沾自喜。其實，視野閃光常見於眼睛的玻璃體、視網膜受損，據內分泌專家介紹，可能源於多年糖尿病的合併症——糖尿病視網膜病變。

糖尿病飲食豈能掉以輕心？

陸游生活的年代，人們還未瞭解糖尿病、消渴症的真正病因，更不能有效地控制血糖、監測血糖。

對血糖不穩定的糖尿病患者來說，像米粥這類澱粉含量較多、升糖指數較高的食品，其實不宜多喝、常喝。大米、小米這類糧食，煮的時間愈長，做出的粥就愈黏稠，正是澱粉糊化的過程。澱粉在人體中可轉化成糖，糊化作用會破壞澱粉的包膜，讓糖分變成分子更小的能量物質，讓人體更易吸收。加熱時間愈長，這種作用就愈徹底，進食後愈能廣泛與消化液接觸而被吸收。吃粥比吃飯的血糖升得快，粥愈黏稠，食用者血糖升得愈快。

而且，粥和乾飯含水量不同，分別為半流和固體狀態，粥因此在胃內停留時間短，進入小腸快，小腸是食物消化吸收的主要場所，粥自然比乾飯更容易消化，血糖濃度自然更快出現高峰。

另外，粥中放豆子，如綠豆，可能對糖尿病患者來說是雪上加霜，讓血糖飆升得更厲害。很多人喝綠豆湯雖未必加糖，但綠豆本身含豐富的澱粉，一碗綠豆相當半碗飯，所以即使沒加糖，澱粉也會迅速轉化成糖分，仍會推高血糖濃度。

同等重量的同種米，不管做粥還是做飯，在完全消化吸收之後，最終形成血糖的量應該是相同的，兩者的區別只是米粥升高血糖的速度更快而已（尤其在餐後兩小時內）。

糖尿病飲食調理的原則中，很重要的一點是要控制血糖的升高速度，對糖尿病的管理至關重要。可見，糖尿病患者不適合長期大量喝粥，陸游這位糖尿病老患者恰恰在此處犯了大忌而「執迷不悟」。

試想一下，他雖有多種較為科學的養生辦法並持之以恆，但體內血糖濃度變化一直控制欠佳，這種慢性血糖侵襲的毒性過程，對眼睛、腎臟、心臟器官等都能構成不可逆的傷害，他的晚年恐怕也是百病纏身，未必真正瀟灑自在。

如果不嗜粥，糖尿病老病號陸游或許能活過九十歲呢！

不過，瑕不掩瑜，我們也不能用現代的科學知識苛求古人，陸游的攝生之道，可取之處仍然很多。

面對肉體的病痛和精神的傷痛，他沒有被憤懣不平和憂鬱悲苦的情緒淹沒，而是以筆為武器，用詩歌撻伐侵犯中原的敵人：「逆胡未滅心未平，孤劍床頭鏗有聲。」不斷宣洩和釋放如潮激情，從而得到一點慰藉，求得心理平衡，可說是他長壽的重要原因之一。

疾病是人生旅途中不可避免的不速之客。若可防最好；不能防者、不能消滅者，也無需害怕，人皆有瑕疵，與病和諧共存，努力把疾病的影響降到最低，維持盡量好的生活品質，難道不是正確的人生觀？即便今天，許多慢性疾病如糖尿病等，受限於科技水準，遠遠談不上征服，但換一個角度想，保持樂觀心態，帶病而不受制於病，未嘗不可。

梁啟超曾對陸游發出由衷的讚嘆：「集中十九從軍樂，亙古男兒一放翁。」除了對其愛國情操、尚武精神深表讚許外，大概也對他的養生之道、長壽之法佩服得五體投地吧！

蟛蜞，美食還是毒藥？

（蟛蜞）膏主溼癬、疽瘡不瘥者，塗之。《本草拾遺》

名士的食物中毒

魯迅曾說第一個吃螃蟹的人是英雄。這是什麼時候的英雄？估計是遙遠的原始社會，但嘗試者肯定不是北方人。蟹類，大大小小，其實有好多種。今天，人人都見過這類動物，其相貌之醜陋怪異，橫行方式之「霸道」，令人過目不忘。

蟛蜞，也屬於這類動物，比起日常的螃蟹，牠又有何特殊之處？南方河澤湖泊眾多，沿海百姓絕對不會陌生。這是一種類似蟹的小動物。

但古時候的北方人應該不知道為何物。不要說蟛蜞，就算是螃蟹，他們也見所未見。至晚在北宋中後期，如沈括在《夢溪筆談》中談到許多關中人沒有見過蟹類，對此極為陌生詫異。有一回，不知道是哪位好事者把市場上一隻蟹遺失到民居中，有人拾到這種罕見物種，見其形狀古怪，百思不得其解，以為是神器，竟把牠晒乾，懸掛在家門口的梁子上，作為鎮壓鬼怪辟邪之用，呵呵！估計作用不大，因為北方的鬼怪也沒見識過南方的蟹子到底有何威力呀！

我們不能對古人過於苛責，因為古代傳媒不發達，最直接的視覺介紹——圖畫，由於印刷技術欠發達，難以傳播，更談不上電視、網際網路了，人們沒見過，實在沒辦法。雖有文字紀錄，但這些知識一般只出現在典籍或藥書中，文化人如果想像力豐富，能略知一二，而普羅大眾識字者不多，焉能知之？更何況，光憑文字不能把具體印象傳達出去，若按「文」索驥，結果可能極其荒謬，比如，古代一直有「麒麟」的描述，這種子虛烏有的動物原本只存在於傳說中，自然界不存在，然而當明代有人透過鄭和下西洋見到進貢的長頸鹿之後，居然驚呼：這就是古籍上說的麒麟啊！

東晉大臣蔡謨就是這樣一位按「文」索驥者，他是東漢文學家蔡邕的後人，也是飽讀詩書之輩。原本生活在北方，恰逢國家動盪，西晉滅亡，北方淪陷，他南渡逃生，進入南方生活。

北人乘馬，南人乘舟。有一次蔡謨坐船，舟至岸邊的泥土中，看見一些奇奇怪怪、鬼鬼祟祟的小動物身披堅甲，色黑，多毛，一邊揮動著碩大的雙鉗，一邊忙碌地挖洞。此乃何物？他看來看去，思前想後，突然一拍大腿，恍然大悟，「八條腿，兩隻鉗子！」就是古書上說的蟹啊！

蔡謨的根據大概源於《爾雅》、《勸學》這類書籍、文章，在他的年代，吃螃蟹已有文獻記載，且不失為鮮美。

蔡謨聯想翩翩，垂涎欲滴，遂命僕人把這些小動物抓起來，回到家中，請大廚烹調，做一回饕餮，大塊朵頤起來。不料餐後，上吐下瀉不止，搞得精神委靡，還差點命喪黃泉，幸虧得到名醫救治才躲過一劫。

東晉名臣謝安有一堂兄叫謝尚，也屬社會名流，嘲笑蔡謨說：「這明明是蟛蜞而非螃蟹，你讀《爾雅》讀得不精，又幾乎被《勸學》害死了。」

《爾雅》是秦漢人編寫的詞典，其中介紹說：「蜎蠌，小者蟧。郭注：『或曰即蟛蜎也，似蟹而小。』」蟛蜞，大概就是類似的小型蟹類。

荀子《勸學》中也談到：「蟹六跪而二螯，非蛇鱔之穴無可寄託者，用心躁也。」（螃蟹有六條腿、兩個蟹鉗，但如果沒有蛇、鱔的洞穴就無處存身，這是因為用心浮躁啊！）

謝尚認為蔡謨沒有熟讀經典，倉促看了《勸學》的某個段落，先入為主，導致誤判，其實，生活在北方的荀子可能也沒見過蟹，他的描寫未必準確，明明八足而不是「六跪」嘛！

話說回來，蟛蜞到底有沒有毒性？

蟛蜞是藥還是毒？

蔡謨的慘烈病案讓蟛蜞揹上了黑鍋，似乎言之鑿鑿。南朝醫藥學家陶弘景曾說：「蟹類甚多，蝤蛑、擁劍、蟛蝟皆是，並不入藥。海邊又有蟛蜞，似蟛蝟而大，似蟹而小，不可食。」他是拿前代的蔡謨個案說事，但有人云亦云、以訛傳訛之嫌，畢竟陶大學者缺乏神農嘗百草的精神，沒有親自檢驗過。《佛書》又言：「蟛蜞大於蟛蝟，生於陂池田港中，故有毒，令人吐下……未被霜，甚有毒，云食水莨所致。人中之，不療多死也……娠婦食之，令子橫生……此物極動風，風疾人不可食，屢見其事。」

整理思路一番，按個頭大小排列，原來這三種動物，古人已能分辨：螃蟹、蟛蜞、蟛蝟。上述記載似乎表明蟛蜞是毒物，不僅能引起胃腸不適，還會致死，甚至導致胎兒位置不正，增加難產的風險，真神乎其神！

大概因為蟛蜞形貌極醜，有些知識分子未免牽強附會、道聽塗說、捕風捉影，把很多負面甚至危險的訊息貼到這種無辜的小動物身上。

實踐畢竟是檢驗真理的標準。千百年來，沿海地區吃螃蟹、吃蟛蜞者大有人在，特別是漁民，並沒有大範圍食物中毒事件，而且還摸索出蟛蜞的某些藥用價值。《本草拾遺》承認蟛蜞「有小毒」，但又補充：「（蟛蜞）膏主溼癬、疽瘡不瘥者，塗之。」《本草求原》甚至認為牠能「解河豚毒」。

北宋洪邁曾著《夷堅志》一書，裡面講了一個故事，說襄陽有一盜賊被捕，鄉人恨之，用漆塗其兩目致盲。這個盜賊遭到發配充軍，沿途不能睹物，極為痛苦，有村叟同情他，建議「尋石蟹，搗碎濾汁點之，則漆隨汁出而瘡愈也」，那犯人「用之果（目）明如初」。蟹類動物好像真有神奇功效。

到了明朝醫藥學的集大成者李時珍眼中，真相就大白了：「諸蟹性皆冷，亦無甚毒，爲蝑最良。」他還說：「喉風腫痛，滿含細咽（蟛蜞）即消。」筆者本人在家鄉患此病時，母親亦以該法治之。

海邊美味豈容錯過？

綜上所述，其實蟛蜞畢竟和河豚不一樣，河豚的毒性是板上釘釘，證據無疑。古往今來，民間早已熟知，今天的科學研究也更明確。北宋《本草衍義》云：「此魚（河豚）實有大毒，味雖珍，然修治不如法，食之殺人，不可不謹也。」沈括《補筆談・補第三十卷》也有「吳人嗜河豚魚，有遇毒者，往往殺人，可爲爲深戒」的記載。現代化學分析得知，河豚毒素主要集中在肝臟和卵巢中，肉則幾乎無毒。冬、春之際為河豚的產卵期，此時河豚肉味最美，但體內毒素也最為活躍。

蟛蜞則非如此。儘管前有蔡謨疑似中毒的事件，但人們後來理解到其實蟛蜞無毒，過去對蟛蜞的了解不過是以訛傳訛。過去在鄉野田間、郊區，蟛蜞隨處可見大搖大擺，橫行無忌。清初詩人屈大均的《廣東新語》載：「廣州瀕海之田，多產蟛蜞，歲食穀芽爲農害。」蟛蜞多如牛毛，嚴重危害農民生計。農民恨之入骨，捉不勝捉，自己都懶得吃，就靠放養的鴨群啄食除害。鴨子大快朵頤，還攝取了豐富營養，全都吃得肥頭圓腦。鴨糞又更具施肥價值。真可謂一舉兩得！

過去沿海地區的內河、岸邊也有許多蟛蜞，釣蟛蜞是當年小孩的一大樂趣。對小孩而言，釣蟛蜞也是輕而易舉。見到誘餌，便垂涎欲滴，使大鉗夾之，孩童隨即將其吊起，蟛蜞釣上岸後先用繩子綁住，此時蟛蜞口中會冒出泡沫，看起來有幾分無奈，又有幾分不服氣。筆者兒時也在郊區過釣蟛蜞，往往收穫頗豐，可惜釣到的蟛蜞放在乾燥的魚缸中難以飼養，且被俘的蟛蜞特別喜歡絕食抗議，回家一、兩天即死亡殆盡，至今仍記憶猶新。

與蟹相比，蟛蜞個小肉少，一加熱即肉身縮成一團，全是硬殼，不能用吃螃蟹的方法來品嘗這種天賜的美味。

江浙人認為，最好的蟛蜞吃法是做成「醉蟛蜞」。他們將鮮活的蟛蜞刷洗乾淨後，將蟛蜞浸在高濃度的白酒中，再加少許糖、鹽，生薑絲，隨即加蓋醉泡。每隔一小時攪拌一次；七、八個小時後，倒出蟛蜞、瀝掉酒，放入蔥、薑、醬油，撒上胡椒粉，便大功告成。此物鮮嫩，色香味俱全，是佐酒下飯的絕配！而蟛蜞在福建人手上可製成「蟛蜞酥」。把蟛蜞洗淨後剁碎，經過鹽、砂糖、紅酒糟等調味，醃製數日即成。廣東陽江居民會在秋冬捕捉蟛蜞，此時正是蟛蜞成熟時。先蟛蜞搗爛，與鍋巴混合後，放入埕中發酵，日久即成「蟛蜞醬」。將豬肉切薄片，加上蟛蜞醬一起蒸，美味讓人無法抗拒。

由此可見，蟛蜞並無毒。中醫對於「毒」的定義，指的是所有對人體健康存在不良影響、會妨礙正常生命功能及生命運作的物質和因素，與英文單詞poison意涵不同。我們一般最常聽到的「毒」不外乎食物中的「毒」（如鴨肉毒、芒果毒、荔枝毒），清熱解毒的「毒」等。大家都知道鴨肉、芒果富含維生素、礦物質、蛋白質等，一般人吃鴨子、芒果都不會有什麼不適之感。那些對人體有不良影響的物質各自有其成因，但總而言之就是在人體中形成一股破壞、阻礙、耗損正常生命的惡勢力。

食物中富含各種營養物質，其中某些特定物質可能有些人的體質並不適合吃，一吃就會產生過敏；或是含量高，如果吃得過量、過快，身體無法消化代謝，導致身體不適或疾病。一言以蔽之，大多數食物本身沒有問題，有問題的是吃的人或吃的方式。

面對一大盤色香味俱全的「醉蟛蜞」，許多人不免食指大動，適當吃一些又有何妨？

李時珍早就指出：「鮮蟹和以醋，侑以醇酒，咀黃持螯，略賞風味，何毒之有？饕嘗者乃頓食十許枚，兼以葷膻雜進，飲食自倍，腸胃乃傷，吐利（痢），亦所必致，而歸咎於蟹，蟹亦何咎哉？」吃蟛蜞也是一樣的道理。自己狂吃海量，導致發病，怎麼能冤枉蟛蜞有毒呢？

蔡謨吃蟛蜞引起胃腸不適，可能不是中了蟛蜞毒，而是加工烹調過程不衛生，有細菌繁殖未除，導致感染性腸道疾病，如痢疾等，繼而發生水分丟失、電解質紊亂，由此引發一場虛驚。

蟛蜞，與蟛蜞相似，在中國大陸東南沿海一帶土著的發音與「彭越」兩字相近，於是這位西漢王朝的開國功臣、梁王彭越居然就莫名其妙地和這種小動物扯上關係。

明代《山堂肆考》曰：「蟹類蟛蜞亦名『彭越』，傳漢醢彭越賜九江王英布，布不知而食，俄覺，而哇出於江中，化爲蟹，似蟛蜞而小。」原來，相傳彭越被劉邦、呂后汙蔑懷有反叛之心，被殺死並剁成肉醬，送給另一位功臣英布吃，以示威嚇。由於傳說中的蟛蜞是從彭越的屍體肉醬變成，故一開始便不被人們看好，僅作為飼養雞、鴨的葷腥飼料，甚至一度被懷疑對人體有劇毒。

就這樣，沒有好看的外貌，牽連上噁心的故事，蟛蜞空有美味、清白的身軀，還是要蒙受不白之冤啊！

勸學
蟹六跪而二螯非
鱔之穴而無可寄
爾雅
螖蠌
勸學
八足加

柒

致命仙方

神仙藥水，雪上加霜

自此之後，聖恙日增無減，日漸浮腫，諸藥進益失效。《酌中志》

奇葩醫術送帝王上路

明朝末年，國家動盪不安。農民戰爭此起彼伏，滿洲邊患愈演愈烈，東林黨和閹黨在朝堂上水火不容，政局烏煙瘴氣。作為大明王朝氣數將盡的徵象，除了這些之外，還有帝王們的健康問題。

先是五十七歲的萬曆皇帝駕鶴西去，疏於政事三十年，留下一個爛攤子。長期被壓制的太子朱常洛終於守得雲開見月明，不料在位僅一月就在「紅丸案」中暴斃。十五歲的天啟帝朱由校遂坐上他悲情父親的龍床。朱由校以木工見長，讀書識字不多，是對政治缺乏興趣和激情的少年，當然沒使明朝的前途有一絲起色。除了沉湎於木匠活，天啟帝留給世人最深的印象就是縱容大閹魏忠賢與乳母客氏禍亂朝政。

皇帝怠政貪玩，這一點和他的高祖親戚正德皇帝朱厚照出奇地像，而且兩人都在溺水後身體狀況每況愈下。天底下居然有如此的巧合，莫非是天意？某日在客氏、魏忠賢等人的陪同下，天啟到西苑遊船戲耍，飲酒作樂，又到深水處泛舟蕩漾，忽然一陣狂風颳翻小船，皇帝不小心跌入水中，差點淹死；雖被救起，但天啟經這次驚嚇，落下了病根，多方醫治數月仍不見起色。

年輕天子臥床不起，嚇壞了群臣，忙壞了群醫，也急壞了作惡多端的魏忠賢，天啟帝這棵替他遮風擋雨的大樹萬一倒塌，自己的政治前途乃至身家性命必將凶多吉少。此時，一個自以為逮住升遷機會的官員卻走進了天啟的視野，他叫霍維華，長期依附閹黨，見風使舵，又極盡巴結討好之能事，受到魏忠賢賞識，官居兵部尚書（類似國防部長），人稱「滿面驕容，渾身媚骨」。他得到一種神乎其神的祕藥——靈露飲，從文獻記載看，此物更像是一種帶有保健頭銜的奇葩飲料，其加工法頗費周折[1]。

在霍維華看來，這種東西能治療不治之症。

原本就「稟賦虛弱」的天啟服用了這種奇怪的藥水後，覺得味道很是甘醇清爽，可能也有部分心理作用，於是一而再、再而三地向霍維華索取。霍維華大喜過望，如果能把天啟久患不癒的頑疾根除，無疑立下大功，定能飛黃騰達、光宗耀祖了。在他的監督下，內官們嚴格按照處方的製作流程，日以繼夜地烝造靈露飲。這種神奇的藥水承載著霍維華等人升官發財的願望，源源不斷地呈送到天啟帝的病榻前。有時，新藥物做為一款產品，其新鮮感對病患心理的誘導作用非同小可。

太醫院的專業人士看在眼裡卻噤若寒蟬，他們本就束手無策，此番看著皇帝陶醉其間，把其他醫藥一概拋之腦後，儘管心存疑慮，終究無可奈何，不敢掃皇帝的興。

就在霍維華滿心歡喜的時候，情況卻突然發生了一百八十度的轉變。天啟帝病情急轉直下，尿量稀少，渾身上下浮腫得像個氣球，嚴重的部位還透著水珠，臉部腫脹如豬頭，鼻腔內居然出現血凝塊，「似肉非肉，似痰非痰。」（《酌中志》），「衄血陡發憑幾，彌留殆不能起。」（〈熹宗遺詔〉）他不再對靈露飲感興趣了，也不再對這種偏方抱有任何希望。

木匠皇帝在腎衰中煎熬

天啟帝的浮腫加重極有可能來自急性腎衰竭，或者是在慢性腎臟病變的基礎上腎功能惡化加劇，不過二十出頭的年輕男性，腎衰竭的情形並不多見。

腎衰竭是腎功能部分或者全部喪失的一種病理狀態，可分為急性腎衰竭及慢性腎衰竭。急性腎衰竭的病情進展快速，通常是因腎臟血流供應不足（如外傷或燒傷），或是腎因某種因素阻塞，造成功能受損，甚至是因為受到毒物傷害，進而引起急性腎衰竭；而慢性腎衰竭主要源於長期腎臟病變，隨著時間及疾病的發展，腎功能逐漸下降，造成腎衰竭發生。腎功能衰竭時，體內的廢液、代謝廢物、毒素難以排除，會導致病患腫脹、酸血症、高鉀血症，慢性者還容易出現低血鈣、高血磷症和貧血，骨骼的健康也可能被影響。

在西醫看來，腎臟疾病與中醫「腎虧」的概念並不一致。急性或慢性腎盂腎炎源於細菌感染，病患多有發熱、尿痛、腰痛、尿頻、尿急等症狀，但引起腎衰竭則很少見。腎小球疾病或免疫系統疾病引起青年人腎衰竭比較常見，還有一種特殊的情況不容忽視，就是腎毒性物質的攝入。

靈露飲的製作過程似乎看不出有毒性物質的潛入，它很像韓國的特色健康飲品——米漿，以白米和糙米製作而成，有獨特而濃郁的米香，質感濃稠，營養豐富又不會致肥，乃夏日消暑涼品。靈露飲倘若再加點糖，更不乏風味，如果不是拿來治療頑疾，換個角度推廣，或許是一款很有開發潛力和粉絲基礎的新型飲料！

病從口入，歷代帝王很多都栽倒在這裡，而出發點無非是他們對永久霸占皇權的痴心妄想。漢武帝劉徹曾聽信術士製造銅人，每日以銅人掌上承托的露水參雜著玉粉末口服，以求延年益壽，後來的魏明帝曹睿竟然仿效之，硬生生把銅人從長安千里迢迢搬到洛陽。

曹睿最終僅活了三十三歲，術士的仙法完全是黃粱一夢。曹魏帝國的前途由此轉託給了野心勃勃的司馬氏家族。

不過，這沒有什麼警示作用。唐朝皇帝、明代皇帝中喜好此道的仍大有人在，而所謂的「煉丹術」大行其道。帝王有的奢求長命百歲，有的渴望防病治病，而使用的藥方則千奇百怪。這些藥方在今天看來含有一些重金屬物質，長期服用會對腎臟構成慢性損傷。比如丹藥的製作材料裡，除了有通常的硫磺、火硝、白礬外，還有鉛砂、汞等天然重金屬，沉迷服用者的下場往往甚為可悲。

天啟帝的高祖父嘉靖皇帝朱厚熜就對煉丹服藥沉迷到不可自拔的地步。

朱厚熜還沒有成為皇帝前就喜歡上了煉丹修仙，畢生將大半心思都花在鑽研如何修道成仙上。稱帝之後，享受的榮華富貴達到了極點，仍舊一心追求長生不死；於是，廣徵道士方士之流，在宮廷中搞起了齋醮，不斷擴大規模，耗費鉅資。當時術士所進獻的祕方和煉丹藥可謂五花八門，其中「紅鉛」是最流行的煉丹製藥之法，該法將處女月經和藥粉經過拌和、焙煉而成，形如辰砂。嘉靖帝寵信方士，不惜犧牲宮女的身體，甚至年輕的生命，為了採得足夠的煉丹原料，皇帝強迫宮女們服食催經下血的藥物，輕則極大損傷宮女身心，重則造成失血過多甚至血崩，因此喪命。許多人不堪忍受，終於釀造出了「壬寅宮變」——幾名宮女試圖勒死嘉靖帝，只是皇帝僥倖躲過一劫。

中國古人對丹藥的「研究」，從來就沒有得出令人滿意的結果，這些神藥不但無法換取健康，反而嚴重摧殘了使用者的肉體乃至精神，甚至殺人無聲。也許，煉丹術的最大積極效果僅是促進了黑色火藥的發明而已。諷刺的是，火藥不也是殺人的武器嗎？

明代皇室早有迷信道教、方士、術士的傳統，雖然史書上沒有明確記載天啟帝沉溺丹藥，不過他身體不強健，在宮廷氛圍的影響下服用含有重金屬的丹藥，幻想藉以強化體質，從而導致慢性腎損害，並非不可能。

話說回來，靈露飲雖然沒有多大毒性，但這種米汁畢竟無法治療腎病，皇帝終究因為這種虛假的醫療方式而耽誤治療，最終落得不可收拾的局面。

四百年前的醫療案

二〇一六年四月，中國大陸出現了一起轟動全國的涉醫悲劇。

兩年前被診斷「滑膜肉瘤（一種高度惡性的軟組織腫瘤）」的大學生，多方醫療無效，在某網站上搜尋到一家醫院提供最新療法，這家醫院在該網站的排名頗高，號稱美國「史丹佛」先進技術的生物療法，曾像救命稻草一樣被他和父母緊緊握在手中。為了接受這種療法，家裡掏光了所有的積蓄，然而病人的病情絲毫不見好轉，最終抱恨病逝。

事後人們得知那種所謂的生物療法是早被國外臨床淘汰的技術，那所掛了史丹佛大學合作牌子的醫院實際上欺騙病患，裡面居然養著一些無職業資格的冒牌醫師。那個著名的網站不過是以競價排名，無形中誤導了瀏覽者。研究顯示，滑膜肉瘤的五年生存率是二〇%至五〇%，目前缺乏有效的治療手段，生存率極低。此事一經曝光，肇事醫院和網站均遭到媒體嚴厲批評。

筆者看來，天啟帝的治療過程與上訴悲劇不無相同之處。關鍵一點在於醫患雙方的醫療資訊不對等，就患方而言，他們追求健康沒有錯，甚至本身就是一個值得鼓勵的過程，缺乏醫療常識可以原諒，但是人們急功近利的缺點，如同天啟帝一樣，在於想用方便快捷的方法尋求看似高級的資源，自然給居心叵測之徒有可乘之機。天啟帝患病很久了，渴求能重新站起來，繼續拿起熟悉的一把鋸、一支尺、一條線、一塊木、一個鑿子，打造一件件巧奪天工的器物，或實用，或娛樂，假以時日，他的御製品定能讓這位工藝大家名垂青史。可惜，那來自神仙術士的仙方和貼有美國名牌大學標籤的療法一樣，把他們帶進萬劫不復的深淵。

一個官員的推介，無需專業醫療團體的繁瑣論證，或者那些御醫們壓根就不敢挑戰帝王的好惡和意志。看著順眼，取自天然，揉合仙氣，與想像的神仙法術不無相似，難怪天啟帝如此容易接受，畢竟，他讀書太少，對那些前車之鑑大概不甚了了。再說，靈露飲的炮製過程頗有一股飽含天地菁華的架勢，所用的器具也顯得神乎其神，精巧絕倫，被包裝得再高級不過了。這種極端迎合病患心理的外相，無怪乎能把病患哄得服服貼貼，深信不疑。

就醫方而言，良心豈能或缺？霍維華雖然並非要想把病患置於死地，然而和那個推廣競價醫療信息的網路平臺一樣，無認真辨別之心，也喪失基本的道德義務。相對於嚴格、正規的醫療機構，那種榨取病患血汗的奇葩醫院不僅能一直存在，有時還搶盡了風頭。方士、方術雖形形色色、五花八門，但本質上都是崇信超自然的神靈或神祕力量並試圖加以利用，都屬於巫術及發展演化形態，乃是經不起檢驗的妄謬，對社會的消極影響巨大，又往往聚斂錢財、戕害淫亂，「愚弄世人以遂其所欲」，視為民眾的災難製造者並非誣指。至於向霍維華提供靈露飲藥方的方士，自然相當一部分都是江湖騙子，自欺欺人，而且騙術高明，蒸米汁本身沒有明顯毒性，喝不死人，皇帝要是被治好了，他們功不可沒，皇帝要是被治沒了，他們就金蟬脫殼。就像寄居在醫院裡的無證醫師一樣，包藏禍心而心存僥倖，全無道德底線。

龍馭上賓，至死不悟

一六二七年夏，渾身浮腫的天啟帝已經病入膏肓。

空無一人的寢宮裡，奄奄一息的天啟帝披頭散髮、單衣薄被，在臥榻上掙扎。他艱難地呼號，氣若遊絲，弱不可聞：「魏大伴……客娘……」他無力地伸出手臂，往榻前虛空處一撲騰，重心失穩，羸弱的身軀隨之一傾，滾落地上。跌落在地之後，他摁了摁地，仰起蒼白、腫脹的臉龐，朝著窗戶外的一線陽光，奢侈地投去最後一瞥，黑髮直瀑，長墜委地，可憫之甚！

魏忠賢誠惶誠恐、踉踉蹌蹌地撲到天啟病榻前：「陛下龍體稍安，祖宗保佑，定能逢凶化吉……」

「魏愛卿……魏大伴，朕能癒否？」天啟使勁地抓住魏忠賢布滿皺紋的手。

「皇上乃真龍天子，怎麼會……？他日，老奴覓得仙人方劑，命宮人如法炮製，藥到病除，不在話下。」

「好，誠汝貴言。」天啟眼中似乎又露出一絲希望，「朕有一事未能安心。」

魏忠賢連忙趨前詢問，腦額上頓時冒起了冷汗珠，雙手開始發抖。

「朕有一座沉香假山，陳於後殿，上面池臺、林館悉俱，可惜燈屏、香几、木橋尚未修好，他日若能託愛卿萬福，得以痊癒，定修飭之……」

魏忠賢一聽，如釋重負，原來以為的繼承人傳位問題，並沒有在皇帝心中浮現過。

在去世前，天啟的腦海中還惦記著木工活，對那些作品念念不忘，他並沒有悔悟。而對於魏忠賢和客氏，乃至方士、霍維華之流，他都缺乏起碼的辨別能力，被他們的偽裝蒙蔽，比起今天那位受害彌留、最後醒悟的大學生，天啟皇帝的腦筋還是差得很遠。

八月甲寅日，天啟病逝，帶走了大明最後的一絲生機。

雖然魏忠賢一黨很快被崇禎帝收拾，但狡猾的霍維華假意和魏忠賢劃清界限，依舊利用如簧巧舌，逍遙法外。大明王朝的制度和新皇帝的判斷仍無法將這種人懲處，看來他們真的氣數已盡了。

註釋

1 劉若愚《酌中志》。先帝自七年五月初六日以後，聖體便覺不豫，至六、七、八月之間，總未離御榻。逆賢將庫中所貯金壽字、大紅紗，搜括出許多，自王體乾等至暖殿請小轎御茶房、御藥房近侍，每給四匹或二匹做貼裡，御前穿以禳祝之。又移住懋勤殿旬日，而不時喧傳云：聖駕萬安矣。樞臣霍維華聞之，遂讚逆賢畫固位攘功之策，進獻仙方靈露飲並蒸法器具。逆賢遂著管家王朝用照維華原樣，用金造鍋甑，付御藥房提督王守安等，照方蒸進。是時，太醫院使吳翼儒等唯唯聽從，莫敢攔阻。先帝初進服數日，亦覺甘美，凡有剩者即頒賜王體乾等分飲之。雖纍臣之賤，亦得於永貞直房屢沾餘瀝，幾半月焉。按維華原獻蒸法，大略用銀鍋一口，口徑尺，內安木甑如桶，高尺餘，圓徑稱之，甑底安箆，箆中央安長頸大口空銀瓶一個，周圍用淘淨亢米或糯米、老米、小米旋添入甑，候熱氣透一層，再添一層，約離瓶口七分，不可十分滿，恐米漲入瓶不便，上蓋一尖底銀鍋，底尖下垂正對銀瓶之口，離二三分許，外上添冷水，周圍封固完密，下用桑柴或好炭火蒸之，候上內水熱，即換冷水，不數換而瓶中之露可滿，取出溫服，乃米穀之精華也。如不信，可將熱飯與嘗一些，滋味俱無。其器忌銅鐵錫，其火忌煤。先帝因進服日久，嫌水汪汪的，遂傳御藥房不必。蒸。進。自此之後，聖恙日增無減，日漸浮腫，諸藥進益失效。

熊膽的誘惑

熊膽，苦入心，寒勝熱，手少陰、厥陰、足陽明經藥也。故能涼心平肝殺蟲，為驚癇疰忤、翳障疳痔、蟲牙蛔痛之劑焉。

《本草綱目》

無辜受害的熊

中國人和熊的關係很複雜微妙。傳統來說，熊是一種祥瑞的動物，而且是一些北方游牧民族的圖騰，理應得到普遍尊重或者敬畏。然而，為了某些特殊而功利的目的，又往往成了人們的刀下之鬼，尤其是那些遊手好閒、並非為了討生活而苦苦奔波的人。

相傳，年輕時的漢武帝劉徹身材魁梧、膂力過人，為了顯示自己的勇武，常常與宮苑中圈養的熊羆格鬥，當然，他是帶著武器的。漢武帝的兒子廣陵王劉胥，遺傳到了父親的體質基因，也孔武有力，力能扛鼎，甚至能徒手搏擊大熊之類的猛獸。此人粗魯暴戾、無法無天，縱有項羽之勇，最終得不到父親的喜愛和信任。

熊真的很可憐，儘管貌似強悍，老虎有時也得讓其三分，但遇到裝備致命武器的人類，終究凶多吉少。歷來，牠都是獵人的鎖定的目標，特別是帝王級獵人。大清康熙皇帝總結一生功業的時候，曾得意地說：「朕自幼至今已用鳥槍弓矢獲虎一百五十三隻、熊十二隻。」大概木蘭圍場內的熊類繁衍得不太多，比起老虎，熊似乎更難獵獲。

十二歲的皇孫弘曆——後來的乾隆皇帝——有一回跟隨爺爺康熙打獵。康熙用火槍擊中一熊，熊應聲倒地，康熙命弘曆前去補槍，鍛鍊其勇氣。弘曆領命，剛一上馬準備攻擊，不料負傷的熊負隅頑抗，猛地站立起來試圖反撲，老皇帝眼疾手快，遠距離又迅速補開一槍，熊中要害，一命嗚呼。未來的小皇帝一場虛驚，爺孫倆相視而笑，群臣齊呼萬歲。

也許童年的經歷令弘曆印象深刻，繼位之後，乾隆也喜歡獵熊。中國大陸故宮博物院珍藏著一張碩大無比的熊皮，展出時特意註明是乾隆所獲。面對生前如此恐怖的龐然大物，沒有先進的火器，恐怕乾隆也無能為力、驚慌失措。他曾諭令宮廷畫家郎世寧等人繪製巡狩系列作品，其中有一幅圖，畫中三十餘歲的乾隆在田野與黑熊相遇，畫師為了表現皇帝的勇猛剽悍，不但繪他獨自與熊對峙，僅備弓箭，毫無懼色，而且將本是強大的黑熊描畫得怯弱膽小，畏縮在樹後的緊張神態，烘托出乾隆履險如夷的帝王風範。不知是否確有其事，但每次面對危險，乾隆大概都會想起爺爺康熙

曾對他發出的讚嘆：「是命貴重，福將過余。」（你的命太好了，福氣遠遠比我多啊！）

這麼辛苦獵殺一頭熊，目的當然不僅是為了炫耀武力，獲得熊皮、熊肉、熊掌這類珍寶了。熊掌固然令人垂涎三尺，連亞聖孟子都不能抗拒；然而口福可以不嘗，疾病則不可以不醫。千百年來，熊膽才是中國人的摯愛。

熊膽入藥

獵熊季節大多選擇冬季，此時熊膘肥體壯，體內儲存了相當多的營養物質；先殺死熊後，剖腹取膽，剝去外表的油脂，再用木板夾扁，之後掛於通風處陰乾，亦可放在石灰缸中自然乾燥。

能夠出售的熊膽大致如下模樣：光澤鮮亮是上品必不可少的條件，至於顏色，可多種多樣，據醫書記載，金黃透亮如琥珀，質鬆脆，味苦而回甜者，稱「金膽」或「銅膽」，此類多為佳品；黑色、質堅而脆或呈稠膏狀者，稱「墨膽」或「鐵膽」；黃綠色、光亮較差、質亦較脆者，稱「菜花膽」。佳品一般氣微清香或微腥，入口即化，味極苦，但清涼而不黏牙。

熊膽在中醫藥方面的地位是在唐朝才開始逐漸確立下來的，至今有一千多年的歷史，而且深入民心，難以撼動。在此之前，熊膽往往只是以其苦澀甘涼的口感引起民眾的注意。不知道當年那位臥薪嘗膽的越王勾踐，他嘗的是豬膽還是熊膽？筆者以為熊膽似乎比豬膽更苦澀，而熊比豬更為珍貴難獲，更何況古人認為膽主決斷，相信以形補形，做為一代有為的君主，立志報仇雪恥，含著一顆來自威猛大熊身上的器官，總比含一顆豬膽更偉大吧？

唐代大臣柳公綽之子柳仲郢，除了有政績之外，學術也了得。他少年時勤讀經史，尤對《史記》、《漢書》以及魏、晉、南北朝史做過深入研究，不僅熟讀，且能手抄。其學術成果得到一代宗師韓愈的讚許。這成就得來不易啊！據《新唐書・柳仲郢傳》記載：「其母曾和熊膽丸，使夜咀咽，以苦志提神。」為了讓兒子取得良好的學習狀態，柳母韓氏以熊膽製成藥丸，利用苦澀清涼之味助他夜讀。這是賢母教子的典範，堪比孟母三遷。

自宋以降，熊膽的功效愈來愈神乎其神，主要包括清熱解毒、明目退翳、生肌美顏、消腫止痛等。南宋周密甚至在《齊東野語・經驗方》說：「熊膽善辟塵。試之之法：淨一器，塵冪其上，投膽一粒許，則凝塵豁然而開。以之治目障翳，極驗。」他首先把熊膽當成古代吸塵機，繼而又附會到眼科疾病上，功效如何，後人自有評論。

概括來說，中醫認為熊膽清熱、鎮痙、明目、殺蟲，治熱黃、暑瀉、小兒驚癇、疳疾、蛔蟲痛、目翳、喉痹、鼻蝕、疔痔惡瘡，而且有《唐本草》、《綱目》等經典著作佐證。在中醫的理論系統裡，有他們的一套道理。不過，綜合古代的方劑來看，熊膽入藥，往往不是讓病患單獨服用了事，還需要配合其他藥材，聯合各藥之長，製成湯劑或丸子，方能起效，而麝香就是熊膽經常配合的「搭檔」。

在西醫看來，熊膽似乎不像虎骨那樣乏善可陳，它還是有可用之處的，只不過沒那麼神通廣大罷了。化學分析顯示，熊膽主要含膽汁酸類的鹼金屬鹽，另含有膽脂醇及膽汁色素。膽汁酸的主要成分為牛磺熊脫氧膽酸，水解後能生成牛磺酸與熊去氧膽酸。現代科學證明熊膽主要有治療膽結石的作用，其藥理有效成分為「熊去氧膽酸（ursodeoxycholic acid）」。現代醫學研究發現此物質在脊椎動物、甚至人類的膽汁中廣泛存在，只不過一般含量很少，如人的膽汁酸中，熊去氧膽酸只占大約四％。而黑熊膽汁酸中熊去氧膽酸含量高達三九％。除了黑熊，北極熊（含十七％）和棕熊（含十九％）的含量也較高。

不是所有熊類都富含此物，例如南亞的懶熊只含一％，南美的眼鏡熊含六％，馬來熊含八％。有一種囓齒類動物——南美洲海狸鼠，其膽汁酸也含有很高的熊去氧膽酸，高達三七％。相反，有幾種熊科動物的膽汁酸中的熊去氧膽酸含量很低，以上資料見於相關的生物學研究報導。

口服熊去氧膽酸對溶解某些類型的膽結石有一定的效果，此外，二十世紀八十年代以來，國際醫學界又開始研究熊去氧膽酸在治療肝臟疾病方面的應用，例如用於治療原發性膽汁性肝硬化，是美國食品藥品管理局批准的唯一用於治療這種疾病的藥物，而熊去氧膽酸早在二十世紀五十年代就已經人工合成成功了！

人之妄

可惜，科技的進步未能終結熊類的厄運。有的地方依然存在盜獵的現象，如同為了獲得虎骨一樣，最大的目標也是熊身上的器官——熊膽、熊掌等，熊繼續被剖腹、砍掌、剝皮。近些年，又有些地方興起「人道」的活熊取膽鬧劇：在養殖熊農場，飼養人會從體外插管到其腹部抽取熊膽汁。為了便於操作和反覆多次，農場通常將可憐的熊固定在狹小的籠子內，金屬鉗鎖，動彈不得。熊的一生就在監禁與抽膽汁的痛苦酷刑中度過。淒厲的哭嚎漫山遍野，有良知者聽之，黯然神傷，心驚肉跳。

如同養鵝者為取得可口的法式鵝肝，故意強迫鵝大量吞下難啃的玉米，致使嚴重畸形的脂肪肝形成，活熊取膽的殘忍性、野蠻性、非人道性亦是罄竹難書！這些熊因如此虐待，早已精神渙散、形如枯槁，有的甚至由於傷口人為不癒，繼而發生癌症。這樣不健康的熊製造出不健康的膽汁，難道可以挽救那些不健康的人嗎？就文明程度而言，今人較之古人，又有何進步之處？

後周開國皇帝郭威，對物質享受很不以為然，也不迷信熊膽的神效。為了減少百姓頭上的苛捐雜稅，他嚴禁地方向中央大量進貢，其中就包括聞名遐邇的「華州麝香、羚羊角、熊膽」。儘管他的思想沒有上升到讓動物享有同等尊嚴的高度，但其政策客觀上既讓百姓受惠，也使得許多森林、原野的生靈免遭屠戮，善莫大焉。在這位政治家不到四年的統治下，後周霸業逐漸夯實，為日後北宋的建立和統一中原奠定了基礎。郭威也榮膺「英偉之量」、「勤儉之美」的歷史評價。

宋朝北方的大遼曾經雄極一時，然而後來出了個遼穆宗耶律璟。除了沉迷狩獵，經常酗酒，耶律璟亦嗜殺，經常親手殺人，左右稍有不順，即遭手刃。比起殺熊取膽的行為，他的行徑更是駭人聽聞。據說他殺人是聽信了女巫的話——取人膽製造延年益壽的仙藥。《遼史》載：「初，女巫蕭古上延年藥方，當用男子膽和之。不數年，殺人甚多。」後來，不甘心坐以待斃的近侍聯合廚子，趁耶律璟「歡飲方醉」之時將其殺死。一代天子落得可恥可悲的下場。此時的大遼，鼎盛已過，開始慢慢走向衰落。

一副膽囊，真可窺見人性種種。

水銀的功與過

獨理宗之陵所藏尤厚，啓棺之初，有白氣竟天，蓋寶氣也。理宗之屍如生，其下皆藉以錦，錦之下則承以竹絲細簟，一小廝攫取，擲地有聲，視之乃金絲所成也。或謂含珠有夜明者，遂倒懸其屍樹間，瀝取水銀，如此三日者，竟失其首。

《紹興府誌》

不腐的屍身

中國人向來講究入土為安。不管死者生前做過什麼，是流芳百世也好，遺臭萬年也罷，侮辱屍體終究是觸犯社會道德的大忌。可有些人卻敢冒天下之大不韙，比如伍子胥，本是楚人，家族遭楚平王錯殺，獨自逃亡到吳國，他日得勢，帶領吳軍大敗楚軍，攻陷楚都，掘平王陵墓，鞭屍三百解恨。時人頗有微詞，儘管許多人同情他的前半生遭遇。

這位楚平王還不算最倒楣，畢竟他在楚國都城郢都陷落前十年就一命嗚呼了，倘若被吳大夫生擒活捉，恐怕得遭活剮酷刑了。應該說，倒楣的是他的屍體。從這個故事得知，楚平王雖然去世十載，但遺體被挖出來時，大概還沒有完全朽爛成骨架骷髏，很可能還保留著人形和軟組織。否則，伍子胥鞭打一對白骨有何意義？揚幾鞭就散落粉碎了，還不如挫骨揚灰解恨呢！

古代中國人不僅意識到遺體保存的重要性，而且面對不可抗拒的自然規律，從不聽天由命，許多奇思妙想不斷應運而生。與古埃及人喜歡做木乃伊不同，先民們對遺體極為敬重，將遺體開膛破肚簡直被認為是天譴的大罪，所以發展出與木乃伊製作完全不同的方法，其中，藥物的使用和屍體環境的設置至關重要。

從目前的考古成果來看，的確有不少古屍肉身被奇蹟般保存下來，而且不乏分布於潮溼多雨的南方地區，這些地方的氣候環境極易加速屍體腐爛。湖南長沙馬王堆出土的老太太辛追就是保存得最成功的個案，時間跨度達兩千多年。

曾經有人認為高貴的玉器具有令遺體不腐的神效。不過事實證明僅是臆想。因為玉葬文化的巔峰之作——金縷玉衣在中國已多次出土，人們看到不管是藏身其中的南越王趙眜，還是劉備的先祖中山靖王劉勝夫婦，別說屍身，就連骨頭渣子都所剩無幾，儘管他們的陵墓在科學發掘前從未被盜墓賊擾亂過。

那麼，古人還有什麼高招呢？這又得從一件辱屍案說起。

水銀也招罪

話說當年南宋都城臨安被蒙元攻占之後，殘存的皇室成員南遷廣東，他們的祖陵則不得不落入敵軍手中。據《續資治通鑑》記載，元朝西藏藏傳佛教僧人楊璉真伽（又譯作嘉木揚喇勒智），依仗蒙古統治者的重用，「怙恩橫肆，窮驕極淫，以是月帥徒役頓蕭山，發宋寧宗、理宗、度宗、楊后四陵。」最不幸的，就是那位宋理宗趙昀。

他是宋太祖趙匡胤次子趙德昭的九世孫，至趙昀這一代已與正統皇室血緣十分疏遠，生活與平民無異，只是鴻運當頭，上一任國君子嗣全夭，不得不從民間找來太祖的後裔繼承大統。此君在芸芸眾帝中原本默默無聞，治國無甚方略，國運每況愈下，晚年還召妓入宮淫樂，大臣實在看不下去，紛紛諫阻，理宗竟恬不知恥地回應：「朕雖不德，未如明皇（唐玄宗）之甚也。」

據乾隆時期編撰的《紹興府誌》載：「理宗之陵所藏尤厚，啓棺之初，有白氣竟天，蓋寶氣也。理宗之屍如生，其下皆藉以錦，錦之下則承以竹絲細簟。」屍首肯定經過防腐處理，當時已經死去十多年的理宗遺體依舊完好，身下還墊著錦繡軟緞，軟緞下面再加上一層涼席。當時一個嘍囉拉出來後往地下一摔，竟然聽到金屬落地的聲音，待他拿起來仔細一看，才發現涼席竟是用純金絲編的。

按照《紹興府誌》之說，楊璉真伽命人「倒懸其屍樹間，瀝取水銀，如此三日者，竟失其首。或謂西番僧回回，其俗以得帝王骷髏，可以厭勝，致巨富，故盜去耳。」《資治通鑑》也有「截理宗頂以爲飲器，充骨草莽間」的記載。妖僧據藏佛傳統，將理宗顱骨割去製成酒器，恐實有其事。最蹊蹺的還是理宗屍體被倒懸在樹上而瀝取水銀，三天三夜，可能當時的盜墓者認為屍首保存完好，肯定是在入殮時浸泡了大量的水銀，這水銀必定非同尋常。理宗的棺槨被打開時，有白氣升騰，白氣其實並非什麼寶氣，極有可能就是暗藏毒性的水銀之氣啊！而堂堂一國之君，死後竟遭如此羞辱，誰能想像？

其實，妖僧對水銀的價值心知肚明。明朝散文家張岱在《西湖夢尋》中說：「楊髡（楊璉眞伽）當日住德藏寺，專發古冢，喜與僵屍淫媾。知寺後有來提舉夫人與陸左丞化女，皆以色夭，用水銀灌殮。楊命發其冢。」看來，妖僧一方面是為了滿足淫汙屍體的變態淫欲，一方面也是為了收集價值連城的水銀。這東西，顧名思義很值錢，以中國當時從丹砂中提煉而出的技術水準，實在是稀罕之物。

水銀，即汞，是常溫、常壓下唯一以液態存在的金屬，具有某種程度的隔熱、滅菌、防腐功能，重要作用之一就是用於遺體保存。古代文獻中的記載可謂汗牛充棟。唐高宗的皇子李泰曾組織編纂《括地志》一書，載永嘉末年，齊桓公墓被盜挖，內有「水銀池和金蠶數十簿」。段成式的《酉陽雜俎》載齊景公墓開後，「青氣上騰，望之入陶煙，飛鳥過之輒墜死」，是墓內藏有的大量水銀化成毒氣，毒殺飛鳥。《吳越春秋》載吳王闔閭墓「以水銀爲池」。《宋書》記載，南朝蕭鑑做益州刺史時，發現一古冢內「以朱砂爲阜，水銀爲池」。這方面的登峰造極者，當屬秦始皇，一切奢華在他面前不過是小巫見大巫。司馬遷《史記・秦始皇本紀》中云：秦始皇陵墓內「以水銀爲百川、江河、大海」，不僅看出大秦統治者想像力豐富，更看出他們的窮奢極欲。

水銀多面手

汞在常溫下可蒸發出汞蒸汽，在自然界中普遍存在，一般動物、植物中都含有微量的汞，我們的食物中都有微量的汞存在，可通過排泄、毛髮等代謝。汞蒸汽和汞鹽（除了一些溶解度極小的硫化汞）都是劇毒的。它也可以在生物體內積累，很容易被皮膚、呼吸道和消化道吸收。日本當年轟動一時的「水俣病」就是汞中毒的一種。人類口服、吸入或接觸過量汞可導致腦和肝損傷，長時間暴露在高汞環境中可導致慢性中毒而死亡。

那些水銀池的設置使得墓室內彌漫着高濃度的汞蒸汽，一方面利用水銀蒸汽的毒性保護墓室的安全，震懾企圖盜墓者；另一方面，利用其防腐性能試圖長久保護墓主的形體。長沙馬王堆漢代女屍和江陵漢代男屍經測定，肝、腎、腦、腸等主要臟器的汞、鉛含量超過正常人數十倍到數百倍。

不過，使用水銀只是保存屍體的方法之一，要想肉身不腐，光有水銀是遠遠不夠的。盧弼《三國志集解》卷六引〈述征記〉云：「（劉表死後）四方珍香數十石著棺中。」八十年後，該墓在西晉太康年間為人所發時，「見表夫妻屍儼然，顏色不異，尤如平生。墓中香氣聞三四里中，經月不歇」。其實，花椒、蘇合、香料等物質，具有抑菌驅蟲作用，使得腐敗菌很難生存，同時，花椒、香料的氣味具有較強的揮發性，充溢棺內對微生物的活動產生一些抑制作用。最後，下葬的季節、墓室的密封程度、棺木的材質等都非常關鍵。從明清的帝陵考古中，人們再沒有看到類似水銀池這樣的構造，應該是那時的生活水準已能得出結論：水銀的作用很有限，不必誇大。

雖然汞的防腐性能未如人意，但它的化合物丹砂（辰砂，即硫化汞）卻長期在醫藥界大行其道。

《周禮》中就有一種外科醫生所用的「五毒之藥」，含有丹砂成分。秦穆公時方士蕭史為秦穆公之女弄玉「燒水銀成霜予塗」，就是當藥膏使。古人認為丹砂「味辛涼，無毒，畏磁石、石黃。通大海（便），轉小兒疳並瘰癘，殺瘡疥癬蟲，風瘡燥癢」。漢代《本草經》的礦物藥有汞的記載，其臨床治療作用為「主疥茬痂白禿」。概括而言，汞及其化合物在中醫理論有去除惡瘡、治療疥癬的價值。

以朱砂、輕粉等為代表的一類中藥都含有重金屬汞，由它們組成的常用中成藥有朱砂安神丸、梅花點舌丹、大活絡丹、牛黃解毒丸、健腦丸、七珍丹、七厘散、蘇合香丸、八寶推雲散等。

還是一把雙刃劍

水銀來自丹砂，經過煉製又會恢復為丹砂，這種變化、還原的性質與神仙的特點相似，所以古人把丹砂和水銀看作最好的不死之藥。在此背景下，為尋求不死仙藥的古代煉丹術就應運而生。術士認為這種金石礦物的抗腐蝕性可移植給人體，從而使人長生不老。

這也導致中醫古方對朱砂等重金屬藥物的情有獨鍾，乃至誤解、濫用。中醫主要將朱砂用於安神、鎮驚和長生不老。《神農本草經》云：「朱砂主身體五臟百病，養精神、安魂魄，益氣明目，殺鬼魅邪惡鬼，久服通神明不老。」早期的醫藥專家認為朱砂是可久服的。隨着臨床實踐的深入，《本草備要》、《本草從新》等古籍已出現了朱砂致人痴呆等中毒的記載，古人也慢慢意識到重金屬中毒的危害，但這些認識無法撼動和改變長期以來人們對重金屬藥材根深柢固的偏愛。

急性汞中毒病患在服後數分鐘到數十分鐘即引起急性腐蝕性口腔炎和胃腸炎，常訴口腔和咽喉灼痛，並有噁心、嘔吐、腹痛，繼有腹瀉。慢性汞中毒最為多見，以精神異常、齒齦炎、震顫、腎臟衰竭為主要表現。

歷代帝王中就有不少人在丹藥問題上「前仆後繼」。唐貞觀二十二年，有人進獻方士那羅邇娑婆給唐太宗，太宗命其「於金飆門造延年之藥」，歷年乃成，服之，「竟無異效，大漸之際，名醫莫知所爲」。據《資治通鑑》載：太宗臨終前，「苦痢劇增」，極可能是服食丹藥中毒所致。他的後裔中也出了個政治上了不起的唐憲宗，但在養生觀念上仍一塌糊塗，大量服食丹藥，導致喜怒無常、性情暴虐，最終宦官為求自保，密謀弒之。明嘉靖帝更是以篤信道教、孜孜不倦地煉丹、服丹而臭名昭著，此君長年累月的汞中毒，引起性格乖張，宮女不堪其害，聯合起來要勒死他，可惜事敗。嘉靖帝躲過一劫，但終究無法延年益壽，五十九歲駕崩。

水銀畢竟是一把雙刃劍，人們對它的偏愛由痴情變成執著，再演化成極端的濫用，說到底，不過是無限占有的概念延伸，不過是欲壑難填的幼稚幻想。那些帝王本就身體素質不佳，不尊崇行之有效的養生之法，偏偏追求玄之又玄、神乎其神的神仙之法，並痴迷其中，不識悔悟，自然適得其反，加速死亡。秦始皇七月在長途巡視中，崩於河北沙丘，頂着酷暑烈日被運回遙遠的陝西咸陽，當時的車速、路況決定了運載的緩慢，遺體一路上早就臭不可聞，回到咸陽只怕已是一具令人作嘔的腐屍，他的水銀縱有山川之巨，用以防腐也毫無意義！齊桓公晚年昏聵，病死時諸子爭位，無暇顧及這具老屍，結果停屍多日無人過問，蛆蟲爬滿了整個宮室，遺體肯定慘不忍睹，儘管最後大殮，安置了水銀池，也不過是那些做賊心虛的子孫尋求贖罪的自我安慰罷了。至於可憐的宋理宗，被水銀浸泡的不敗屍身終究抵抗不住外敵的恣意糟蹋，更掩飾不了主人生前的荒謬醜行，除了贏得幾滴遺老遺少同情的眼淚外，更多的怕是後世史學家嚴厲的指責。

天王，神祕升天

此時大概三月將尾，四月將初之候，斯時我在東門城上，天王斯時已病甚重，四月二十一日而故。

《湘鄉曾八本堂・李秀成親供手跡》

自殺殉教，幾成定論

同治三年（西元一八六四年）農曆七月中旬的北京，霪雨綿綿，泥塵混雜著暑氣，行人無不低頭趕路，不時喘著粗氣。不過，紫禁城裡面卻是另一番氣候。兩宮太后——慈安、慈禧二人備感輕鬆、歡快，在御花園內，涼風習習，她們難得地愉悅而不造作地談天。一月前，朝廷接到南京被曾家湘軍攻克的消息，太平天國灰飛煙滅已成定局。

「首犯洪逆抓到了嗎？」慈安輕輕地問慈禧，一副若無其事的模樣。

「據曾國藩奏摺報，這長毛之首已在城破前自殺身亡，餘黨正在追捕中。」慈禧顯得胸有成竹，這也是她幾年來對曾國藩的考察所得。

「哦，畏罪自殺，罪有應得，也是報應。如此，則天下太平了。」

「姐姐所言極是。曾國藩七月初七的奏報，說他們在長毛偽後宮找到一宮女，在此人指認下挖出洪賊屍首。當時，屍身未爛，長著一個禿頭，鬍鬚斑白，渾身還裹著繡龍黃綢緞，真是忝不知恥！」[1]

「那如何處置？」慈安臉上忽然一陣煞白，嘴唇有點顫抖。

「千刀戮屍，剁成碎末，焚而揚之！這是曾國藩說的。」慈禧狠狠地從牙縫裡擠出史上最嚴酷的懲罰，臉上居然露出幾分得意的喜色。

「造孽！造孽啊……」慈安不禁用手掩鼻。

此時，千里之外的安慶湘軍帥府裡，竟然是一片靜肅，毫無喜慶氛圍。

曾國藩案頭仍放著七月初七的奏報副本，而手上拿著的是一疊凌亂的手稿，上面寫滿了清晰卻不太文雅的字跡。曾大帥一邊看，一邊捋著長鬚，瞇著三角小眼，眉頭苦惱地緊皺起來。「李秀成啊李秀成！」他不禁低聲念叨。

原來，太平天國後期的頂梁柱忠王李秀成在南京城（天京）陷落後，躲進天京東南的荒山，被清軍俘獲。他在湘軍的囚籠中寫下了幾萬字的供詞，交代了自己參加太平天國的經過，並陳述了洪秀全的生活點滴。此刻，這些未經整理的文稿居然讓審訊者曾國藩惴惴不安，趕忙招來親信幕僚趙烈文等人，眾人圍著案頭耳語了好長時間。

李秀成被捕後並沒有變節，也不乞討饒命，寫供詞大概是想為歷史留下應有的痕跡罷了，曾國藩更沒有打算放其一條生路，依舊判處死刑。

不久，一份曾國藩刊刻的《李秀成自述》便流行於世，言及洪秀全之死如是說：「天王（洪秀全）斯時焦急，日日煩躁，即以四月二十七日（太平天國天曆）服毒而亡。」人們普遍認為李秀成乃太平天國後期的主將，洪秀全去世時，他在天京主持保衛戰，對天王府的情況應當有確切的瞭解，說法較可信。

從此，除了個別異議外，官方與歷史學界對洪秀全之死的主流結論幾乎都指向了自殺。現今臺灣課本這樣說：「同治三年，曾國荃攻下南京，洪秀全已在城破前服毒自盡。」不過，民間一直有不同的聲音。

塵封的原稿，揭開謎團

洪秀全屍體被湘軍挖出來時還未全部腐爛，頭髮卻已全部脫落，鬍鬚斑白，有點過於衰老，不像只有五十歲的人。按大清律例，此等要犯是要凌遲處死的。但洪秀全已死，就這麼逃脫懲罰？於是，攻城的「九帥」曾國荃命令手下對屍首刀劍相加，搗得粉碎，還不解恨，又命人焚燒殘骸，把骨灰混以火藥，裝入炮筒朝天發射，目的是要讓洪秀全徹底灰飛煙滅，陰魂無歸，更可使太平軍餘部失去精神象徵。這個做法讓人想起了美軍突擊隊殺死賓拉登後的處置方式——除了稍微人道一點之外，如出一轍。而洪秀全最終竟然透過這種方式，進入了他所謂的天堂，與天父、天兄見面……

就在人們爭論著洪秀全死因的真偽時，二十世紀六十年代，藏在曾國藩後裔家中達一百多年的《湘鄉曾八本堂‧李秀成親供手跡》（即《李秀成自述》原文）正式刊印發行，掀起了史學界的波瀾，其中明確說洪秀全是病死的：「此時大概三月將尾，四月將初之候，斯時我在東門城上，天王斯時已病甚重，四月二十一日而故。」「此人之病，不食藥方，任病任好，不好亦不服藥也。是以四月二十一日而亡……天王之病，因食甜露病起，又不肯食藥方，故而死也。」

長期以來一直有人質疑曾國藩刊刻的《李秀成自述》是經篡改過的。曾的幕僚趙烈文後來的《能靜居士日記》七月初七日條披露：「中堂（曾國藩）囑余看李秀成供，改定咨送軍機處，傍晚始畢。」曾國藩把供稿呈送軍機處時說：「李秀成之供詞，文理不甚通適，而情事眞確，僅鈔送軍機處，以備查考。」可見，曾國藩所出示的李秀成供稿是被「改定」過的。甚至有人認為李供已被曾改得面目全非，「手書供詞，凡七八萬言，爲曾軍幕下士，刪存什之三四，計其關係重要之語，已芟薙盡矣。」（裘毓麐《清代軼聞‧卷六‧洪楊軼聞》）

不管是《清穆宗實錄》、《清史稿》，還是效忠清廷的文人記載，多因襲曾國藩或其他湘軍首領的奏報，幾乎所有關於洪秀全自殺的說法均來自敵方。真正瞭解洪秀全臨終事宜的太平軍一方，卻很少持自殺的觀點。

洪秀全晚年儼然成為宗教狂想家，相信「萬事俱是有天」。即使在天京被圍、太平軍糧盡援絕時，都拒絕李秀成建議的遷都這唯一生路，並譴責李秀成貪生怕死：「爾怕死！我天生眞主，不待用兵而天下一統，何過慮也？」「朕鐵桶江山，爾不扶，有人扶。爾說無兵，朕之天兵，多過於水，何懼曾妖乎！」盲目自信也好，深陷宗教泥沼也罷，僅就此點，洪秀全也不像會自殺。

愈來愈多證據慢慢浮出水面，傾向於洪秀全病死說。

湘軍內部其實對洪秀全的死訊早有所聞。趙烈文《能靜居士日記》五月初六日條記：「聞探報稟稱，逆首洪秀全已於四月廿八日病死（彼中之四月廿四日）。」這大祕書知道的事情，統帥曾國藩難道就沒聽說過？

《洪仁玕自述》前半部分出自洪秀全族弟幹王洪仁玕供詞原稿，其中有「至今年四月十九，我主老天王臥病二旬升天」之說。此說應較可信。後半部分雖言及自殺，似自相矛盾，但該處為外國人譯文，原稿遺失，很可能也是參照朝廷流行的說法附會而成。

洪秀全之子幼天王洪福瑱（洪天貴福）被俘後寫下數篇自述，有一篇記載：「老子（洪秀全）在前殿，我在左殿上屋……本年四月十九夜四更老子病死。」另一篇又說：「於今年自四月初十日起病，四月十九日病死。因何病症，我亦不知。屍身未用棺槨，以隨身黃服葬於宮內御林苑山上。宮內有前後兩個御林苑，父親葬處係在前御林苑，距父親生前住的前殿隔有兩個殿。」

洪秀全似乎生的不是急病，洪天貴福在其他供詞中說：「四月初十日，老子起病，是天他出來坐殿，我乃看見。後來總未見他了。十九日老子死畢，是遣女官來葬的。」

又有他在江西巡撫衙門的供詞：「本年四月十九日，老天王病死了。二十四日眾臣子扶我登極……」

還有一件他的親書供詞云：「老天王是我父親……本年四月十九日升天，二十四日眾人尊我登基，叫我幼天王。」

洪天貴福在多處場合都供認其父乃病死。看來，除了死亡時間各執一詞外，其餘真相似乎大白了。

曾國藩為何篡改李秀成的供詞呢？如果洪秀全真的病死，那麼按照古人的傳統思維習慣，屬於自然死亡，壽終正寢，並非橫死，更不是死於非命。對於敵酋，最好的方式處置就是明正典刑，繩之於法，可惜他已經先期死亡，如此也太便宜了。曾氏既然無法擊斃或者捕獲後處死敵酋，只好用自殺來為洪秀全收尾。自殺，一是顯示敵人畏罪，二是說明這是橫禍，不得好死，讓大清皇帝的面子好看很多。

第三，對瓦解太平軍餘部有利，畢竟，如果敵酋自然病死，洪天貴福還是具有繼承合法性。既然連敵酋，這個所謂的上帝之子，半人半神的傢伙都自己了斷生命，不就印證了太平天國理想的虛幻、拜上帝會的荒謬、天國大廈的大勢已去嗎？

第四，有故意貶低洪秀全而擴大自己戰績與功勞之嫌，類似情況在清朝歷史上屢見不鮮，似乎是將領們的通行手段。如康熙年間，叛亂的噶爾丹被擊敗後，病死在大草灘，清朝官方卻記載其「仰藥而死」。

第五，曾國藩也得自圓其說，怕犯欺君之罪。攻破南京後，他在安慶給朝廷上的奏章中已說洪秀全服毒自殺，直到李秀成被捕，看到了親供，其中有關洪秀全的死因與原先瞭解的完全不一樣，這時他就慌神了。為讓奏章與供詞在表述上統一，把洪秀全的病死一口咬定為自殺，應該在情理之中。

此外，湘軍不等清廷回覆，在很短時間內對洪秀全焚屍揚灰，也是為了掩人耳目，消滅證據。畢竟古代也有法醫（仵作），可以驗屍證實有毒與否，他們擔心萬一穿幫，可能引起軒然大波。

話說回來，洪秀全在天王府過著比大清皇帝還奢華的生活，如此養尊處優，到底患了什麼病？

上帝之子也有病

洪秀全的屍體讓湘軍看清了敵人首領的真面目，或許讓他們大失所望。這個傳說中青面獠牙、不可一世、呼風喚雨的邪教教主，一個曾把大清的國防軍打得屁滾尿流的鄉村教師，至少是個偉岸的中年漢子吧？此刻居然竟是一個弱不禁風的枯瘦禿頭老者，飄著一束斑白鬍鬚而已。

這上帝的次子死時年僅五十歲，如果按照現在的標準，還處於政治家的黃金年齡，尚大有所為呢！他來自廣東鄉間，馳騁於廣西的崇山峻嶺，也曾見識過刀光劍影，年輕時不乏綠林好漢的英雄氣質。可惜十三年前的勝利來得太快，而太快到手的勝利果實竟讓主人喪失了鬥志和銳氣。自定都南京後，洪秀全就徹底腐化了，大興土木，妻妾成群，曾經的英雄好漢逐漸蛻變成只會追逐女色的蛀蟲，過一天算一天，在紙醉金迷與宗教幻想中沉淪，直至淪為一具過早萎縮的殭屍。

莫非他是縱欲致病致死的？這些證據多數來自敵對陣營，當然是為了刻意醜化。洪秀全墮落是事實，但歷史上荒淫好色的帝王、諸侯不少，對女性懷有絕對的占有欲是常態，他們的死因卻是千奇百怪，因此，把洪秀全直接的病因指向縱欲，恐怕有待商榷。

要探討洪秀全的病因，還得從他的生活習慣、飲食結構說起，實在多虧了幼天王的供詞，否則一些珍貴的歷史資料將永沉大海。

幼天王在供詞中回憶說：「我父親不吃豬肉，並不准眾人吃酒。」在清朝時的中國，豬肉是肉食的主要來源，身居南京的洪秀全不大可能常碰到羊肉；牛是重要的生產工具，也不能輕易成為食品，所以，洪秀全不能像穆斯林那樣可用牛、羊肉代替豬肉，維持營養均衡。

肉類能夠為我們提供豐富的蛋白質和能量，如果一個人長期不攝入這些肉類將有什麼後果？會缺鐵，容易引起貧血；會缺鋅，導致免疫力低下；還會缺維生素D與鈣，引發骨質疏鬆。在人類的飲食生活中，對人體有益的各種微量元素都是必不可少的，無論少了哪一種，對身體來說都意味著潛在的危險！營養是人體健康長壽的物質基礎，直接影響人體健康、抗病能力和壽命長短。洪秀全本來唯我獨尊，可以活得滋滋潤潤，不曾想到人到中年就只剩下一副老人皮骨，未老先衰，應與營養攝入不合理有關。

還有一點不容忽視，那就是維生素B_{12}缺乏！維生素B_{12}是造血和維繫神經系統所必須的元素，幾乎只存在於動物性食品中。維生素B_{12}嚴重不足，病患會出現特殊的視幻覺，繼而記憶力衰退、智力下降、腦力提早退化。

洪秀全原本就性格暴戾，常常透過暴力體罰身邊之人立威。定都南京以後，他自以為清朝會迅速土崩瓦解，便很少過問政事，整天待在天堂宮殿內，沉浸在醉生夢死的帝夢中，對朝內外危險的局勢不但不清楚，而且常常做出一些不可理喻的事情。天京前幾次被圍，多虧了李秀成等一班將士拚命廝殺才得以化險為夷，使太平天國又支撐了幾年，但洪秀全對此無動於衷，大寒將士之心，完全缺乏政治家的正常思維。李秀成說他「自此六解京圍，亦未降詔勵獎戰臣，並未詔戰臣見駕，朝臣亦是未見」，天王在危機面前，竟麻木遲鈍得可怕。

當天京最後被曾國荃圍困時，李秀成曾對洪秀全提出「讓城別走」之策，就是突圍離開南京，保命要緊，留得青山在，不怕沒柴燒。這本是當時唯一的生路，也許能使天國苟延殘喘一段更長時間，可洪秀全卻嚴詞拒絕，並自負地斥責：「朕奉上帝聖旨，天兄耶穌聖旨下凡，做天下萬國獨一之真主，何懼之有！不用爾奏，政事不用爾理，爾欲出外去，欲在京，任由於爾。朕鐵桶江山，爾不扶，有人扶。爾說無兵，朕之兵多過於洪水，何懼曾妖乎！爾怕死，便是會死。政事不與爾相干，王次兄勇王執掌，幼西王出令。有不遵幼西王令者，合朝誅之。」此時的洪秀全十分愚昧、頑固，迷信於宗教的玄幻，不但不正面面對危局，找出解決問題的實際策略，還拿出一套套可笑的宗教說教來敷衍。城中斷糧，他竟然號召百姓靠所謂《聖經》中的「甜露」來充饑。

由此看來，目空一切的天王在生命末期已經沉溺在狂熱的宗教幻想中不可自拔，智能衰退到極其可笑、荒謬的程度。這也許跟他的肉食攝取不足有關。

天王的怪癖與惡習

洪天貴福在南昌府的供詞中又補充道：「父親平日常食生冷，自到南京後以蜈蚣爲美味，用油煎食，於今年自四月初十日起病，四月十九日病死。因何病症，我亦不知。屍身未用棺槨，以黃服葬於宮內御林苑山上。」

長期食用生冷食品，對腸胃會產生嚴重的不良刺激，有誘發胃炎、消化性潰瘍的風險，並導致胃腸功能紊亂，進而影響營養攝取和代謝廢物的排泄。這類食品還會攜帶大量細菌乃至寄生蟲，進一步侵襲人體。洪秀全晚年體質極差，看來與此不無關係。

上文有一個駭人聽聞的訊息：天王愛吃蜈蚣！實在是怪癖中的怪癖。本來，蜈蚣多數是拿來製成中藥，配合服用的。至於做為食品也未嘗不可。唐代劉恂《嶺表錄異》引《南越志》云：「取其（蜈蚣）肉暴爲脯，美於牛肉。」似乎像是牛肉乾製品。葛洪的《遐觀賦》說：「南方蜈蚣，大者長百步，頭如車箱可畏惡，越人獵之，屠裂取肉，白如瓠，稱金爭買爲羹炙。」這種做法，現今北京東華門夜市與王府井大街的一些地攤也有，頗能招攬生意，與烤羊肉串類似。不知道洪秀全是否讀過此類記述，居然養成這一怪癖。

蜈蚣體內含有毒性物質和異質蛋白，雖然人類偶爾食用不至於達到中毒的分量，但長期攝取畢竟對身體有害，尤其是肝臟。

洪秀全嗜吃蜈蚣，當然不是為了補充蛋白質，不過是想過過癮，正好像他創立太平天國當一回天王一樣，過把帝王癮，只是後者就真的過把癮就死了！

他吃蜈蚣也頗講究，喜好香噴噴的油炸蜈蚣，口福不淺，自是樂此不疲。天國的領地，每天該有多少雜役在為他的特殊嗜好奔走於草地、荒郊、門磚之間，細心尋覓。珍貴的勞動力就這樣耗費在天王的菜譜上！

油炸食物具有極強的飽腹感，加上酥脆的口感和誘人的氣味，令人食指大動、味蕾勃發，洪秀全們自我控制力不足，更是難以抵擋。不過他們並不知道，油炸食物會過度透支自己的健康。

所有的油炸食品中幾乎都存在著反式脂肪。它的危害已被國際公認，不僅易降低記憶力和智力，引發心腦血管疾病，甚至降低人的生育能力。同時，油炸食物會刺激到腸胃黏膜，導致潰瘍，另外，還給腸胃造成不必要的負擔，影響腸胃的正常功能。

最後，過量攝取油炸物能引起令人聞之色變的癌症！

當然，這些都不是洪秀全那個時代的人能掌握的知識。即使活在今日，以他的自制能力和心理素質，能否戒除也得打個問號。

洪秀全還是一個大菸鬼。《盾鼻隨聞錄・卷五》載：「洪逆嗜食黃葉片菸，其物本產廣東嘉應州，刻不離手，僞宮中均效之，競以珠玉鑲嵌菸管。」

菸草煙霧中的有害物質，如尼古丁，除了傷害心肺之外，在全身幾乎所有的組織、器官都能造成不良的影響。其中，消化系統也是人們容易忽視的重災區，已有充分證據說明菸草可以導致胃或十二指腸潰瘍，乃至消化系統癌症，如食管癌、胃癌、肝癌和胰腺癌等。由於洪秀全對菸草的痴迷達到「刻不離手」之地步，長期吸食，身體也必然受到極大的摧殘。

綜合來看，洪秀全患有消化系統惡疾的可能性很大。

早在咸豐七年（西元一八五七年），時任清朝兩江總督的何桂清就上奏清廷云：「逆（洪秀全）現患頭風，兼以便血，日夜不安。」（《清政府鎮壓太平天國檔案史料．第十九冊》）

末路天王，敗局已定

天京被圍，太平天國軍事形勢急轉直下，南京城中糧食供給不足。當全城糧食絕斷之時，李秀成上奏洪秀全請示對策。沉溺於宗教幻想的洪秀全卻從容不迫地拿出了《聖經》，慢條斯理地讀出了一些內容給李秀成聽，說上帝會保護太平軍，並且已經為他們降下了食物，「合城俱食甜（咁）露，可以養生。」「地生各物，任人食之，此物天主叫做甜露」。他「在宮中闊地自尋，將百草之類，製作一團，送出宮來，要合京依行毋違，降詔飭眾遵行，各家備食……先二三年之間，早經出令，各多備甜露……天王久在宮中，俱食此物。」

所謂咁露或甜露，其實就是《聖經．出埃及記》裡講的馬蘭，相傳人在荒原斷糧，上帝就降下了馬蘭。洪秀全也照本宣科：天京城裡頭也有很多馬蘭，我們可高枕無憂。

有學者考證，甜露就是一種南京城內的野草——菊花腦。它有個很奇怪的特性，在南京長的才能吃。種子拿到外地去種，長出來就苦澀得很，不能吃。洪秀全帶頭食用，並命令李秀成將這種野草做成草團，送到太平軍將士手中充饑，自以為得計。

這種野草缺乏足夠的蛋白質和脂肪，充其量只能過過嘴癮，有何營養價值？洪秀全晚年估計已百病纏身，再加上心情焦慮絕望，拒絕治療，而營養缺乏，難以果腹，更是加速了他的死亡。此時，在他朦朦朧朧的視野裡，究竟是美味的油炸蜈蚣、誘人的菸草火星，還是仁慈的天父耶和華、天兄耶穌，抑或是龍床上那些令他銷魂的絕色佳麗？

生命的最後一段時光裡，洪秀全曾經神聖的身姿，已從天上墮入凡塵，那神祕的面紗爛得千瘡百孔，也許他試圖掙扎，但是殘破的人格結構、極度退化的智商已經無法弭合和諸將、子民間的裂痕，已經無法再支撐這座曾經輝煌的信仰大廈，終於消極地對待他的帝國，對待他的不豫龍體，對待世上的一切。在塵世無法尋找到安全感，便只好將自己託付給上帝，在虛幻的天國中漫無目的地遊蕩，直至死去，化為灰燼。

從這個角度看，洪秀全之死，應是多種因素所致。

晚清是腐朽沒落、民不聊生的，太平天國的確是清朝的掘墓人，敲響了它的喪鐘，這不乏歷史進步意義，正因如此，洪秀全及其太平天國運動曾經被捧到極高的地位。國父孫中山以及中共都曾對之讚許有加，然而這些過譽之詞難免滲透著各自的政治目的。時過境遷，當愈來愈多史料被發掘出來後，當政治家的需求更加多元化之後，洪秀全和太平天國的面目才更加接近原貌。這個矢志反清的農民領袖，其人格、能力的缺陷，都是明顯而致命的。或許從他定都南京之日起，「慢性自殺」便悄悄開始了。

註釋

1《曾文正公全集・奏稿》：「龐際雲，孫尚紱等，暨各文武公同相驗，該逆屍遵尚邪教，不用棺木，遍身皆用繡龍黃緞包裹。雖慢腳，亦係龍緞。頭禿無髮，鬚尚全存，已間白矣。左股右膀，肉猶未脫。驗畢戮屍，舉烈火而焚之！有僞宮婢者，係道州黃姓女子，即手埋逆屍者也。臣親加訊問，據供：『洪秀全生前經年不見臣僚。四月二十七日，因官軍攻急，服毒身死，祕不發喪。』」

跋

六月初，新書幾近完稿。在澳門旅遊塔會展廳，我和同事們一起參與心臟內科學術年會。兩岸四地，精英薈萃，場面熱烈，氣氛難忘。

這次活動對我來說也是驚喜連連。首先，為了答謝來賓和主講學者，我們學會用我的《歷史課本沒寫出的隱情》一書作為饋贈禮品。傍晚時分，我們把書籍小心翼翼地放在七圍宴席每個座位的餐巾旁邊。我其實誠惶誠恐，在那麼多德高望重的社會名流和專家學者面前，實在不應該賣弄什麼，也沒有這個資格，是學長和同事們的殷切鼓勵和全力支持，讓我嶄露頭角。

不過我想，在大多數人的眼中，這不過就是一件和隨身碟差不多的小玩意禮物吧？

歡迎宴會進行得如火如荼。介紹了全部嘉賓後，慶典儀式順利舉行，大家觥籌交錯，不亦樂乎。正在此時，一件令我意想不到的事情發生了。司儀黃小姐，我們病區的美女護士，神祕地說：「大家有沒有留意到桌面上那本書？」臺下頓時人頭攢動起來。

黃小姐於是把我和這本書的基本情況做了一番介紹，然後她突然說：「讓譚醫師到臺上講一講他的創作心得好嗎？」這時，臺下的掌聲立刻如海浪般此起彼伏。

說實話，我不善言辭，見了陌生人，說話還會結結巴巴。小時候，膽量就稍顯不足，總想避免在大庭廣眾之下講話的尷尬。此番毫無準備之下，我的講話稿自然無從談起，但是，畢竟盛情難卻。

我鼓起勇氣走到臺上，接過麥克風。不知道從什麼地方冒出來的靈感，平素喜歡沉默的我，竟然瞬間滔滔不絕起來。

我說醫學知識和歷史知識同樣有趣而重要，希望自己的拙作能把兩者有機地結合在一起，分享給廣大的讀者，讓他們在閱讀中增長見聞而不覺乏味，因為有樂趣的閱讀才是最有效的閱讀。在業餘時間，我撰寫一點含有科普性質的小文章，是一位醫師的分內事和職責。而在文章裡揉進歷史、人文和文學的元素，又是一個文史愛好者長久以來的夙願。希望讀者們喜歡我的風格和內容！

最後，我很有感觸地說，許多人眼中的澳門只是一座博彩城市，其實，一座城市的崛起，既要有經濟的硬指標，也要有文化的軟實力。在澳門，從來都不缺乏孜孜不倦地追求夢想的人，也不缺乏默默為文化事業耕耘不輟的人。澳門人的勤奮不僅體現在為謀生的「日出而作、日落而息」當中，更多時候，他們會用自己辛勞的雙手，用飽含對文化的赤誠之心，用秉承祖先血脈的火熱情懷，為澳門這座舉世聞名的城市注入厚重的軟實力……

掌聲和微笑，出乎我的意料，經久不息。

我從來都不知道原來自己也能在會場上發表即席演講，也真的能不怯場。這一切都源於我的勇敢嘗試和挑戰自身。正如涉獵寫作一樣，不去實踐的時候，永遠不知道自己的潛力有多大，能力有多少。只要敢於邁出第一步，希望或許就在眼前。當年的我，就是這樣寫完了處女作《病榻上的龍》。

也正因為我的努力嘗試，不竭的靈感才會如虎添翼。今天，我又一次完成了一本新作，但我會告訴自己：永不放棄，永不畏懼，永不停歇，只有這樣，路才會愈走愈寬，愈走愈長。

最後，衷心感謝鄧錫偉醫師、鏡湖醫院譚冠昶學長和心臟科的全體同事，感謝中華文化發展促進會張宗真會長、蔣忠和祕書長、龔剛理事長，感謝湯梅笑女士和李觀鼎先生，感謝所有喜愛醫學散文的讀者們以及提出寶貴批評意見的專家們！

二〇一六年六月二十九日 澳門

HISTORY系列025

史料未及的奪命內幕

作　者—譚健鍬
主　編—邱憶伶
責任編輯—陳劭頤
責任企劃—葉蘭芳
封面設計—我我設計
插　畫—梁沃裕
內頁設計—時報出版美術製作中心群
董事長—趙政岷
總編輯—李采洪
出版者—時報文化出版企業股份有限公司
一〇八〇三臺北市和平西路三段二四〇號三樓
發行專線—（〇二）二三〇六六八四二
讀者服務專線—〇八〇〇—二三一—七〇五
（〇二）二三〇四七一〇三
讀者服務傳真—（〇二）二三〇四六八五八
郵撥—一九三四四七二四時報文化出版公司
信箱—臺北郵政七九～九九信箱
時報悅讀網—http://www.readingtimes.com.tw
電子郵件信箱—newstudy@readingtimes.com.tw
時報出版愛讀者粉絲團—http://www.facebook.com/readingtimes.2
法律顧問—理律法律事務所　陳長文律師、李念祖律師
印　刷—盈昌印刷有限公司
初版一刷—二〇一六年九月九日
定　價—新臺幣三〇〇元
（缺頁或破損的書，請寄回更換）

時報文化出版公司成立於一九七五年，
並於一九九九年股票上櫃公開發行，於二〇〇八年脫離中時集團非屬旺中，
以「尊重智慧與創意的文化事業」為信念。

國家圖書館出版品預行編目（CIP）資料

史料未及的奪命內幕 / 譚健鍬著. -- 初版. -- 臺北市：
時報文化, 2016.09
面；　公分. --（HISTORY系列；25）

ISBN 978-957-13-6770-5（平裝）

856.9　　105015774

ISBN 978-957-13-6770-5
Printed in Taiwan